MW01228426

LE SOURIRE
D'UN ANGE

Y.Y. Corda

Copyright © 2020 Y.Y. Corda

All rights reserved

The characters and events portrayed in this book are fictitious. Any similarity to real persons, living or dead, is coincidental and not intended by the author.

No part of this book may be reproduced, or stored in a retrieval system, or transmitted in any form or by any means, electronic, mechanical, photocopying, recording, or otherwise, without express written permission of the publisher.

Cover design by: A. Corda
Library of Congress Control Number: 2018675309
Printed in the United States of America

ב"ה

Le Sourire d'un Ange

Y. Y. Corda

« Laissez-moi être heureuse avec ceux que j'aime. Que ce soit dans cette réalité-ci ou dans une toute autre réalité... »

1

Si cette histoire ressemblait uniquement à ces histoires sans histoire, nous n'aurions pas fait les frais d'en dire un mot. Mais puisque au milieu des épîtres rurales les plus gris percent aussi des fleurs d'insouciance, nous vous dirons ce qui s'est passé ce soir-là et qui changea la vie si bien réglée d'un vieux couple, enfin, pas si vieux couple, d'américains moyens.

James Cawen et son épouse Jennyfer, étaient domiciliés dans une de ces rues de New York où les pare-brises des voitures garées en enfilade reflètent des ciels bleus souvent chargés de nuages et des visages blancs crémeux, et d'autres noirs, à la casquette à visière si souvent retournée dans le sens du vent, que lorsque par erreur un enfant ombre son nez épaté d'une visière, on lui demande depuis quand il a le cœur aussi tordu pour renverser les normes des habitués ?

Bref, dans ces lieux qui n'étonnent plus personne, où les immeubles aux allures de véranda avec des briques rousses à l'anglaise, et des caves qui servent de salles de sports pour des musclés qui craignent le retour d'âge ou des femmes qui arrondissent les fins de mois, et les épaules, par des séances de gymnastique entre voisines qui gardent la forme...

Un quartier bien coté pour ses blocs à n'en plus finir. Là bas, exactement aussi précisément que je l'ai décrit, habitent les personnages de cette histoire qui aurait tout aussi bien pu rester une histoire banale si un certain événement n'avait foudroyé la tranquille existence des époux Cawen.

James et Jenny étaient mariés depuis dix ans et avaient profité du bonheur de ces gens de bonne volonté qui s'aiment très gentiment avec de gentils gestes et de gentils mots et puis cette habitude qui soude deux êtres en un lien de vie fait de tout et de rien; de belles phrases et de mots inutiles: on parle du temps, on parle du travail, on parle de la famille, on parle du bruit que font les voisins et des passions qui nous passionnent encore après des années, des souvenirs oubliés et...curieusement, si on parle de tout, il est un sujet à éviter, parce qu'il vous gâche la journée, et qu'une bonne journée de gagnée, c'est toujours ça de pris au destin.

Et le destin, ça vous cueille un homme en bonne santé, une femme bien portante et ça vous les classe dans les dossiers médicaux incompréhensibles. Car le sujet à éviter, dans cette maison équilibrée ; c'est le sujet délicat des enfants.

Des enfants que l'on voudrait, que l'on a attendu, espéré, et qui ne sont pas venue. Incompréhensible fait, égoïste truchement du bonheur ; ils sont restés suspendus quelque part, ces enfants voulus, entre le ciel et cette maison-là, aux briques rousses et au poivre gris sur la salade qui accompagne le steak frites du lundi.

Lequel des deux époux était le plus froissé de cette ignorance des choses simples qu font une vie heureuse tendrement ? C'était évidemment Jenny, car une femme est femme et mère, et qu'un père, somme toute, ne porte pas, et son ventre est vide de ce genre de miracle appelé naissance.

Aussi Jenny était comme cette lettre qui vous gifle encore, bien qu'elle ne soit plus qu'une boule de papier dans votre main, parce qu'elle porte l'odeur cramoisie d'une mauvaise nouvelle...

En dehors de ce "petit problème", Jenny était active dans son rayon de vie et de vue des choses. Elle était investie depuis des années dans le sujet passionnant de la littérature; toute la littérature et toutes les littératures. Elle préparait d'ailleurs un livre sur «la source de l'écriture». Elle voulait démontrer que les auteurs de tous les temps se partageaient une même source d'inspiration. Qu'il devait y avoir quelque part, "– Où ça ? demandait James" car James était réaliste, mais un peu fou, parce qu'il était fou de cinéma. " Peu importe, répondait Jenny, c'est un axiome d'imagination, qui prête aux chercheurs, des idées !" Donc, l'idée de Jenny était un réservoir unique d'un produit d'imagination qui profitait à l'humanité depuis que l'homme sait écrire.

– Shakespeare a puisé dedans et Cervantès !
– Mais est-ce que l'expérience de leur propre vie n'a rien à voir dans ce qu'ils ont écrit ? Jack London et Dickens ont bien transposé des éléments qu'ils ont vus de leurs propres yeux! Lorsque Hugo décrit la révolution, ce n'est tout de même pas inventé !

James trouvait l'idée de sa femme intéressante, mais malgré tout, un peu fantaisiste. Elle lui posait surtout un problème de conscience, à savoir, le fait que l'on puisse être aussi peu créatif, de par soi-même, l'inquiétait, et limitait dès lors le vaste champ de la création humaine à un unique puits d'image.

– C'est dans leur vie que les hommes puisent leur culture. Le monde est le meilleur des exemples qui fournit aux écrivains, la graine des idées qu'ils exploitent par leur imagination qui remodèle les événements selon l'exemple de leur vie.

– Mais il n'y a pas que des sujets réalistes, répliquait Jenny en admettant que les objections de son mari étaient solides et, il faut le dire, elle admirait ses subites montées d'adrénaline qui lui donnaient du génie.

Car une femme aime son mari en comprenant son fonctionnement, et chez James, c'était aux moments où son sang bouillonnait qu'il jetait des étincelles fulgurantes et devenait brillant. En dehors de ça, il pouvait être extrêmement commun. Un peu comme le goudron qui brille et répand son odeur lorsqu'il est chaud. Mais ensuite, il devient aussi terne que le vieux ciment.

L'une des raisons qui cloisonnaient James dans le monde des faits et gestes d'un lampadaire et d'un frigidaire, c'était une peur terrible d'être assimilé à un courant de pensée religieuse ou mystique. Et c'était cette crainte qu'il n'aurait formulée pour rien au monde qui l'inquiétait dans cette recherche obsessionnelle de son épouse. "Enfin ! soufflait-il, les femmes sont toujours un peu quelque chose d'autre qu'un homme, et si cette idée fixe lui sert de refuge pour palier au manque de n'avoir pu nous donner des enfants..."

James travaillait dur et avait finalement monté son affaire au cœur de Manhattan, "un bureau de dynamique des ventes", ainsi qu'il l'appelait. Précisément ; un bureau où l'on examinait ce qui était vendu et ce qui restait à vendre. Ce qui rapportait déjà et ce qui pourrait rapporter mieux. En fait, il avait un don pour définir les objets usuels qui nécessitaient un investissement soutenu, régulier ou totalement nouveau.

Il louait donc ses services aux grandes sociétés et faisait grimper leur chiffre d'affaires en ouvrant de nouvelles routes d'objets desquels on ne parvenait pas encore à tirer l'essentiel de « la sève ».

Donc, cet homme avait le sens de la réalité dont il appréciait les possibilités pratiquement inépuisables. Il savait regarder fixement un objet commun et lui trouver un goût nouveau. S'il avait osé, il aurait dit à sa femme : "les objets enfantent de l'argent lorsque je les féconde de mon intelligence pratique !" C'était son slogan secret qu'il ne disait à personne, de peur que la phrase s'égare du coté de Jenny et lui cause une peine de cœur. Un cœur déjà meurtri qui se terrait dans un silence serein...

James avait une secrétaire qui avait surtout pour mission de donner de l'importance au petit bureau qui était tout juste un luxueux pied-à-terre, ou qui servait également à en imposer un tant soit peu aux clients nouveaux ou étrangers. Sa secrétaire s'appelait Mitsy, ce qui était un diminutif de Mistinguette ; nom original mais peut-être un peu léger pour une femme aussi sérieuse que Mitsy, ou tout au moins, telle qu'elle devait le paraître aux yeux des clients de James Cawen.

Nous étions la veille des vacances d'été,

cette période chaude où les habitants de New York vaquaient au repos mérité de la campagne et de la montagne américaine. James recevait un client potentiel et démontrait combien il était demandé par de puissantes firmes américaines ; ce qui était en partie vrai, mais non pas au point d'être dérangé toutes les cinq minutes lors de son entretien. C'était le rôle de Mitsy de le contacter sur l'interphone qui communiquait entre les deux bureaux.

– Monsieur Cohen ! disait la voix de Mitsy dans l'interphone, alors qu'ils mettaient au point une dernière répétition pour vérifier qu'elle avait assimilé ce qu'elle devait dire, le moment venue.

– Mitsy s'il vous plaît, prononcez correctement mon nom. Dites, Monsieur Cawen et non pas Cohen.

– Mais je n'ai pas dit Cohen, Monsieur. J'ai explicitement articulé Cowen comme vous me l'avez demandé.

– Justement, dites Cawen avec A.

– Très bien Monsieur Cahen.

– Mais vous le faite donc exprès ?

– Non Monsieur; c'est sans doute parce que je n'arrive pas à prononcer correctement.

– Et pourquoi n'y arrivez-vous pas, Mitsy ?

– C'est peut-être à cause des cerises Monsieur.

– Quelles cerises Mitsy ?

– Celles que je mange Monsieur Cohen.

– Et pourquoi mangez-vous des cerises

justement maintenant ?

– C'est parce que c'est la saison, Monsieur.

– Mais avez-vous au moins compris que si vous m'appelez Cohen, mes clients vont penser que je suis juif ?

– Vous n'êtes pas juif, Monsieur ?

– La question n'est pas de savoir si je suis juif ou non…

– Parce que de nombreux Juifs s'appellent Cohen, Monsieur.

– Appelez-moi Cawen, s'il vous plaît.

– Lorsque votre mère est passée l'an dernier au bureau, elle m'a demandé : C'est quoi ce nom d'Indien ; Cawen ?

– Laissez ma mère à sa patrie lointaine et faites votre travail.

– Très bien, Monsieur Cowen.

– Cawen, Mitsy.

– C'est comme vous voudrez, Monsieur, mais les Juifs savent faire de l'argent, ça c'est sûr, donc, vous qui êtes doué pour ça, c'est peut-être parce que vous vous appelez Cohen, Monsieur.

– Merci, Mitsy, mais je crois que vous allez tranquillement manger vos cerises en me passant uniquement des fax.

– Très bien, monsieur…

Et James coupa l'interphone pour ne pas entendre la suite.

Évidemment, Mitsy n'était pas exactement très intelligente, mais comme il vendait des idées, il l'avait un peu choisi pour sa faculté de ne pas les retenir.

L'affaire se passa tout de même bien et un nouveau contrat était en route pour la rentrée, malgré quelques "Cohen" impromptus de Mitsy qui, entre-temps, avait oublié qu'elle devait se contenter d'envoyer des fax...

Jenny était fin prête, les bagages bouclés avaient été chargés dans un taxi qui les menaient jusqu'au train. Là, ils s'installèrent près de la vitre dans un compartiment vide et regardèrent longtemps les gens grouillants et criants, en silence, avec ce sentiment d'égarement qui étreint les voyageurs lorsqu'ils vont faire les frais d'une pause subite dans la course de la vie. À ces moments là, puisqu'on est sensé se détendre et qu'on y parvient difficilement à la commande, c'est une fatigue enivrante qui remplace l'effervescence quotidienne.

Les deux époux se sourirent d'un sourire de tendresse presque gêné. Curieusement, à ces heures nouvelles où l'on perçoit à peine que demain, il n'y a pas de bureau, pas de rendez-vous, et qu'il n'y aura pas non plus la bande des gamins noirs d'en face qui réparent leur voiture pour la centième fois, avec la portière largement ouverte et la radio à plein tube...

– Voilà, on part, ma chérie, fit James en baillant.

– C'est bien, sourit Jenny, en se demandant

si c'était vraiment bien.

Un instant avant le départ du train, dans la cohue des pieds pressés, des mains qu'on agite, des dernières communications téléphoniques, (pendant lesquels James répétait en riant d'un rire accusé qu'il partait : "un peu de vacances, mon vieux Phil, mon vieux Léo" et autres...) une femme et trois enfants, dont le dernier semblait avoir cinq ans, vinrent briser le silence par des timidités appuyées, des pleurs, des rires et des regards de défi.

Les époux souriaient. Platement, poliment. Et James se dit que ce petit événement, apparemment anodin, pouvait leur gâcher toutes leurs vacances. Car, il en était certain ; voyager avec ces petites têtes blondes aux petits pieds, ferait certainement son effet sur la sensibilité à fleur de peau de sa Jenny qu'il plaignait tellement.

– Ah ! Vous me fatiguez les enfants ! s'écria la dame exaspérée, alors que les enfants pleuraient qu'ils avaient faim et soif et tout ça, bien qu'elle vînt de les nourrir un instant auparavant. " Si tu ne les veux pas, pensa James, donne-les-nous." Mais la mère, se ravisant déjà de son emportement d'exaspération, leur confiait, en les embrassant, qu'ils étaient sa vie, ses amours... Jamais elle ne les céderait à cet étranger, même à prix avantageux.
James à cet instant s'aperçut que Jenny ne regar-

dait plus les enfants mais semblait s'intéresser subitement au paysage. Ses yeux étaient évidemment mouillés et James préféra penser à son nouveau contrat :

Une fabrique de stylo à bille se voyait supplantée complètement par les fabriques de feutres qui étaient décidément plus attractifs avec ce look moderne et cette écriture facile, alors que les stylos à billes ne fonctionnaient pas toujours parfaitement. Il fallait donc une idée pour relancer la machine et James l'avait eu immédiatement, même s'il ne révélait ses idées qu'après un temps d'étude qui rajoutait du sérieux à son affaire. Il fallait, pensait-il, miser sur le bouchon du stylo. Le faire fluo', lumineux, fantaisiste, grossier bout de plastique presque plus gros que le stylo et qui répondait au désir d'exhibition de la jeunesse éprise de folie et d'originalité...
Lorsqu'ils parvinrent finalement à destination, il mettait la dernière touche à son stylo vedette.

Pendant que le couple de notre histoire prend ses aises dans ce village de luxe dont le mot d'ordre était qu'il ne devait pas accueillir d'enfants, nous profiterons de la grande vitre de la fenêtre de leur chambre, dont on ne tirait pas les rideaux car elle n'avait pas de vis-à-vis, et parce que le plus proche voisin était sans doute un porc-épic ou un coyote, pour regarder un instant cet homme et cette femme afin de les décrire un peu plus.

James, était un bel homme. Grand, brun, décontracte, les cheveux très courts et la barbe rasée de près. Des yeux noisette, des yeux vifs. Il travaillait son style, et le voulait semi-élégant, à la manière d'un vin demi-sec, et savait décocher des sourires en coin, de séducteur. Il semblait également toujours à la mode, parce qu'il savait entretenir une allure juvénile, façon années soixante dix, qui revient si facilement à la mode, dès que la rue se fatigue des chemises repassées et plis tirés à la règle.

Jenny, était une beauté naturelle. Cheveux châtains, ondulés, un peu en dessous des épaules, et un visage fin et distingué, des yeux foncés, marron sans doute. Une gentille fille qui n'aimait pas les embrouilles, avec des dents parfaites comme des touches de piano et un rire comme des perles qui s'éparpillent.

Alors qu'ils s'établissaient dans la chambre luxueuse, Jenny se souvint qu'elle avait oublié de lui confier un rêve qu'elle avait fait la nuit dernière et qui lui revenait en mémoire à cet instant, sans qu'elle en sache la raison.

– Je voyais dans ce rêve : ton père.

– Mon père ! répéta-t-il en prenant soin de cacher l'émotion qui le gagnait déjà.

– Et il me disait qu'il reviendrait bientôt, et qu'il nous demandait de nous préparer.

– Et ?

– C'est tout.

– De quoi avait-il l'air ?

– Il était calme et tranquille.

– Mon père n'était jamais calme et tranquille. Il était constamment inquiet. Passionné et inquiet…

– Dans mon rêve il était tout à fait calme.

– Ce n'était qu'un rêve…D'ailleurs comment savais-tu que c'était lui ? Tu ne l'as jamais vu.

– C'était lui; c'est tout. C'est ce que j'ai rêvé.

2

Il y avait ce soir-là, un ciel étrange. Ce n'est pas qu'autrement que ce soir-là, le ciel ne fut étrange, car cette masse d'eau claire ou ténébreuse est un des principes naturels qui nous laissent entrevoir une fenêtre vers ces mondes mystérieux résumés dans ce ciel. Un ciel de vie. Une mer qui coule sur nos têtes comme un pont de lumière suspendu. Il y a des hommes qui penchent leur front béat et montent là-haut et n'y reviennent plus que dans nos rêves, ou encore des prophètes anciens qui nous ont laissé leurs livres où les mots s'entrechoquent plus facilement que les mots d'ici-bas.

Vaste étendue de rêve et mer infiniment bleue et qui, entre deux orages, aux jours de sa colère, nous éclabousse et nous pourfend de sa lumière fulgurante.
Mais qui peut jurer y avoir inscrit son nom ou son rêve ? Qui nous assure qu'une voix nous y entend ? Qu'un jardin nous y attend avec ses délices ?

Somme toute, ce n'est que la foi, car les

voyageurs des étoiles nous diront qu'après le ciel bleu, il y a le ciel noir des planètes orgueilleuses… Peut-être uniquement parce qu'il est une mer à l'envers, nos pensées s'y reflètent alors et l'image de notre âme secrète, voilée par notre corps grossier perce dans les nuages…

Drôle de trône de gloire, comme un plafond si haut d'une maison de terre où nous posons nos pieds…Certes, la foi seule défend de ne pas penser qu'il est très simple ce ciel, fait d'une combustion de notre eau que le souffle enlace.

La terre a ceci de commun avec nos pieds, qu'ils s'y posent avec ce calme profond de la terre ferme, alors que nos bras levés ne touchent ni les nuages, ni ne se trempent dans l'azur infini. La terre que l'on retourne et pourfend, qu'on laboure… mais qui laboure le ciel avec sa terre bleue retournée ?

Par ailleurs, quelle est cette mystérieuse semence qui enfante les âmes ? Car elles sont bien tombées du ciel, ces âmes, qui plongent dans l'argile de notre corps rond !

À moins que le ciel ne soit tout entier comme la vague et sa cuillère d'asphalte et qui geint aussi aux heures de sa colère, de la voix du vent profond; ce vent qui râle.

Je désirais parler du ciel pour commencer à y refléter ce visage d'homme qui regarde et se demande de quelle taille sont les rêves et de quelle couleur les espoirs…

Car quelques fois, mais en secret, James laissait fuir son regard là-haut, et se demandait. Et lorsqu'il était certain que nul ne l'entendait, il osait un murmure :

–Aba, tu es là-haut, Aba ?

Mais qu'attendait-il après tout ? Une réponse ? Non ! Sans doute que non. Il ne comprenait pas ce ciel qui buvait l'âme des gens enterrés dans la terre.

Il ne comprendrait sans doute jamais, alors à quoi bon s'entêter ?

Rien. Dans ces instants, il ne pensait rien de concret, et tout lui paraissait futile. Son métier était stupide et sa poursuite éperdue de la réussite, inutile. Pourquoi ? Pourquoi tout ça, vieux père ?

Il n'était plus alors que le petit Yossi Cohen de Tel Aviv, qui avait un père qui était toute sa vie... Mais sa vie n'était plus une vie comme autrefois, une vie chaude et naturelle.

Aujourd'hui, tout était faux et tout était froid.

Mais allons ! Soit réaliste mon vieux James !

Ce nom aussi était ridicule. Mais nous n'étions plus à Tel Aviv; Israël était loin. D'ailleurs, il n'aimait pas ce pays nouveau qui avait perdu le charme que son père savait lui donner. Oui ; on ne possédait pas de "retourneur de temps". C'était du cinéma tout ça, les retours en arrière. Du cinéma à l'américaine.

Il frissonna un instant, puis sentit ce regard unique qui savait le percer et qu'il ne pouvait tromper; le regard de sa femme.
Jenny était sorti de la salle de bain et avait passé un tailleur, des bas, des escarpins, et ses cheveux étaient relevés en une sorte de chignon savant en chassé-croisé, qui lui rappela un pain tressé du Chabbat. Elle était si élégante qu'il se sentit pouilleux.

"Oui, Yossi-James, tu n'es qu'un cow-boy pouilleux qui n'a plus de cheval mais qui porte partout cette vieille selle pour s'asseoir et galoper. Car les hommes préfèrent s'asseoir pour galoper."

Il savait que sa femme se doutait qu'il questionnait le ciel et supportait mal qu'elle le sache si bien sur ce sujet intime qui broyait toujours son cœur après tant d'années.
Il lui chercha un défaut pour lui dire bêtement quelque chose d'un peu méchant ou d'un peu critique, mais il ne trouva rien et se dit qu'elle était trop belle pour Yossi-James, un cow-boy bête et méchant.

Il prit son sourire en coin et se rappela qu'il avait passé son plus beau costume. Ils étaient donc tous deux élégants et parfumés et ils étaient prêts à conquérir cette nuit.

Comme elle passait devant lui, il se demanda sérieusement si elle avait consciemment fait un pain tressé sur sa tête. Nous étions vendredi soir et les Juifs faisaient Chabbat dans le monde entier.

Il décida de commander un bon vin rouge pour faire plaisir à son grand-père (qui sanctifiait le Chabbat sur du vin rouge) et faire honneur au pain tressé juché par miracle sur la tête de sa femme. Décidément, un juif reste juif, se dit-il.

Le repas était somptueux. Le village se vantait en effet d'un talentueux chef français, créatif à souhait, avec cette rigueur des traditions. Le vin vous roucoulait dans la gorge, avec une robe rouge plantureuse et le tout était comme il faut exactement.

Nous étions à ce moment du repas où les yeux confondent la lumière et l'ombre, lorsque le corps est alangui et fait des promesses diverses qui n'aboutissent que dans les rêves déposés sur l'oreiller des confidences.

Pourtant, alors qu'il était bien et bon et beau, Jenny se sentit très mal. Elle eut des crampes d'estomac, puis elle sentit qu'elle ne pouvait retenir les aliments qui lui donnaient des vertiges et courut aux toilettes.
Lorsqu'elle en revint, avec un masque de farine blanche sur le visage, il comprit qu'elle avait tout

vomi.

Très rapidement, il fit le compte de ce qu'elle avait ingurgité en vain, mais lorsqu'il prit conscience que sa nourriture à lui ne finirait pas beaucoup mieux, il se porta à son secours, paya pour les entrées et les sorties et l'aida à regagner leur chambre. En chemin, alors qu'elle tremblait de tout son corps, il remarqua que son pain tressé était resté impeccable; une 'Halla cuite à point.

Il l'aida à s'allonger sur le lit, lui ôta ses chaussures et s'inquiéta de cette soirée qui finissait mal alors qu'elle était la première de leur saison d'été.
Elle demanda de l'eau gazeuse et il en trouva heureusement dans le petit frigidaire de la chambre qui était bien garni. Il en profita pour se servir un Whisky avec de la glace, en oubliant un instant de lui donner son eau gazeuse, puis il réalisa et courut avant qu'elle le surprenne à siroter son whisky en étourdi qu'il était, ou pire : en égoïste.

De son coté, elle avait entamé ce sanglot long et silencieux qui saisit quelques fois les femmes à l'heure d'un profond chagrin, ce genre de pleur qui panique un mari car il voit resurgir un malheur si ancien dans sa femme qu'il se dit qu'il ne l'a jamais rendu heureuse et perd tous ses moyens et, entre autres facultés de l'homme, cette séparation naturelle d'avec les événements de la vie. Le pauvre mari plonge dès lors dans le malheur de la femme comme on tombe dans une piscine après y avoir été poussé brusquement. Et en principe, à ce moment-là, le mari se souvient qu'il ne sait pas nager.

– Je suis maudite ! s'écriât-elle finalement.

– Quoi ! fit-il bêtement, en se demandant qu'est-ce qu'une malédiction avait à voir avec le fait qu'elle ne digère pas le repas de ce soir. Bien qu'il sût pertinemment, qu'elle voulait parler de bien d'autres sujets, mais ceux-ci n'avaient pas, selon lui, à intervenir maintenant.

– Je suis maudite et c'est à cause de toi !

– Quoi ! (Il songea qu'il fallait utiliser un autre terme avant qu'elle lui en fasse le reproche)

– Oui ; tu me fais manger des cochonneries le saint jour du Chabbat !

– Mais ma chérie, dit-il sans conviction, ce n'était pas des cochonneries; c'était du bœuf bourguignon.

- Ne joue pas sur les mots ! Tu sais très bien ce que je veux dire.

-

Il n'aimait pas ces tirades-standard, mais il décida de ne pas riposter, car il était toujours égaré et qu'elle lui faisait, de plus, une peine terrible et qu'il ne comptait pas gâcher toutes les vacances par une trop grande dispute qui établirait une gêne entre eux...

– Le ciel me punit parce que je ne fais rien de Juif ! C'est pour ça que nous n'avons pas d'enfants et que tout va mal.

– Tout ne va pas mal ! rétorqua-t-il vexé. Nous gagnons bien notre vie et nous pouvons nous payer des vacances…

– Des vacances pourries !

– Des vacances pourries ! s'indigna-t-il.

– Oui ! Pourries à vomir.

– Tu es d'une mauvaise fois terrible; c'est à peine notre premier jour.

– C'est toi qui me dis que je suis de mauvaise foi; Yossi Cohen !

– Ne m'appelle pas comme ça ! hurla-t-il en oubliant ses bonnes résolutions. Et puis qu'est-ce qui t'arrive ? Tu veux être religieuse tout à coup ?

– Pourquoi pas ? dit-elle avec défi.

– Tu dis n'importe quoi ! Tu n'as jamais pratiqué la religion !

– Qu'est-ce que tu en sais ?

– Je t'ai connu au campus, voilà ce que j'en sais !

– J'ai eu une vie avant le campus, figures-toi !

– Du genre mai 68, ta vie !

– On pourrait faire le minimum et ça nous donnerait la bénédiction qui nous manque, on peut encore avoir des enfants !

– Tu veux quoi ? Porter une perruque et manger de la viande salée qui a trempé dans de l'eau ? Jeûner, faire des prières et déguster des plats qui ont cuit une nuit entière sur une plaque

électrique ? C'est ça ce que tu veux ? Tu veux porter des bas et dire des psaumes ?

– Je porte déjà des bas.

– Parce que tu as mis un tailleur.

– J'ai pris sur moi de mettre des bas tous les
jours.

– Quoi ! Tu as pris sur toi ! Qu'est-ce que ça
veut dire ; tu as pris sur toi ?

– J'ai fait le vœu.

– Tu fais des vœux ! Mais tu es devenue
folle ?

– Qu'est-ce que ça peut te faire, puisque tu
ne crois en rien !

– Bien sûr que…Je…

– Oui ? Tu disais ?

– Pourquoi me planter un couteau dans le
dos avec tes bas ?

– Parce que mettre des bas, c'est te planter
un couteau dans le dos ?

– Exactement !

Il réfléchit un instant sur cette histoire de bas qui
lui sembla soudainement totalement ridicule.

– Et c'est en mettant des bas que tu veux
gagner le mérite d'avoir des enfants ?

– Exactement.

– Ridicule, dit-il, en buvant une gorgée de
Whisky.

– C'est une petite action mais j'y ai mis
mon cœur.

– Tu as mis ton cœur dans tes bas ! C'est
une grande chose évidemment. Fais attention,

dit-il, sans pouvoir s'empêcher de se moquer, si en plus des bas, tu enfiles une paire de gants, tu vas peut-être déclencher un nouveau déluge...

À cet instant, une lumière aveuglante se fit au-dehors.

    – C'était quoi ? demanda-t-il. Un éclair ?

    – Sûrement.

    – Reprends tes esprits ma chérie. Les religieux sont tristes et vivent sur une autre planète. D'ailleurs, la plupart des gens ont des enfants sans avoir besoin de manger Cacher et de porter des bas.

    -      Nous sommes juifs, Yossi Cohen... hurla-t-elle de toute la force de ses poumons, comme si elle désirait que tous les voisins entendent.

    -

De nouveau, une lumière étrange se fit dans le ciel, puis, il devint rouge et le sol se mit à trembler. L'électricité eut des soubresauts jusqu'à ce qu'elle s'éteigne finalement complètement. Des lumières blanches comme des éclairs illuminaient la pièce et la lande au-dehors par intervalles de plus en plus régulière.

    – Qu'est-ce que c'est ? demanda Jenny, terrorisée.

    -      Je n'en sais rien ! fit-il en collant son nez contre la vitre.

    -

La lumière blanche s'était installé, comme une neige ou un brouillard éclaté qui avalait les couleurs et les formes.

-                    Tout est blanc, dehors !

-

Dans le bâtiment, des exclamations se faisaient entendre. De toute évidence, les clients du village s'affolaient.

Il y eut bientôt des rafales de vent bruyant qui se firent entêtantes et prirent un accent de vrombissements terrible.

– Il y a quelque chose là ! Désigna-t-il du doigt. Quelque chose dans le ciel qui descend très vite !

– Très vite ?

– Très, très vite !

– Où ça ? demanda-t-elle en se levant pour voir également.

– Attention ! Il tombe sur nous ! hurla-t-il en la plaquant sur le lit.

La vitre se brisa dans un choc terrible, laissant pénétrer une sorte de nuage blanc à l'intérieur de la pièce...

3

Ils relevèrent tous deux la tête. Il leur sembla un instant qu'ils étaient au ciel, sur des nuages.

Pourtant, la lumière revint, même si elle avait du mal à éclairer la pièce brumeuse.

– Quelque chose est tombé du ciel et a percuté la vitre, chuchota James.

– Quoi ? demanda Jenny, dans un murmure.

– Les nuages se dissipent, bientôt on pourra y voir clair.

– Oui, fit-elle, alors que sa pensée imaginait toutes sortes d'objets tombés du ciel.

Dix minutes plus tard, les nuages n'étaient plus qu'un voile de nuée blanc éparpillé, et le sol apparaissait enfin.

– Là ! Désigna-t-elle, éberluée.

– Qu'est-ce que c'est que ça ?

– Je crois que c'est un…

– Un…

– Un œuf ! C'est un œuf !

– Ça ne peut pas être un œuf ; c'est bien trop gros.

– Mais, enfin, tu vois bien que c'est un œuf !

– C'est peut-être une capsule.

– Ça n'a rien d'une capsule ! C'est un œuf !
Un œuf géant.

Elle se sentit calme dans cette découverte.
Ce n'était tout au plus, qu'un œuf. Elle glissa ses
pieds dans ses escarpins et se leva sans crainte.

– Attention !
Il la retint d'un bras protecteur.

– Il n'y a rien à craindre d'un œuf, dit-elle
en souriant.

– Méfies-toi ! Ce n'est pas un œuf de poule.

– C'est tout au plus un oiseau, fit-elle en
souriant de ses craintes. Elle se sentait au contraire beaucoup mieux.

– Il n'existe pas un oiseau qui puisse
pondre un œuf si énorme ! C'est peut-être un
dinosaure, rajouta-t-il.

– C'est ça; un squelette qui s'est enfui d'un
musée d'histoire naturelle pour survoler la campagne et pondre un œuf.

– Un dragon ! S'exclama-t-il. Un œuf de
dragon ! C'est sûrement un œuf de dragon !

– Les dragons sont à la mode au cinéma,
mais sûrement pas dans la réalité. D'ailleurs, un
œuf de dragon c'est rouge ou vert, et celui-là ressemble à un œuf de colombe.
Elle s'approcha de l'œuf tranquillement.

– Je sens que c'est un œuf d'une bonne
nature.

– Attention de ne pas le toucher !

– C'est un œuf pur.

– Pur ou pas, on ne peut pas le garder ; va savoir ce qui va éclore !

– Il est venu pour nous.

– À ce stade, on peut encore maîtriser les choses. Ensuite il sera trop tard; le monstre va éclore et nous dévorer.

– Ça n'a rien d'un monstre.

– Qu'est-ce que tu en sais ?

– Je le sens.

– Où ça ?

– Dans mon cœur.

– Raison de plus pour alerter la sécurité, la police ou les pompiers…

En disant ces mots, il se dirigeait vers le téléphone.

– Tu n'appelles personne.

– Bien sûr, j'appelle.

– Cet œuf est la réponse à mes prières.

– Tu as priée pour avoir un oiseau ?

– Ce n'est pas un oiseau.

– Qu'est-ce que c'est alors ? Un reptile ?

– C'est un enfant.

– Un enfant !

Il l'observa un instant avec pitié.

– Écoute ma chérie, dit-il, avec précaution. Je t'achèterais un canari mais cet œuf est peut-être dangereux. On ne peut pas courir le risque de voir un animal vénéneux nous arracher les yeux à coups de griffes…

Tout à coup, on frappa à la porte. Ils sursautèrent tous les deux.

– C'est sûrement la sécurité du village. Ils vont s'occuper de l'œuf...

– Je te préviens, dit-elle d'un ton catégorique. Si tu parles de l'œuf, je te quitte pour toujours.

– Quoi ! Mais, Jenny, cet œuf ne nous appartient pas ! Il faut le rendre.

– Tu te trompes ! Cet œuf est à moi.

Et avant qu'il ait pu réagir, elle prit l'œuf dans ses bras avec précaution et disparue dans la salle de bain.

Les coups portés à la porte se faisaient plus forts et dévoilaient l'impatience de celui qui frappait.

James ouvrit la porte et un homme chauve, en blouse, avec une moustache et un écouteur dans l'oreille, relié par un fil en spirale à une des petites poches du vêtement, l'interpella d'une voix forte et courroucée comme s'ils étaient à plusieurs mètres d'écart.

– Pourquoi n'ouvriez-vous pas ?

James fronça les sourcils en entendant ce ton désagréable.

– Qui êtes-vous ? Que voulez-vous ?

– Sécurité, aboya l'homme en colère. Je dois rentrer inspecter votre chambre.

– Pourquoi ? J'ai l'habitude de payer mes notes.

– Il y a eu des bruits étranges et des lumières inhabituelles.

– J'ai remarqué, mais c'était surtout dehors.

– Des spécialistes de la N.A.S.A devraient arriver d'un instant à l'autre.

– La N.A.S.A ! Quel rapport avec la N.A.S.A ?

– Vous avez déjà vu un ciel comme ça ? Le sol a tremblé dans tous les alentours du village. C'est un sujet qui révèle du périmètre O.V.N.I.

– Vous plaisantez ? rétorqua James, en imaginant un petit bonhomme vert éclore de l'œuf, et sa femme lui disant avec émotion : C'est notre fils.

– J'ai l'air de plaisanter ?

– Pas exactement, admis James devant le visage de cet homme dont la nature semblait d'être constamment en colère.

L'homme le repoussa et pénétra dans la chambre. Il constata la vitre brisée dans une surface circulaire.

– On a calculé que l'objet était tombé droit dans votre chambre.

– Quel objet ?

– À vous de nous le dire.

– Je ne saurais trop dire ce que c'était parce qu'il y avait une grande fumée blanche ou une grande lumière blanche ou plutôt les deux ensembles.

– Qu'est-ce que c'était ? Insista l'homme. De sa voix autoritaire.

– Ça ressemblait à une capsule.

– Une capsule ?

– Oui.

– Une capsule de quoi ?

– Pas une capsule de bière, bien sûr, sourit James, en constatant que l'homme n'avait décidément aucun sens de l'humour. Comme une capsule qui contient un objet ou un passager.

– Une sorte d'œuf ?

– Oui, un peu comme un œuf, acquiesça James en déglutissant difficilement, tout en se demandant ce que pouvait bien faire sa femme avec son œuf dans les bras ? Il entendait l'eau couler et comprit qu'elle désirait faire croire qu'elle était dans la douche.

– Où est-il ? demanda l'homme.

– Ah ! Ça ! C'est une bonne question ! fit James en cherchant ce qu'il pouvait bien dire.

– Les débris de verre sont à l'intérieur, l'objet a donc pénétré.

– Vous êtes observateur, vous !

– C'est mon métier. Où est l'objet ? demanda-t-il d'un ton sec.

– Je ne sais pas. Peut-être dans le jardin. Il a pénétré et disparu aussitôt.

– Disparu à l'intérieur ?

– Non, il a brisé la vitre mais est retombé ou rebondi à l'extérieur.

– Je peux visiter la salle de bain ?

– Mon épouse prend sa douche, revenez plus tard ou demain, puisqu'il se fait tard et qu'il nous faut dormir pour nous reposer un peu de toutes ces émotions.

– Quelles émotions ?

– Et bien tout ça : Les lumières, les tremblements et l'œuf, ou plutôt la capsule qui casse la vitre et ressort à l'extérieur.

Une sonnerie en virgule stridente résonna dans l'appareil portable du gardien de sécurité, et une voix l'interpella :

– Fox ! Que donne l'enquête ?

– J'ai découvert l'endroit où est tombé l'objet en brisant une vitre de manière circulaire, mais le locataire dit que l'objet est ressorti aussi sec.

– Qu'en dites-vous, Fox ?

– Je crois qu'il nous cache quelque chose.

– Mais non, je ne cache rien, dit James en rougissant.

– Avez-vous visité les lieux ?

– La salle de bain est occupée par sa femme.

– Laissez tomber pour l'instant, Fox, il n'y a aucune raison que ce bonhomme cache un objet dangereux. Ratissez l'extérieur. J'ai envoyé des hommes, ils seront chez vous dans moins d'une heure. Ou plutôt, restez dans le lobby en attendant l'équipe, pour ratisser. Quelqu'un aura peut-être une déclaration à vous faire.

– Okay, dit Fox, en jetant un regard soupçonneux à James avant de sortir.

James ferma la porte mais se retint de la fermer à clef pour ne pas éveiller d'autres soupçons. Puis se ravisa et tourna la clé à double tour; après tout, ils avaient droit à l'intimité de leur chambre.

Aussitôt, le bruit de l'eau cessa, et Jenny passa la tête par l'entrebâillement de la porte pour vérifier que l'intrus était bien parti. James lui fit signe de se taire. Elle sortit de la salle de bain. Elle était en chemise de nuit, en chaussons, mais portant toujours des bas, et dans ses bras, soigneusement entouré par une serviette, il y avait l'œuf. Gros, énorme. Un œuf géant.

Elle se dirigea vers le lit et déposa l'œuf avec douceur.

– Pas sur le lit ! Chuchota James en s'affolant.

– Allons, Yossi James, du calme, petit père, lui dit-elle comme si elle mâchait un chewing-gum.

Il resta bouche bée. Personne à part son père ne l'appelait par ce nom.

Elle se glissa dans le lit et déplaça l'œuf jusqu'à ce qu'il soit sur son ventre.

– Tu es folle ! C'est dangereux ! Chuchota-t-il en s'affolant de son comportement irresponsable. La N.A.S.A est dans le coup, ils ne vont pas nous lâcher comme ça. Ils pensent que c'est un œuf extraterrestre !

– Mets deux chaises avec une couverture devant la vitre brisée, en attendant qu'ils la réparent. Il y a des couvertures dans l'armoire.
Pendant qu'il s'exécutait, elle calait l'œuf sur son ventre, avec une satisfaction évidente.
À cet instant, l'œuf se mit à briller de la même intense lumière blanche et sa coquille dure se fit molle et malléable comme un tissu.

-    Il bouge ! s'écria Jenny, je le sens bouger dans mon ventre !

-

James pensa qu'elle avait perdu la raison et se précipita vers le lit, mais la lumière de cet œuf qui avait perdu sa coquille et ondulait sous les mains de Jenny, comme un bébé dauphin, l'empêchait d'approcher. Sans qu'il sache réellement pourquoi, la lumière vive agissait sur ses membres qui ne s'articulaient plus.

– Il me paralyse ! Il va t'avaler !

–Mais non, Yossi James, espèce de cow-boy pouilleux. Tu ne vois pas que c'est dans mon ventre qu'il bouge mon petit bébé ?
James était pétrifié physiquement et spirituellement. Comment sa femme savait-elle ces expressions qu'il ne lui avait jamais dévoilées ? C'était leur jeu intime à lui et à son père.

Mais ce qu'il vit le paralysa plus encore : L'œuf traversait les draps et pénétrait dans le ventre de sa femme qui souriait de bonheur.

– Vient mon petit bébé, vient, disait-elle.

Il voulut crier, hurler, mais sa voix ne criait que dans sa tête alors que l'œuf ondulait pour disparaître tout entier dans le ventre de sa femme qui grossissait sous les couvertures. Lorsqu'il fut complètement intégré, elle avait un gros ventre de femme enceinte sous les couvertures.

– Enfin ! Soupira-t-elle. J'attends un petit bébé. Je vais accoucher, mon chéri.

Elle s'allongea complètement, sa figure abandonnée sur les oreillers. Elle se mit à respirer comme une femme qui va accoucher.

James se sentit dégagé de l'étau qui l'enserrait. Il se précipita à son chevet et lui prit la main, en pensant qu'elle allait mourir.

– Il faut m'aider mon chéri, dit-elle d'une voix faible.

– Il te dévore le ventre ? demanda-t-il en pleurant.

– Il faut que tu m'aides à accoucher. Il est en train de se placer pour sortir.

– Accoucher un monstre !

– Ce n'est pas un monstre, je sais ce que c'est...Vite ! Passe tes mains sous les draps ! Il sort déjà !

Sans savoir pourquoi il faisait cela, James passa ses mains tremblantes sous les draps et sentit effectivement un petit corps qui venait vers lui.

– Mais ! Mais ! C'est impossible ! avoua-t-il dans un sanglot.

– Il faut couper le cordon ombilical, mon chéri.

– Il n'y en a pas, dit-il d'un ton égaré.

– Il m'avait pourtant semblé...

À ce moment, le bébé se mit à pleurer et James, le sortit de dessous les draps avec des yeux de fou et la bouche ouverte.

– C'est...C'est un garçon !

– Oui, je le savais, Yossi James. Il galopera avec toi, sur ton cheval le plus fou.

– Le plus fou ! répétât-il en tenant le bébé qui pleurait à bout de bras. C'est un garçon.

– Oui ; bien sûr que c'est un garçon.

– Ce n'est pas un monstre !

– Non ; ce n'est pas un monstre ; c'est un ange, expliqua-t-elle enfin. Donne-le-moi, maintenant.

James déposa le bébé sur la jeune mère et il cessa de pleurer.

– Un ange ! C'était un œuf d'ange ?

– Oui ; un œuf d'ange, confirma-t-elle.

Il regarda l'enfant avec des yeux plus écarquillés encore et s'évanouit.

4

"Yossi-James" était sur son cheval au côté de son père. L'air était brûlant et les canyons rouges semblaient transpirer aussi. Le paysage merveilleux glissait sur les visages, par bouffées d'air chaud, et imprégnait l'âme des deux cow-boys. Les chevaux s'engagèrent dans une pente raide et on voyait apparaître un tipi devant lequel étaient deux femmes.

– Tu vois Yossi James, les femmes nous obligent à descendre de nos hauteurs.

Alors qu'ils approchaient du tipi, la plus âgée des femmes, qui était la mère de Yossi James, leur adressa des reproches:

– qu'est-ce que vous faisiez, espèces de cow-boys pouilleux ? Le couscous est en train de refroidir !

– La 'Halla est sur la table, et le grand père Cheyenne a déjà rempli sa coupe de vin rouge, rajouta la jeune squaw, qui était Jenny.
Au même moment, une ombre large comme un chapiteau se profila sur le sol.

– Qu'est-ce que c'est ? demanda Yossi James.

– De gros oiseaux ? proposa sa mère squaw.

– Ce ne sont pas des oiseaux, dirent d'une même voix, le père et la squaw de Yossi James. Ce sont des anges !

Et en effet, les anges, superbes et libres, les survolèrent de la force de leurs ailes immenses.

– Oh ! Firent les cow-boys et les squaws, avec admiration.

Et alors que les anges entamaient un second tour, l'un d'eux, sans doute une femelle, laissa choir un œuf énorme qui fit un trou dans la toile du tipi.

A ce moment, le grand-père sortit du tipi avec sa casquette de travers, et s'exclama :

– Mazal Tov ! C'est un garçon !"

James se réveilla en sursaut. Il avait fait un rêve étrange, à la suite d'un rêve plus étrange encore. Son front était couvert de sueur et les draps lui collaient sur la peau. Il fut un instant hébété, puis, en passant sa langue sur ses lèvres sèches, il observa avec bonheur la chambre de son appartement de Brooklyn. Heureusement, ils n'avaient pas encore pris la route des vacances. Quels rêves stupides, il avait fait ! Il se frotta le visage en réfléchissant au fait que les rêves expurgent les messages du subconscient.

– Sacré Freud, se dit-il, en enfilant ses vieux chaussons, le bon vieux coup du transfert…Le cheval blanc et toute la clique.

« Il avait besoin d'une bonne douche ! » Il pénétra

dans la salle de bain. Il s'habilla ensuite simplement et descendit dans la salle à manger pour se faire un café. Si Jenny ne se manifestait pas, c'est qu'elle devait être à la bibliothèque, à fouiller dans tous les romans du monde pour prouver qu'il y avait bien un réservoir d'imagination commun à tous les écrivains...

Drôle d'idée qui ne servait à rien...tout de même se dit-il, elle oublie un peu avec ça, que nous n'avons toujours pas d'enfants dans la chaumière. Jeunes, beaux, seuls et solitaires. Non ; solidaires. Les deux cow-boys solidaires...
Il fit chauffer un peu d'eau et se dit qu'il faudrait bien boire de l'eau gazeuse pour faire passer le goût horrible qu'il avait dans la bouche. Il se servit et sirota son verre comme on sirote un verre de whisky, parce que qu'il avait horreur des bulles et qu'il se souvint de son rêve, pas le second mais le premier rêve.

Il souffla longuement et lorsque son café fut prêt, il s'assit dans son vieux fauteuil près de la fenêtre qui donnait sur la cour derrière l'immeuble. Il y avait là un grand platane rempli d'écureuils. Il aimait les voir s'agiter et s'immobiliser. Drôles de petites créatures rigolotes.

Quelle date était-on ? Il était temps de partir pour les vacances d'été. Brooklyn était déjà un four. Il fallait fuir, se mettre au vert avant de cuire.

La porte s'ouvrit et la voix de Jenny résonna.

– Coucou ! C'est nous !...

"Qui ça, nous ?" pensa James.

– Tu es réveillé, Yossi James ?

James se renversa un peu de son café brûlant sur son pantalon et se demanda d'où elle savait ce nom. Malgré lui, il se souvint de son rêve, mais l'écarta d'un geste exaspéré de sa main.

Jenny s'approcha de lui avec un sourire radieux. Elle semblait heureuse. Tout à fait ouverte, tout à fait différente.

– Ça va mieux ? demanda-t-elle.

– Pourquoi ? Ça n'allait pas ?

– Pas très fort, non. Le docteur a dit que ça arrive souvent à la suite d'un grand choc.

– Un choc ?

– Oui... Je reconnais qu'il y avait de quoi s'évanouir. Ensuite il t'a donné un calmant et un bon somnifère. Tu n'as pas senti le voyage du retour. Le chauffeur a été gentil, il m'a aidé à te porter jusqu'au lit.

– Mais ! S'inquiéta James. Le retour d'où exactement ?

– Du village de vacances. On ne pouvait plus y rester, à cause du règlement qui interdit...

– Quoi ! On est déjà parti en vacances ! s'écria James.

– Ne crie pas comme ça ! S'affola-t-elle en tournant la tête vers la cuisine où elle avait déposé les courses.

– Pourquoi pas ? Je ne vais pas réveiller le bébé que je sache.

– Si, justement. fit-elle, les sourcils froncés, en revenant vers la cuisine.

Il pensa qu'il l'avait vexé et s'avançait vers elle en bredouillant.

– Pardonne-moi, ma chérie ! Je n'ai pas réfléchi, je suis vraiment désolé...

– Ce n'est rien, il ne s'est pas réveillé.
Elle était penchée vers un petit chariot de courses dont il voyait les roues, mais en se rapprochant, il découvrit que ce chariot était...

– Un landau !

– Il fallait bien ; non ?

Il fit le tour de sa femme qui lui cachait l'intérieur du landau, en sentant que son cœur était pris de tachycardie et faillit s'évanouir une seconde fois.
Dans le landau était un amour de petit bébé merveilleux qui dormait paisiblement.

– Il dort comme un ange, dit-elle dans un souffle, le visage extasié.

– Qu'est-ce que c'est ? murmura-t-il abasourdi.

– Eh bien, dit-elle simplement, c'est notre bébé.

– Notre bébé !

– Tu ne te souviens plus ? "L'œuf !" C'est le bébé qu'il y avait dans l'œuf.

– Le bébé de…mais ! Ce n'était pas un rêve ?

– Un rêve qui se réalise s'appelle réalité, Yossi James.

Il chercha une chaise et s'y assit, comme un boxeur sonné après un uppercut.

– Il fallait que je fasse des courses pour lui. J'ai acheté des couches, du lait en poudre, des biberons…

– Ce n'était pas un rêve ! répéta-t-il. L'œuf dans ton ventre…

– Un miracle. Nous avons eu droit à un miracle !…

Il ne répondit rien et ne pouvait s'empêcher de fixer le visage merveilleux du bébé qui dormait sans souci.

– Qu'est-ce que nous allons faire ?

– Il va falloir lui faire une chambre d'enfant. Ça ne te dérange pas de déplacer ton bureau dans la chambre d'amis ? Le bureau est plus ensoleillé, et en hiver, il aura moins froid.

– En hiver !… Mais, qu'est-ce que vont dire les gens autour de nous ?

– Eh bien ; je suppose qu'ils vont nous féliciter.

– Et ma mère ?

– Je voulais justement te dire de l'appeler. Elle voudra sûrement le voir. Il faudra lui envoyer des photos en attendant qu'elle vienne ou que nous lui rendions visite.

– Mais qu'est-ce que je vais lui dire ?

– Que j'ai accouché hier d'un magnifique petit bébé. Que je me porte bien, et le bébé aussi. Il faudra le mesurer et le peser, parce qu'elle va sûrement demander son poids et sa taille.

– Mais elle va me tuer ! Je l'entends déjà : "ta femme est enceinte et tu attends la naissance pour m'annoncer que je suis grand-mère !"

– Eh bien, tu lui diras que c'était une grossesse à risque et que jusqu'au bout on n'était sûr de rien et qu'on a préféré lui éviter une fausse joie et des soucis...

– Est-ce que c'est un enfant comme les autres ?

– Ça, je ne suis sûre de rien, pour l'instant.

– Il a l'air un peu grand, non, pour un nouveau-né ?

– Je ne sais pas... Oui ; effectivement, convint-elle. Il sera grand de taille, sans doute.

Elle avait dit ça alors qu'elle était déjà occupée à réfléchir qu'il fallait agencer la maison de manière différente.

– Jenny ?

– Oui ?

– Tu n'as pas peur ?

– Non. Curieusement, je n'ai jamais été aussi calme de toute ma vie. Il me tranquillise. Il est si serein... Mais, toi ? Qu'est-ce que ça fait d'être papa ?

– Papa !... Je... J'ai un peu de mal à réaliser. Je n'ai pas eu beaucoup de temps pour me préparer. D'habitude ça prend neuf mois, tu sais, et les enfants ne sont pas dans des œufs. Est-ce que nous sommes dans un rêve ?

– Non, nous sommes dans la réalité.

– Mais est-ce que les anges existent vraiment ?

– Celui là existe en tout cas, et il est tombé du ciel pour être notre fils.

À ce moment-là, le landau remua un peu, et ils se penchèrent tous les deux pour l'observer.

Le bébé les regarda avec tendresse et ils furent emplis d'amour pour lui. James sentit des larmes lui monter aux yeux et il rougit parce qu'il n'avait pas l'habitude de s'attendrir et se trouva un peu stupide. C'était donc vrai ! Ils avaient enfin un enfant !...

5

La mère de James était une de ces femmes vivantes et pleines d'entrain qui, en lutte avec l'existence ne se démontent de rien. "La vie est un écueil d'expériences heureuses et douloureuses qui nous donnent d'être en mouvement vers les autres et vers soi-même." Vivre était donc sa devise ; même si on meurt quelques fois... Son mari l'avait quitté de cette manière unique de celui qui part un matin et ne revient pas.

Il aimait prendre soin de son petit cowboy, et l'accompagnait lui-même à l'école tous les matins.

Mais ce matin-là était différent.

Yossi avait alors douze ans. Dans un an il serait en âge de mettre les téfilines qui consacraient son indépendance vis-à-vis de la loi juive. Il devenait responsable et recevait dans son âme, cette part de dévoilement qui transforme un enfant en homme. Il peut sembler en toutes choses le même, mais c'est fait : il est devenu responsable de ses actes et peut donc travailler à devenir un homme.

Le père de Yossi s'était promis qu'il accompagnerait son fils, le temps qu'il fallait, pour le voir s'avancer sur le chemin de la connaissance. Cette connaissance qui seule hisse les enfants vers le monde des hommes; les hommes de foi et de connaissance. Il l'avait serré très fort son cowboy, ce matin-là. Avec un regard grave et profond. Savait-il qu'il prenait un autobus qui partait très loin ? Il y a ceux qui descendent de l'autobus, et il y a ceux qui montent. Ceux qui montent irrésistiblement pour monter encore et monter toujours.

C'est juste une histoire de station.

Une station après l'école, le père de Yossi montait. Une station plus loin, un terroriste palestinien montait. Avant d'arriver à la station suivante, une explosion terrible résonnait dans toute la ville.

Un numéro d'autobus était annoncé.

Encore un numéro, comme au jeu du sort. Un numéro, dans une heure précise, un jour précis, dans un mois précisément d'une année précise. Ce n'est qu'une histoire de numéro. Israël était à feu et à sang. Dans un monde moderne, il y avait encore des loups sanguinaires.

Yossi ne fit jamais la cérémonie de ses treize ans. Il ne mit pas, ce qu'il appelait désormais les phylactères. Il avait perdu sa foi dans un autobus.

– Mais la vie est là, lui disait sa mère.

Tu peux refuser d'être religieux, parce que tu ne pardonnes pas au ciel de laisser pleuvoir des cendres. Mais tu es tout de même là et ton père vit avec toi.

Dès lors, Yossi jeta sa petite kippa tricotée. Dès qu'il le pourrait, il quitterait ce pays qui permettait au terrorisme d'exercer ses droits sur la vie.

Aussi, à seize ans, il rejoignit un vieil oncle aventurier qui faisait taxi aux États unis, et termina ses études dans un campus où il rencontra Jennyfer Willes.

Elle était juive, jolie, douce. Il alla à sa rencontre alors qu'elle ne l'avait jamais vu et lui demanda de patienter quelques années parce qu'il l'avait choisie pour être sa femme.

Elle le regarda, surprise, effarée de tant d'assurance chez un jeune garçon qu'elle ne connaissait pas et qui l'avait choisi sans même la consulter auparavant.

– Mais qui êtes-vous ? demanda-t-elle.

– Je m'appelle James Cawen lui dit-il. Et sur la pelouse, il tomba sur ses genoux à ses pieds et éclata en sanglots ; il n'avait pas pleuré depuis la mort de son père.

– Elle ne put se retenir de pleurer à son tour, sans savoir pourquoi ou pour qui il pleurait.

Quelques années plus tard, ils étaient mari et femme. Tout du moins à la mairie.

– Allo, Ima.

– Allo, mon fils, comment vas-tu ?

– Ça va, et toi ?

– Oh ! Moi; ça va, ça va. C'est les pauvres gens de Gouch Katif qui ne vont pas bien. Ils ont été expulsés de chez eux et parqué dans des hôtels. C'est gentil, n'est ce pas de la part du gouvernement ?

– Oui ; j'ai vu aux informations, mais je ne comprends pas exactement le pourquoi de tout ça; L'intérêt du gouvernement de se mettre en danger sur des points stratégiques...

– J'ai participé à toutes les marches, tu sais ! On peut dire d'ailleurs qu'ils nous ont fait marcher; des kilomètres et des kilomètres, à Offakim, à Nétivot, et les jeunes filles du Gouch Katif qui venaient nous offrir leurs salades parce qu'on se battait pour elles, enfin, on se battait, tu m'as compris...De si jolies filles habillées en orange avec leurs sandales et leurs salades ; tu sais les salades que l'on fait pousser dans des serres sur le sable pour qu'on ne court pas le risque de manger des bestioles... Pauvres, pauvres jeunes filles, pauvres gens qui attendaient un miracle.

Mais les miracles réclament des conditions. Ça n'arrive pas comme ça, un miracle.

– Ça arrive quelquefois, tu sais.

– C'est ce que me disait ton père, ce brave homme. Mais je me fais vieille et mon cœur a déjà trop saigné depuis cinquante cinq ans que je suis en Israël. Tu te rends compte qu'une femme a été expulsée deux fois dans sa vie ? Tout d'abord elle a été expulsée de Yamit dans le désert du Sinaï. Elle s'est ensuite installée à Gouch Katif où, des années plus tard, elle a été de nouveau expulsée. Mais toi, mon fils, ça va ? Tu es heureux ? Les affaires marchent bien ? C'est gentil de penser à appeler ta vieille mère...

Il se décida à l'interrompre car il savait qu'elle pouvait parler encore et encore sans lui laisser le temps de lui confier la raison de son appel.

– J'ai quelque chose d'important à te dire.

– Quoi, mon fils ? Tu divorces ? Tu as fait faillite ?

– Non, non, au contraire, une bonne nouvelle.

– Tu viens me voir en Israël ?

– Non, Ima, écoute-moi, cinq minutes.

– Parce que je te préviens, je déménage à Jérusalem, c'est décidé.

– Tu déménages à Jérusalem ! Quand ça ?

– Après-demain.

– Après-demain ! Et tu ne me dis rien ?

– Je voulais te prévenir après avoir tout fini pour te donner de mes nouvelles. J'ai horreur de ça que tu t'inquiètes à des kilomètres de distance.

– Mais, la maison de Tel-Aviv ?

– J'ai trouvé des locataires. Des gens très bien. Un jeune couple avec un enfant... Enfin, un jeune couple très sérieux.

– Bon. Bon, dit-il en soufflant. Pourquoi à Jérusalem?

– J'ai besoin de spiritualité, mon fils. Je veux pouvoir aller prier au Kotel…

– Bon, souffla-t-il encore…. Maman je voulais t'annoncer une nouvelle.

– Oui ?

– Voilà.

– Oui ?

– Eh bien, Voilà ; nous venons d'avoir un… un enfant.

– Nous ! Qui ça, nous ?

– Eh bien ! Jenny et moi.

– Jenny et toi ?

– Oui.

– Mais, vous l'avez eu où, cet enfant ?

– Comment ça, on l'a eu où ? Jenny a accouché d'un enfant.

– Quoi ! Ta femme était enceinte et tu ne me dis rien!

– C'est que, elle était à terme et…

– Qu'est-ce que tu racontes ? Tu as attendu neuf mois pour me dire que ta femme attendait un bébé après qu'il soit déjà né ?

– Tu n'as pas compris ce que j'ai voulu dire…

– Oui, c'est ça, je suis la mère gâteuse qui ne comprend rien…

– Laisse-moi t'expliquer, Ima, c'était à cause du danger, parce que c'était une grossesse à risque et que rien n'était sûr…

– Je vois que je suis toujours la dernière roue de la charrue.

– De la charrette…

– Ne me reprend pas s'il te plaît ! Ça fait des années que je prie pour que ta femme soit enceinte et tu attends que le bébé vienne au monde pour m'annoncer la nouvelle ? Loin des yeux et tout ça !... Faites des enfants !

– Écoute Ima, nous-même on a été très surpris. C'est arrivé très subitement.

– C'est ta femme qui t'a empêchée de me prévenir ?

– Mais pas du tout ; c'est elle qui m'a conseillé de t'appeler.

– Elle a eu peur que je lui jette le mauvais œil au bébé, ton Américaine ? Il faudrait quand même lui rappeler qu'elle est juive de temps en temps…

– Mais ne dis pas des bêtises Ima !

– Et c'est quoi, ce bébé ? Un garçon ou une fille ?

– Un garçon ; c'est un garçon.

– Ah ! Et il est gros ? Il pèse combien ?

– Oui, il est très gros mais il n'a pas encore été pesé.

– Ils n'ont pas de balances dans vos hôpitaux d'Amérique ?

– Oui, bien sûr…Mais, il y a eu une coupure de courant…

– Une coupure de courant, répéta-t-elle. Il est beau ce petit ?

– Un ange.

– Un ange ?

– Oui. Tu ne nous félicites pas ?

– Bien-sûr que je vous félicite, dit-elle d'un ton sec.

– Merci.

– Je suis très heureuse pour vous, rajouta-t-elle, du même ton désabusé. Et la maman est encore à l'hôpital ?

– À l'hôpital ! Heu ; bien sûr. Bien sûr que oui.

Jenny passa avec le bébé qui se mit à pleurer.

– Je ne sais pas pourquoi il ne veut rien avaler. Je lui ai pourtant acheté la meilleure qualité de lait !

– Ta femme est à la maison ?

– Non ; je suis à l'hôpital.

– Mais c'est le numéro de ta maison !

– C'est parce que j'ai transféré le numéro sur la ligne de l'hôpital.

– Ah, bon ? On peut faire ça ?

– Il y a des tas de possibilités aujourd'hui, avec les lignes itinérantes.

– Itinérantes ! Passe-moi ta femme…

Lorsqu'elle eut parlé à Jenny, la mère de James se calma finalement et les Bénis des bénédictions prolifiques des grands-mères juives.

– Et la circoncision ? Vous allez bien lui faire la circoncision, à ce garçon.

– Il est né circoncis, belle maman.

– Ah bon ! C'est très rare ça ! Il faut peut-être lui faire quand même couler une goutte de sang et lui donner un nom…Vous avez pensé à un nom ? Je ne veux pas vous influencer dans votre choix mais ça ferait très plaisir à son grand-père qu'on l'appelle par son nom...

– Oui ; bien sur, mais on ne connaît pas de rabbin, ici, pour la goutte de sang.

– Comment ça ! Mais vous êtes à quelques blocs des 'hassidim de Loubavitch !

– Ah bon ! Je ne les ai jamais vu !

– Tu es bien la seule. Les Loubavitch sont dans le monde entier. On dit que partout où il y a Coca Cola, il y a Loubavitch.

– Tu es sûre qu'ils sont proches de chez nous ?

– Eastern Parkway, c'est près de chez toi ?

– Oui, bien sûr.

– Au 770, il y a la grande synagogue des Loubavitch. Tu traînes un peu par là bas et tu demandes à un Loubavitch de t'organiser ça. Tu paies les frais et voilà. Et ne t'inquiètes pas ; ils sont très sympathiques !

– Je ne sais pas si James acceptera.

– Tu dis à Yossi Cohen qu'il nous fatigue avec sa haine des religieux, et qu'il est tout de même tenu de faire le minimum pour son fils...

Dès qu'elle eut raccroché, Yvette Cohen appela toute ses amies pour diffuser la bonne nouvelle, alors qu'à Brooklyn l'enfant pleurait sans discontinuer. Il paraissait avoir faim, mais refusait le biberon de lait qui lui était proposé. La tension montait entre les époux et James sortit acheter d'autres marques de lait pour les bébés. Comme il n'y connaissait rien, il prit toutes les marques et revint à la maison où sa femme refermait sa chemise d'une main, tout en tenant le bébé qui pleurait toujours, sur son autre bras libre.

– Qu'est que tu faisais ?

– J'ai essayé de lui donner le sein, dit-elle en rougissant.

– Et alors ?

– Alors, pas une seule goutte-de-lait.

– C'est normal, ça, d'enfanter et de ne pas avoir de lait pour son bébé ?

– Il y a quelque chose de normal dans cette histoire ? Il n'y avait pas de cordon ombilical, non plus.

– Ah ! Tu admets que cette situation est anormale. Il faut peut-être appeler un scientifique pour qu'il examine l'enfant.

– Oui, c'est ça, pour qu'on le place dans un laboratoire et qu'on lui fasse toutes sortes d'expériences ? Comme à une souris ou un chimpanzé ?

– Il y a toujours le risque que ça soit un extraterrestre…ça me rappelle Superman. Tu sais ; il arrive avec son vaisseau spatial de Kripton…

– C'est un ange, je te dis.

– Mais qu'est-ce qui te prouve qu'il s'agit d'un ange ? Il a des petites ailes derrière le dos ?

– Tiens, prend le un peu, dit-elle en tendant le bébé à James, ça t'empêchera peut-être de dire des bêtises.

– Moi ! Mais je ne sais pas tenir un bébé !

– Eh bien apprends ! C'est ton fils autant qu'à moi.

– Tu sais que si on réfléchit ouvertement, on pourrait difficilement m'attribuer une parenté quelconque avec cet enfant.

Il prit l'enfant qui s'arrêta un instant de pleurer et le regarda tendrement avec un sourire.

– Tu as vu comme il te sourit ? Tu aurais le courage de le renier, ce petit ange ?

James n'eut pas le cran de répliquer. L'enfant le fixait si innocemment qu'il eut honte de ses pensées.
Jenny pendant ce temps préparait un autre biberon.

– Et ? Qu'est-ce que je fais ?

– Rien, tu ne fais rien. Profites-en pour regarder à qui de nous deux il ressemble le plus. C'est ce que ta mère fera dès qu'elle le verra.

– Au fait, qu'est-ce qu'elle t'a dit ma mère ?

– Elle a demandé quand est-ce que nous allions faire la circoncision.

– Quoi ! Mais nous ne sommes pas religieux ; elle le sait bien !

Le bébé hurla subitement. James essaya de le balancer dans ces bras pour le calmer.

– On dirait que ça ne lui a pas plus que tu

dises ça !

– C'est quand même un bébé, à peine sorti de son œuf ; il ne comprend rien à nos paroles !

– D'abord, on sait que les bébés comprennent tout, et ensuite, celui-là est un ange.
À ces mots, le bébé se calma et regarda James avec un grand sourire.

– C'est vrai que tu es un ange, petit bonhomme ?
Le bébé fit oui de la tête.
James poussa un cri de stupeur. Jenny sursauta et se retourna vers lui.

– Qu'est-ce qui t'arrive ?

– Il…Il a fait *oui* avec la tête !

– Ah oui ?

Elle s'approcha avec le biberon.

– C'est vrai que tu as fait *oui* de la tête, mon bébé ?
Le bébé fit de nouveau *oui*.

– Tu vois qu'il comprend tout, fit-elle simplement, en prenant le bébé dans ses bras.

– Mais tu trouves ça normal qu'à son âge il nous réponde avec sa tête ?

– Et un bébé dans un œuf ? C'est normal ?

Elle tenta de lui donner le nouveau biberon mais il détourna la tête et se remit à pleurer.

– Calmes-toi, calmes-toi. Il ne veut pas non plus de ce lait, James ! Il faut bien qu'il mange, dit-elle avec inquiétude.

– Peut-être qu'un bébé ange ne boit pas de lait. Ou qu'il ne mange pas du tout. Il n'y a qu'à lui demander puisqu'il répond.

Le bébé cessa de pleurer et attendit qu'ils lui parlent avec tranquillité.

– Tu veux du lait ? Questionna James.
Le bébé fit oui.

– Il veut du lait ! Il a faim ! s'écria Jenny.

– Tu ne veux pas ce lait ? fit James, en montrant le biberon que Jenny tenait dans sa main.
"Non, fit le bébé."
James prit alors les autres paquets de lait en poudre et les présenta au bébé.

– Celui-là ?
"Non."

– Celui-là ?
"Non."

– Celui-là ? Oh là là qu'il est bon !
"Non."

– Celui-là, alors ! La caissière m'a dit que les enfants raffolent de ce lait.
"Non, fit le bébé."
Lorsqu'ils eurent épuisé toutes les propositions. Ils se regardèrent perplexes.

– Il y a un lait que tu veux tout de même ?
"Oui, fit-il."

– Un lait de poule, tête d'œuf ? Plaisanta James.
L'enfant sourit.

– Il a souri ! S'étonna, James.

– Mais quel lait veux-tu, mon chéri ? demanda Jenny.

L'enfant les regardait fixement et ils s'attendaient presque à le voir parler, mais il bailla, cligna des yeux, et s'endormit paisiblement.

– Qu'est-ce que nous allons faire ? dit-elle, en le couchant dans son landau.

– Appeler un psychiatre, peut-être.

– Un psychiatre ! Le petit n'a pas besoin d'un psychiatre !

– Non, ce n'était pas pour lui, c'était pour nous. Je crois que nous avons pénétré dans une autre dimension ; je sens que tout le monde parle de moi en riant et que je suis suivi dans la rue.

– Profitons qu'il dorme...

– Pour nous enfuir en courant ?

– Non, pour trouver un lait qui lui convienne.

– Mais j'ai pris toutes les marques pour bébé ! Ce n'est pas du lait d'être humain qu'il lui faut ! Si tu trouves du lait de la planète Mars, ça conviendra peut-être.

– Tu le surveilles et moi je ramène le lait, dit-elle en prenant son sac.

– Mais s'il se réveille entre-temps ? Je fais quoi ?

– Tu lui fais la discussion, Yossi James. Un vieux cow-boy comme toi, connaît sûrement des tas d'histoires.

Elle dévala les marches de la cuisine et lorsqu'elle

sortit sur le perron de la maison, il l'appela par la fenêtre : "Jenny !"

– Oui ?

– Pourquoi tu m'appelles Yossi James, les derniers temps ?

– C'est ton nom de cow-boy, non ?

– Mais comment le sais-tu ? Il n'y a que mon père qui m'appelait comme ça.

– Je crois que c'est le bébé qui me l'a dit.

– Le bébé ?

– Dès que j'ai pris l'œuf dans mes bras, il y a des tas de secrets qui me sont apparus comme des évidences. Comme si cet œuf avait ouvert une porte dans mon être inconscient.

Elle fit un grand sourire à son mari et partit à pied d'un pas rapide.
"Je voudrais bien savoir où elle compte trouver du lait, pensa James."

Il remonta les escaliers de la cuisine et réfléchit encore à ces incroyables événements qui avaient bouleversé leur paisible existence. Tout avait volé en éclats. Plus rien ne semblait même convenir à cette nouvelle clarté qui avait brisé le mur d'obscurité qui les entourait de toute part.

La structure de leur existence n'était plus l'outil adéquat qu'il avait pensé. Lui qui était spécialiste dans l'utilisation d'un objet, comprenait parfaitement que leur habitation de couple, ne pouvait convenir à l'intégration d'un enfant avec tous ses besoins de patience et de soins. Leur demeure devait également fournir cette possibilité dans son service régulier. Pour l'heure, tout comme lui, la maison n'était pas prête à l'arrivée subite d'un enfant. Il fallait qu'il ait un lit, cet enfant, une chambre à lui, pour qu'il puisse y pleurer tranquillement. Pour qu'il dorme dans la chaleur d'un cocon.

Il s'approcha du landau et fut encore frappé par la beauté lumineuse de ce petit visage pur. C'était véritablement un ange.

6

James n'avait pas tout à fait tort, lorsqu'il disait qu'il se sentait suivi dans la rue. En fait, il était bel et bien filé par un détective privé rattaché au "département des secrets d'origines inconnues" de la N.A.S.A. Ce département était en rapport avec "le bureau des recherches extra-terrestre". Le choix d'un détective privé pour les sujets délicats, avait été adopté depuis qu'un certain film avait dévoilé une autopsie d'un extra-terrestre. Film naturellement démenti, mais qui avait jeté un voile de suspicion sur l'objectivité de la N.A.S.A quant aux sujets extrêmement contro-versés des êtres originaires d'autres planètes.

Un détective privé n'officialise rien et trav-aille pour n'importe qui. L'honneur est sauf mais les renseignements sont pris. Par ailleurs, Jim Burton Daynish Junior n'était pas n'importe quel privé, et avait déjà à son actif, une bonne ving-taine de dossiers menés à bien pour le compte de la N.A.S.A.

Évidemment, ce qui s'était passé au village de vacances n'avait pas manqué d'éveiller l'intérêt de Jim.

Événements étranges, perturbation des conditions atmosphériques, lumières surnaturelles et dysfonctionnements des circuits électriques du village de vacances.

Et pour finir, un objet, signalé comme une capsule, brise une vitre, s'introduit dans une chambre, puis disparaît. Curieusement, les locataires de la chambre en question sont dénoncés dans la même soirée, par les voisins, qui entendent les pleurs d'un bébé.

Le couple est sommé de quitter le village pour avoir transgressé l'interdiction de faire pénétrer un enfant dans le complexe touristique pour célibataires et couples sans enfant, puis reprend le chemin de Brooklyn city, dans un taxi dont le chauffeur interrogé confie que le père de l'enfant a été transporté complètement inconscient à la suite d'un évanouissement dû, selon un médecin consulté, à un état de choc particulièrement violent.

    – Donc, une affaire louche comme pas deux, murmura Jim, en regardant le remue-ménage des époux, qui rentraient et sortaient, avec des achats répétés de lait en poudre pour bébé. La caissière du supermarché a été catégorique : le père ne savait quelle marque de lait donner à son bébé. En bref, il a acheté toutes les marques.

    – Qu'est-ce que cela veut dire ?

    Il rentra dans une sandwicherie à l'angle

de la rue où était la maison des Cawen et commanda un café fort avec un hot dog qu'il badigeonna de moutarde et entre deux bouchées fit le point à haute voix.

– L'enfant a donc été perturbé dans ses habitudes alimentaires.

Il sortit une feuille blanche, pliée en quatre, de la poche de sa veste à carreaux, et dessina une capsule sur un des quatre côtés extérieurs de la feuille. Il lui fit quelques petits hublots sympathiques et se demanda ce qu'était devenue la capsule.

Il se dit que les radiations de la capsule pouvaient suffire à détraquer les goûts alimentaires d'un enfant.

Ce n'était pas encore une preuve mais déjà un indice.

Par ailleurs, pourquoi avoir introduit cet enfant dans le village ?

– Donc, dit-il encore, car il utilisait beaucoup de "donc" pour construire ses idées et dresser ses spéculations ; ce bébé est au cœur du problème.

Il imagina un instant, le couple Cawen, faisant pénétrer le nourrisson dans la capsule qui disparaissait dans l'espace intersidérale. Scénario stupide, sans doute, mais depuis qu'il était dans les papiers de la N.A.S.A, il ne contestait aucune possibilité.

– Stupide, certifia toutefois Jim ; car l'enfant n'a pas disparu. Mais dans ce cas, pourquoi avoir enfreint les règles de ce village réputé pour ces exigences en la matière ?

Il commanda un autre Hot dog et un autre café et rajouta une nouvelle idée à sa reconstitution des faits.

– Et si tout était par hasard ? L'enfant n'a rien à voir avec l'événement, mais se trouvait dans le village parce que le couple Cawen est un habitué de l'endroit et s'entête à garder ses réservations annuelles bien qu'un bébé soit né entre-temps ?...Oui, on peut jouer également cette carte. Mais dans ce cas, la capsule devient un sujet indépendant des suspects numéros un...Il y a tout de même la déclaration de James Cawen mais il n'y a pas encore de liens entre les événements.

Sur une autre face du papier, il écrivit : 1, une capsule d'origine extraterrestre brise la vitre. 2, James déclare qu'elle ressort aussi sec. 3, sa femme prend une douche, 4, les voisins déclarent les pleurs de l'enfant, 5, James s'évanouit.

– Non, ça ne va pas.

– Vous avez bien commandé un second hot-dog et un second café ? lui demanda la serveuse.

– Effectivement, Mam'selle, dit-il, en feignant un accent de Géorgie.

Un instant plus tard, il rajouta : "James s'évanouit bien loin du numéro 1 !"

– Un quelconque événement se serait-il produit entre le 1 et le 5 ?

Il mordit dans son hot-dog et le trouva bien meilleur que le premier. Il réalisa alors que, seulement en cet instant, il prenait conscience que le premier avait peut-être été réchauffé plusieurs fois. De cette façon, James Cawen avait pu réagir à l'intrusion spectaculaire de la capsule dans sa chambre, seulement après les pleurs de l'enfant. Restait une question ; pourquoi Jennyfer avait-elle prit une douche en rentrant du repas ?

Il décida qu'il demanderait à sa femme, si après un repas au restaurant, pour lequel elle s'était douchée et maquillée, elle reprenait une douche avant de dormir. Il se rappela aussi qu'il avait promis de l'amener, ce soir, manger chinois.

Ce qu'il y a d'étrange pensa-t-il, en sortant dans la rue, c'est que notre vie est toujours un mélange de responsabilité et de futilité. Nous nous occupons des questions de spéculations scientifiques avec la même vigueur que nous mettons dans les questions d'ordre gastronomique. La pensée de l'homme se rabaisse à la nécessité de manger chinois ou de manger Pizza, bien qu'elle soit occupée à percer les secrets de sa propre situation existentielle.

Pourquoi ne pourrait-on se doucher après un repas et s'évanouir à retardement ?...Il remonta dans sa voiture et repartit vers Manhattan, il

n'avait pas suivi Jenny, lorsqu'elle était de nouveau sortie pour trouver une nouvelle boite de
lait...

7

Elle descendit la rue rapidement, de ce pas pressé que prennent les femmes pour l'intérêt de leur enfant. Elle profita de cette solitude pour réfléchir un peu, sans s'apercevoir que sa réflexion venait de ralentir la cadence de ses talons sur le trottoir. Les escaliers, comme des toboggans, glissaient vers la rue. De longues voitures américaines, à l'ancienne, côtoyaient le long des allées, ces nouvelles autos à ligne européenne, plus courtes, donc plus pratiques à garer, qui rentraient mieux dans les tiroirs de la société. Le soleil dardait son aiguillon joyeux. Elle aimait bien cette lourde chaleur qui lui réchauffait les os. Il y avait aussi, l'ombre élégante des platanes qui profilait son vieil air de printemps décoloré.

Elle n'empruntait pas ce chemin, en principe, ou par principe, et se contentait de quitter le quartier en voiture pour se rendre à la bibliothèque ou aux courses, à Manhattan. En fait, elle n'avait même jamais véritablement aperçu ces rues autour de son nid de solitude qu'était sa maison.

Et pourquoi donc, voyait-elle, désormais, ces

rues absentes, ces vasques d'effervescence tranquille ?

À cause du petit, ou grâce à lui. Car elle
avait un bébé à elle, dans son giron, dans sa be-
sace, dans sa maison. Un écueil noyé dans son
ventre, un naufragé qu'elle a engendré comme
personne.
Un ange de bibon pour elle, de poupon tranquille
comme la lune. C'est pour cela qu'elle les voyait
ces rues, qu'elle les voyait pour la première fois.

Débouchant du quartier noir, à l'angle de
Kingston avenue, ce fut le choc merveilleux d'un
univers nouveau qu'elle ne savait pas : de jeunes
princes, fiers comme des chevaux fougueux, dé-
contractés comme le vent lui-même, faisait de la
rue leur royaume d'idées et de rires et de chants.

Ils allaient et venaient, venaient et
allaient, et s'interpellaient pour se sentir, pour
s'aimer d'amitié, du bout d'un nom lancé au vent.
Ils couraient pour se dire un dernier mot, de ces
mots généreux que les jeunes gens flattent d'une
importance déraisonnée. La veste courte au vent,
ou qui flottait sur l'épaule comme une moitié de
cape, et la chemise blanche qui chantait au soleil,
comme si elle était peinte à l'huile des nuages.
Et des fils blancs, torsadés, désordonnés qui leur
pendaient aux coins des pantalons et qui semblaient doués d'une vie indépendante, tant ils se
tortillaient.

Et ils n'étaient pas tristes, oh non ! Ils n'étaient pas comme disait son mari, qui était en colère contre les Juifs religieux. Non ; ceux-ci étaient si fiers de leur judaïsme, qu'ils vous bourraient les yeux d'une orgueilleuse joie de vivre. Ils avaient éclaté le Ghetto de Varsovie et l'écrabouillaient de leurs pieds qui dansaient de gaieté. Ils avaient fait du Ghetto, une gaieté joyeuse. Ils ne marchaient pas dans la vie, ces jeunes seigneurs aux barbichettes de soie noire ou rousse, aux moustaches blondes, de capitaines de la garde qui se battent en duel avec la tristesse et la pourfendent de leur insolente sûreté. Ces jeunes-là, se dit-elle, ne prennent pas le temps de s'attrister des rumeurs du monde, ils sont trop occupés à remplir leur temps en allant et venant, en revenant d'aller venir.

Certains, comme s'ils revenaient de la plage, avait une serviette autour du cou pour toute cravate. Ils se groupaient tous les trois mètres et fredonnaient des rêves qui les emportaient dans des rives d'amitiés.
Ils avaient pris d'assaut les cabines téléphoniques et débordaient toujours d'un magasin de droite ou de gauche.
C'était là, les 'hassidim de Loubavitch que sa belle-mère lui avait dits ; les concurrents d'expansion de Coca Cola !

Il est évident qu'une telle vitalité, une telle

joie de vivre ne pouvait se contenir dans un seul endroit du monde et qu'elle s'épanchait sur toute la terre pour semer la vie et la lumière.

Jenny était grisée par cette ambiance de mariage rural et découvrit que les jeunes filles, plus discrètes, n'étaient pas moins joyeuses. Elles aussi participaient à la marche gratuite de leurs jambes de princesses. Elles étaient si nombreuses à être des beautés, que Jenny pensa à un défilé quelconque qui avait rassemblé là, des perles d'une rare noblesse.

De tous ces gens libres d'exister pour ce qu'ils étaient, la rue était une maison un peu plus large, avec son salon, son couloir, sa cuisine. La rue était à eux. Ils l'avaient payée de leur droit à la vie.

Lorsqu'elle vit une femme blonde qui donnait le biberon à son bébé en discutant avec animation avec une comparse rousse. Jenny l'aborda directement sur le sujet qui l'avait menée dans ce quartier moderne et vieillot à la fois, neuf et ancien ; dans le temps mais en dehors du temps. Car c'était pour ce lait, le même lait qu'il y avait dans le biberon de cette causeuse juive, cette maîtresse de maison qui laissait continuer sa vie dans cette rue intime, que Jenny était là. Elle avait compris, dans son instinct de mère, que cet ange ne buvait que du lait *Cachère*. Bien qu'elle ne sache aucunement ce qui faisait la différence entre ce lait et d'autres laits, mais elle était trop pressée dans l'immédiat pour poser des questions sur les techniques de cachérisation employées par les Juifs.

La causeuse l'accueillit bien, sans manière et lui indiqua le magasin d'un peu plus haut dans la rue où elle achetait elle-même son lait, et la marque du lait qu'il fallait acheter, car il était le meilleur, selon son expérience.

Ce n'étaient pas des femmes craintives ; les différences ne les agressaient pas, elles avaient la sage modernité d'accepter sans histoire celui qui venait vers elles et lui parlaient sans prendre de gants mais sans fausse affectation, c'était quelqu'un de la famille ; voilà tout. Il vous demandait un renseignement qui lui tenait à cœur, on lui répondait cordialement. Ainsi, ces 'hassidim ont étés éduqués par leur Rabbi. Un chef de famille 'hassidique avec un cœur tourné vers le monde.

Certes, ce n'était après tout qu'une simple réponse à un renseignement, mais pour Jenny, toutes les barrières de craintes qu'elle avait accumulées contre le monde religieux fondirent tout entières comme neige au soleil.

Elle pénétra dans le magasin et se mit à la recherche de la marque conseillée, dans le réfrigérateur des laitages, et soudain, elle entendit son nom.

– Jenny ! Ce n'est pas vrai !

Jenny fit volte-face et vit qu'une jeune femme de grande taille venait à sa rencontre, les bras grands ouverts.

– C'est incroyable ! Je rêve ! s'exclama la femme.

Jenny se dit qu'elle connaissait ce visage sympathique, mais en même temps, quelque chose n'y était pas, et elle ne parvenait pas à fixer qui ni où.

– Tu ne me remets pas, Jenny ?

– Je…bredouillai Jenny, qui se dit qu'une personne pouvait se vexer si on tardait à la reconnaître, mais là franchement…

– Judith ! Judith Bisberg !

– Judith ! s'exclama Jenny, ahurie. La Judith du gymnase ?

– Oui ! La prof de sport du campus.

– Ça alors ! Mais qu'est-ce que tu fais ici ?

– Eh bien ; j'habite ici ! Et toi ?

– Moi ! Je…je fais mes courses. Mais dit moi ; tes cheveux, ils n'étaient pas frisés ?

– Ah, oui, ils sont toujours frisés mais ça, ce ne sont pas mes cheveux; c'est une perruque.

– Une perruque !

– Oui, regarde !

Elle fit bouger sa perruque par de petits gestes de va-et-vient avec sa main, qui démontraient par une preuve sur dix, qu'elle n'était pas complètement fixée sur sa tête.

– Ça alors ! J'aurais juré des cheveux !

– C'est une « Custom »; la meilleure qualité.

– Mais alors, les femmes dans la rue, avec leurs beaux cheveux, portent toutes des perruques ?

– Bien sûr ! Mis à part les jeunes filles ; Elles portent du cent pour cent naturels.

– Naturel ! S'étonna Jenny sans comprendre. Qu'est-ce qui est naturel ?

– Les cheveux, Jenny ; les cheveux. Il y a des perruques synthétiques et d'autres, beaucoup plus chères en cheveux naturels.

– Ah bon ! S'étonna Jenny en observant la superbe coiffure de son ancienne prof de sport.

– Eh oui, ma belle, finie la légende lugubre de la religieuse poussiéreuse et démodée. Le Rabbi nous enseigne qu'une femme religieuse doit être belle pour donner envie aux autres femmes d'être religieuse. De la publicité, en quelque sorte.

– Oui, je vois ; Coca-Cola, fit Jenny, d'un air entendu.

– Exactement jolie Jenny. Ça me fait plaisir de te revoir ; tu ne peux pas t'imaginer !

Jenny aussi avait du plaisir de ces retrouvailles. C'était pourtant étrange de regarder ce changement d'allure chez une femme qui tout à la fois, restait la même; même grand sourire chevalin, long cou et menton pointu. Mais curieusement, elle paraissait beaucoup plus sûre d'elle. Autrefois, elle était souvent inquiète, cette prof. Inquiète de ne pas obtenir de ses élèves, le maximum. Inquiète de perdre sa place. Inquiète de garder la ligne pure et dure des squelettes sportifs qui sont à la mode Améric-aine. Et ici ; dans ce quartier magique, trans-formée avec ses cheveux naturels sur la tête, elle était radieuse de confiance et de naturel, comme ses faux cheveux vrais. Pleine également ; son corps s'était épanoui, et sa pensée était entière de ce choix d'être ce que l'on veut être tout bonne-ment.

Judith habitait Président Street, tout près de la maison du Rabbi, et désira bien sûr inviter Jenny à passer prendre quelque chose. Mais Jenny ne pensait plus qu'à son bébé qui devait avoir faim. Il était temps de rentrer !

– Qu'est-ce que vous faites Chabbat ? de-manda Judith en s'agrippant encore au bras de Jenny.

– Qu'est-ce que nous faisons ! Eh bien, nous...nous nous reposons, répondit Jenny en rougissant.

Judith comprit très bien que Jenny n'osait pas lui dire qu'ils ne respectaient pas le Chabbat, mais elle ne laissa rien paraître et précisa sa demande :

– Je me suis mal exprimée, ma chérie. Je voulais simplement savoir si je pouvais vous in-viter à dîner ce Chabbat.

– Oh ! fit Jenny, en rougissant de nouveau, parce qu'elle pensait à toutes les difficultés que James ferait, ne serait-ce qu'à l'idée d'être in-vité chez des religieux. C'est extrêmement gentil, mais...nous ne sommes pas libres ce Chabbat.

  – Si vous changiez d'avis, ou si Chabbat même, en vous promenant, vous passiez près de chez nous, n'hésitez pas ; mon mari et moi, accueillons toujours une bonne dizaine de personnes, au minimum, chaque Chabbat.

Jenny prit le numéro de téléphone de son ancienne prof de sport et lui donna le sien, puis se dirigea presque en courant vers la maison.

  – Toujours une bonne foulée, la petite Jenny, pensa Judith, alors que Jenny n'avait qu'une hâte : donner à manger à son ange, pour la première fois.

8

James s'était endormi, peut-être en berçant le bébé. Quoi qu'il en soit, elle le trouva renversé sur une chaise, la main dans le landau, et le bébé tendrement endormi, tenait fermement de sa petite main aux doigts boudinés, l'un des longs doigts de James.

– Mes deux amours, murmura Jenny, et elle s'affaira aussitôt à la préparation du nouveau biberon.

– Et voilà le travail ! proclama-t-elle, alors que le bébé buvait goulûment, en mangeant presque la tétine de ses gencives édentées.

– Ça alors ! dit James, mais qu'est-ce que tu as mis dans ce lait pour qu'il l'accepte ?

– De l'amour, mon chéri. Uniquement du bel, du chaud, du tendre amour d'une mère soucieuse.

– Doucement petit glouton ! dit James en pinçant la joue du glouton et en embrassant ses propres doigts en signe d'amour non moins glouton.

– Il avait faim mon bayby boubi de boubon dondon.

– Pour une lettrée comme toi, des boubi bayby c'est le fin du fin, mais ton livre risque d'en prendre un sérieux coup dans la figure. Remarque, je préfère ce réservoir de lait à ton réservoir de... il s'interrompit en comprenant qu'il allait dire des bêtises et se concentra plutôt sur la boîte de lait. Alors, voyons cette marque de lait qui a réussi l'exploit fabuleux d'échapper à mon dévouement pour la cause. Il inspecta l'étiquette et s'étonna. Voulut vérifier et s'empara d'une autre boite; d'entre celles qu'il avait achetées et les rapprocha l'une de l'autre.

– Mais ! C'est exactement le même lait que j'ai acheté !

– Pas tout à fait précisément aussi exactement, dit-elle calmement avec un clin d'œil complice au bibon dondon.

– C'est le même, regarde ! dit-il, en brandissait la boîte.

Elle jeta un rapide coup d'œil et reporta son attention sur bibon.

– Sauf qu'il y a un simple petit tampon au derrière de la boîte que tu as négligé.

– Quoi ! Quel tampon ? grogna James avec l'air d'un sauvage qui comprend déjà.

Et il le vit : le tampon des rabbins ; un tampon énorme souligné, entouré. "Tribunal rabbinique des autorités rabbiniques de Crown Heights".

– Tu as donné ça à mon fils ?

Il bouillait de colère et s'apprêtait déjà, dans son indignement, à jeter la boîte dans la poubelle, avec un vif revers de son bras, lorsqu'elle lui dit, toujours avec ce calme unique d'une mère qui nourrit son enfant et sans même se retourner vers lui :

– surtout, ne fais pas l'erreur monumentale de jeter ce lait à la poubelle, parce que dans ce cas, il te faudra retourner dans le quartier des religieux, rentrer dans la boutique des religieux et faire peut-être la queue à coté de religieux barbus, et religieuses à perruque en vrai cheveux plus beaux que vrais, parlant le Yiddish comme on parle l'anglais, et tendre ton argent, au caissier à grande barbe blanche et à calotte noire, qui, peut-être, frôlera de sa main ridée ta chère menotte incroyante ; oh ! Horreur et consternation ! Et je t'en passe pour te ménager.

Il reposa la boîte avec un regard dégoûté vers sa femme qui savait le pousser à bout en restant parfaitement tranquille, mais se dit qu'il ne fallait pas flancher sous peine de voir bientôt rappliquer des tampons pour toutes choses. Mayonnaise tampon, moutarde à tampon, pain tamponné et beurre tamponné.

– Ma chère Jenny.

Elle savait bien, qu'après un "ma chère Jenny" avec un ton si apparemment raisonnable qui s'adressait, selon ses propres termes, à son intellect sensé et humain et moderne et normal, elle ne pouvait rien présager de bon. Aussi, fit-elle, sur son front, un petit accent circonflexe avec ses sourcils fournis.

– Je m'adresse à l'être sensé qui subsiste en toi. Cet être soucieux de ne pas être capturé par une secte, un courant furibond, une folie passagère, que l'on regrette ensuite amèrement, malheureusement souvent trop tard. Et ceci commence par des autorisations pour consommer un met particulier ou un plat quelconque, des tampons suivent, attestant de cette autorisation...

– À propos de ce tampon ; donc ! Viens-en au but parce que le bébé commence à s'endormir.

– Je ne veux plus voir cet ignoble tampon rabbinique dans ma maison. Tu as fait une bêtise sous le coup de l'émotion, mais préserve-nous de ces tamponnages à l'avenir.

– Pourquoi ? demanda-t-elle.

– Pourquoi ! Mais parce que ...

– Parce que quoi ?

– Parce que c'est une atteinte à ma liberté !

– Parle moins fort, le petit s'endort.

– C'est une atteinte à ma liberté, dit-il d'un ton plus bas.

– Quel empêchement ce tampon sur cette boîte de lait cause-t-il dans ta chère liberté ?

– Je veux pouvoir écouter les Pink-Floyd, crut-il bon de dire, pour évoquer sa liberté.

– Eh bien, écoute les Pink-Floyd ! Quel est

le problème ? Ce n'est pas sur ton disque des Pink-Floyd qu'il y a un tampon rabbinique.

– Justement, c'est ça le problème :

– ne crie pas.

– C'est ça le problème ! Chuchota-t-il. Il y a le monde des tampons rabbiniques et le monde des ¨Pink Floyd ! Et ces deux mondes ne se rencontrent jamais.

– Et Matyshiahou ?

– Qui ça ?

– Matyshiahou, le chanteur. Troisième vente de disques au States. C'est pourtant un Juif religieux orthodoxe.

– Tu es sûre ? fit-il semblant d'ignorer, alors qu'il s'était intéressé à ce phénomène dans tous les écrits qu'il avait trouvés sur lui.

– Il fait sa prière et mange *Cachère* comme tous les religieux.

– Très bizarre le bonhomme, pour un religieux.

– Et ce champion du monde de boxe, poids léger ; c'est aussi un jeune Russe religieux. J'ai lu qu'ils avaient l'intention de faire un film sur lui.

– Oui ; bon…

– Eh bien, ces Juifs ultra-orthodoxes, mangent des produits tartinés de tampons.

– Grand bien leur fasse, mais moi, je ne désire pas laisser ces produits douteux dans notre maison à l'esprit libre.

– Pourquoi douteux ?

– Parce que c'est exactement le même produit de la même marque. Je ne vois donc pas pourquoi l'un est tamponné et l'autre non...

– Ça ne devrait donc te poser aucun problème si c'est le même produit.

– Oui mais ce tampon ; pour dire quoi alors ?

– Je ne sais pas non plus pourquoi celui-là est Cacher pour les Juifs et l'autre non, monsieur Cohen. Mais c'est en tout cas le seul lait que notre fils a accepté d'avaler. Et ça, par contre, je sais exactement pourquoi.

– Pourquoi ?

– Parce qu'il est saint ; c'est un ange du ciel et il lui faut une nourriture saine.

– Remplie de matière grasse, sa nourriture saine, rétorqua-t-il avec mauvaise foi. De toute façon, depuis le babou dondon, je n'ai plus rien à dire. Madame se révolte à tout bout de champ. "Je garde l'œuf !" "Pas d'analyse !" "Je le rentre dans mon ventre d'une manière dégoûtante !"

– Tu peux dire merci, ça t'a évité d'adopter un enfant.

– Élever les enfants des autres n'est pas ma vocation, je te l'ai déjà dit.

– Être égoïste, ça c'est ta vocation, James Cawen, l'antireligieux qui ne croit qu'en lui. En fait, c'est ça ta religion ; c'est Toi. Tu ne crois qu'en Toi ! Tu t'idolâtres et ne supportes pas que les autres soient religieux d'une autre religion que celle des égoïstes qui adorent leur nombril.

– Cet ange a une très mauvaise influence

sur toi, Jenny Cawen ! À moins que ce soit les effluves du lait tamponné…Il prit son blouson et sortit en claquant la porte.

9

James prit la voiture et roula au hasard. Il regrettait déjà de s'être laissé emporter à cause de ce fichu tampon, mais il était trop fier pour avouer ses torts. Il ne le faisait d'ailleurs qu'en des occasions extrêmes où il était acculé à vomir la vérité.

Les paroles de sa femme raisonnaient dans ses oreilles : "tu t'idolâtres ! Tu n'aimes que toi !"...Sans doute, pensa-t-il...

À sa droite, un restaurant chinois proposait des nems sur sa vitrine. Il rectifia alors les paroles de sa femme comme si elles étaient affichées sur la vitrine : "tu nem que toi, sale chinois". Mais il n'était pas chinois; il était juif. Sale juif ; c'est plus commun. Sale chinois, ça se dit très peu. Entre Chinois et japonais, peut-être.

L'avantage avec les Chinois c'est qu'ils n'avaient pas le choix. Quand on est chinois, ça se voit comme le nez aplatit au milieu de la figure. Les noirs aussi, c'est visible... Les Juifs, par contre, ils n'ont pas une tête spéciale, quoi qu'en aient dit les antisémites. Les Juifs ont le choix.

Ils ont toujours le choix. C'est difficile d'être un homme qui a le choix... Les Gentils, pensa-t-il. Les Gentils, sans doute, gentils les chinois avec leurs sourires et leurs courbettes. Et puis, ils mangent de tout sans faire d'histoires ; gentiment. Il se dit qu'il avait peut-être mangé du chat ou du rat dans un restaurant chinois comme celui-ci. Un restaurant réputé...

Le feu passa au vert et le restaurant n'était plus réputé mais répudié. Son esprit aussi se laissa aller...

"J'ai besoin de voir la mer. Le mouvement des vagues qui hésitent entre aller et venir. Ma femme n'hésite jamais entre aller et venir. Sauf pour son livre bizarre. En fait, elle est bizarre cette femme. Elle a le physique d'une petite bonne femme simple et tranquille mais au fond, elle est torturée et imprévisible. Avec son œuf, non mais, franchement ! Comme si c'était normal cette histoire d'œuf...Nous sommes peut-être en danger, il va peut-être lui pousser des dents pointues à ce bébé...Ce drôle de bébé qui est né après un seul jour de gestation. Que dis-je ; un jour ! Une minute ! Drôle d'affaire ! – Drôle d'affaire commissaire. Qu'en dites-vous ? – Embarquez tout ! – Prélevez les tampons. Non ; les empreintes." Drôle d'affaire, ces tampons...Les empreintes des rabbins commissaires. "– Commissaire rabbin ! – Oui, simple rabbin gendarme ? – Mettez vos empreintes sur cette boîte de lait et rajoutez-y mon tampon. – Lequel commissaire rabbin ? – Le plus impressionnant des tampons que vous avez en impression..."

Et ce bébé qui dit oui avec la tête ! Une histoire de fou, je te jure !

Un boubi baby à nous, avec sa tête de phoque... La pauvre chérie, c'est normal qu'elle ait craqué pour un bébé pareil. Il nous magnétise cet enfant. Il a un jour, et paraît un an. Et il dit oui avec sa tête pour dire oui. Un ange. Un bébé ange qui m'a pris le doigt dans son petit poing d'amour... Il me manque déjà, ce petit ange..."
Jenny était dans la salle de bain et déshabillait le bébé qui riait et babillait.
   – C'est étrange quand même !
   – Il y a quelque chose d'étrange, ici ? fit James, en levant le cou très haut comme s'il cherchait à voir au-dessus d'elle, à la manière d'un badaud.

Elle lui sourit pour acquiescer qu'il valait mieux prendre les choses à la légère. Ils avaient fait la paix. Tout au moins, une trêve dans les hostilités. Il fallait être responsable maintenant qu'ils étaient parents.
   – C'est étrange qu'il n'ait rien fait ; regarde !
   – Ah oui, c'est du propre, ça, monsieur, de ne rien faire dans sa culotte ! Il n'a pas encore assez mangé, voilà tout.
   – Oui ; tu as sûrement raison. On va maintenant laver bébé avec les moyens du bord, mais

demain, c'est promis, on installe la maison baby-modèle en dépensant beaucoup d'argent pour avoir tout ce qu'il faut. N'est-ce pas papa ?

– En effet, les enfants ! fit-il avec un ton de papa américain dandy, un peu du sud. Fini les vacances !

Mais comme elle fronçait les sourcils à propos de cette dernière remarque, il rajouta :

– L'argent jeté dans les toilettes des restaurants, sera mieux employé à chouchouter mon héritier auquel je lègue mon mauvais caractère et mes provisions de chewing-gum que j'ai collé sous la table du salon…

Le jour suivant, la maison s'était transformée en maison pour bébé. Le bureau était devenu la chambre, et la maison cow-boy était devenue pouponnière. Les biberons et les boîtes de lait à tampons rabbiniques s'entassaient sur le marbre de la cuisine. James et Jenny se délectaient du bébé et traînaient des heures à s'occuper de lui.

– Le seul problème c'est qu'il ne fait toujours rien dans sa culotte.

– Oui ; c'est très embêtant, surtout à cause des odeurs ! fit James, d'une voix faussement plaintive, alors qu'il était allongé sur le lit, avec son bébé sur le ventre. Remarque, on peut peut-être arrêter d'acheter des couches, parce que ce n'est pas donné, de faire dans sa culotte ! Quand il est propre, le bébé, les familles s'offrent le champagne, le caviar et tout le nécessaire des gens aisés. Il faudrait penser à inventer un système de couches autonettoyantes jetables.

– Pourquoi jetables, si elles sont autonettoyantes ?

Elle était assise devant la glace de sa commode et essayait des coiffures.

– Pour gagner de l'argent sur tous les fronts; bien sûr ! "Ne jetez plus vos couches salles ! Jetez-les propres !"

– Oui ; évidemment. C'est très pratique pour le bout des doigts.

Il voulait lui parler d'un sujet. Quelque chose qu'il avait remarqué chez le bébé à force de le voir tout nu.

– Tu sais Jenny ? dit-il très sérieux tout à coup.

– Oui ?

– Pour le huitième jour...

– Oui ?

Elle l'agaçait un peu de dire simplement "oui ?", mais il continua sur sa pensée en caressant le petit cou du bébé.

– Eh bien, ce n'est pas la peine de rien faire, parce que le petit ange est né déjà circoncis.

Il avait eu le courage de dire le mot et était soulagé. Il recommença donc à jouer avec le bébé qui était déjà un bon joueur et pleurait uniquement pour annoncer qu'il avait faim. Il était

d'ailleurs d'une telle précision que James le soup-
çonnait de savoir lire l'heure.

– Ta mère pense qu'il faut peut-être lui
faire couler tout de même une goutte de sang.

– Elle n'y connaît rien ma mère, avec sa
goutte de sang barbare.

– Elle m'a dit de m'adresser à un rabbin.

– Tu lui as dit que ce n'était pas Israël, ici ?

– Elle m'a dit que nous habitions tout
près du quartier des Loubavitch. Qu'il fallait demander à un rav de leur communauté.

– Ah ! C'est comme ça que tu as découvert
ton lait tamponné ! dit-il d'un ton neutre.

– Oui.

– Il faut bien lui trouver un nom à boubon.

– Tu as réfléchi à un nom ?

– À des tas de noms. Qu'est-ce que tu penses
de Jerry ? Ça ferait trois "J" : Jenny, James et Jerry.
Ça te plaît Jerry ? demanda-t-il au bébé.
Il fit non de la tête avec une grimace pour démontrer sa désapprobation.

– Il a dit non ! C'est très pratique, s'en-
flamma-t-elle, on va pouvoir lui énoncer des
noms et voir celui qu'il aime!

– Johnny ! dit vivement James, avant
qu'elle ait eu le temps de proposer à son tour.
Grimace de négation. Il n'aimait pas Johnny.

– David ! proposa-t-elle. Il sourit hésita,
puis sans grimace, il fit non de la tête.

– Ronny ! "Grimace ; non."

– Moché ! "Sourire, hésitation ; non."

– Willy ! "Grimace et non catégorique."
– Shimon ! "Sourire, non."
– Grégorie ? "Grimace, non."
– Micky ? Grimace.
– Réouven ? Sourire.
– Ron ? Grimace.
– Eddy ? Grimace.
– Eliahou ? Sourire.

Une heure plus tard, ils n'avaient toujours rien trouvé qui lui convienne.

– Tu as tout de même remarqué qu'il sourit chaque fois que c'est un nom juif ?

– Oui ; c'est vrai, je l'avoue. Mais si j'essayais des noms français ? Après tout, ma mère parlait le français à la base. Que dis-tu de Jean Luc ?

– Pas question ! dit Jenny, alors que le bébé grimaçait et faisait non.

– Toi, reste impartial, précisa James.
Jean Claude et grimace, Jean Pierre et grimace, Jean et grimace, Lucien-grimace, Albert-grimace, Didier-grimace…

– Stop ! fit jenny. Fin des élucubrations !

– Je m'avoue vaincu, par ce petit snob, annonça James en baillant.

– James ! proposa soudainement Jenny.
James sursauta. Mais le bébé grimaça sans pitié. James se sentit vidé de toutes ses forces. Il ne s'attendait pas à ce qu'il accepte, mais de là à faire une grimace !

– Yossi ! Rajouta Jenny, et le bébé sourit puis montra James du doigt et se blottit contre lui.

James ne put s'empêcher d'être ému et il essaya de cacher les larmes de reconnaissance qui lui montaient aux yeux.

– Pourquoi ne proposes-tu pas le nom de ton père ? Chuchota Jenny.

Il la regarda et ne chercha plus à cacher les longues lignes de larmes qui lui mouillaient le visage.

– Shmouel, dit-il. Et l'enfant fit un timide oui, d'acceptation en cachant ses yeux avec sa petite main.

– Il demande d'attendre la circoncision pour le nommer. Enfin ; la goutte de sang.
La voix de James claqua comme un fouet et Jenny pensa à son tour qu'elle rêvait.

– Pourtant, c'est bien son nom, cette fois. Je le dirais devant les rouleaux de la Thora aussi...
À ces paroles, le bébé entoura son père de ses petits bras et ce fut Jenny qui s'évanouit.

10

N'allez surtout pas croire que James était transformé, transfiguré. Non. Ce que l'on pourrait préciser sur cette soudaine affirmation de judaïsme chez un homme qui s'était, somme toute, construit une nouvelle identité, une nouvelle vie en dehors de toute doctrine lié à la spiritualité, c'est qu'une négation aussi affirmée que celle de James, repose essentiellement sur son contraire : une foi profonde. Cette foi, bafouée par un événement tragique, avait choisi de s'exprimer par un aspect de négation, de démenti ; "rien de spirituel, aucun créateur dans ce monde égoïste, ce monde ignorant. Monde de violence, d'effroi. Un monde abandonné à la furie des bêtes qui fulminent leur heure prochaine ; l'heure du sang..."

James était un homme en colère, un homme qui ne pardonnait pas. Pourtant, il ne cessait de porter cette jeunesse des hommes qui grandissent avec l'enfant qui est en eux. Ces hommes-là n'ont jamais brisé l'être de foi qui résiste et perdure. Ces hommes-enfants espèrent encore du ciel, comme ils espèrent de la vie. Dans un homme-enfant, un père ne meurt jamais. Il est toujours présent, au chevet de la nuit la plus noire, ce père raconte encore ses histoires de cheval fou, qui galope et galope encore, vers une éternité d'espoir et de rêve.

Au fond de lui, comme dans sa conscience en éveil, James était toujours Yossi James, le cowboy solitaire...
Concrétiser la goutte de sang, puisque cet enfant du miracle était né circoncis, ne pouvait pas non plus s'exécuter sans certaines questions gênantes dont James et Jenny ne parvenaient pas complètement à cerner tous les aspects. Ils étaient trop proches du miracle pour regarder désormais en pleine objectivité.

Le lendemain, Jenny proposa de téléphoner à un Mohel spécialisé.

– Spécialisé dans quoi ? demanda James. Les coupes au carré ?

– Eh bien ; dans la circoncision ! On lui téléphone, il vient constater si la circoncision est faisable, compte tenu de la résistance de l'enfant, et il fixe le jour.

– Oui, tu as raison. Mais où trouver un "circonciseur circonspect" ?

– Maman a pensé à tout !

À ces mots magiques prononcés d'un air coquin, elle sortit de son sac, avec un geste de prestidigitateur, un petit bottin des religieux du quartier de Crown Heights qui était distribué dans l'épicerie où elle achetait le lait de bébé, et ils procédèrent à une recherche minutieuse, afin de découvrir un expert en la matière.

– Ce qu'il faut, c'est quelqu'un qui sache couper dans le vif ! précisa James.

Comme ils n'arrivaient pas à se décider entre un Mohel et un autre, d'autant qu'ils n'en connaissaient personnellement aucun. Ils demandèrent au bébé de fixer son doigt sur l'un des noms.

Le doigt choisit un certain Amram Rabinovitch. Sa publicité disait : "le Mohel de la communauté". Il y avait une photo d'un colosse à barbe rousse qui ressemblait à un Viking ou à un irlandais démesuré. Ils se sourirent mutuellement pour s'encourager, et James composa le numéro.

– Le Rav Amram me fait dire qu'il ne sera pas libre avant ce soir, dix heures, dit une frêle voix de jeune fille. Laissez-moi votre adresse, il passera chez vous, si vous êtes d'accord pour l'heure.

– Très bien, confirma James en déglutissant, avec l'acquiescement de sa femme ; à vingt deux heures, ce soir...

Il communiqua son adresse, son téléphone en cas d'empêchement, et raccrocha son téléphone comme s'il s'agissait d'une guillotine.

La journée passa lentement, et ils n'étaient pas comme à l'accoutumée, malgré leur entière décision.

Laisser pénétrer un étranger dans leur nouveau cocon, n'allait pas sans les torturer. Qu'allait-il comprendre sur la nature véritable de cet enfant merveilleux ?

Un autre problème était la taille et la maturité de l'enfant.

– Nous dirons la vérité sur son âge, sans rien raconter, naturellement, sur les conditions de sa naissance.

– Je ne sais pas si c'est une bonne idée. Il vaut sans doute mieux mentir, et estimer un âge plus avancé.

– Dans ce cas-là, plus de circoncisions le huitième jour ! Il voudra peut-être même l'avancer à demain.

– Oui ; tu as raison…

Et la journée traîna ses heures cruellement, et ils étaient trop soucieux pour apprécier ce qui hier les comblait.

Pour Jim Burton aussi, la journée passa lentement. Essentiellement parce que le plus gros de son temps était voué à faire le guet depuis sa voiture en stationnement, et que cette occupation était surtout une *non-occupation*. Il fallait observer, observer, et surtout observer.

Cette journée fut pauvre en événements, et les Cawen devenaient un vieux couple extrêmement casanier.

Lorsque notre détective en faction vit enfin qu'un gros rabbin barbu pénétrait dans la maison des Cawen, à dix heures du soir, il sentit qu'il tenait là un élément qui lui permettrait de percer enfin le mystère pour lequel on employait ses services.

Non uniquement que le rabbin avait une allure particulièrement sauvage, avec une immense barbe d'un roux fulgurant. Non uniquement que le bonhomme imposait et grondait comme le tonnerre. Mais un tel homme dans une telle maison à une heure avancée, supposait un événement particulier.

Jim Burton Daynish junior, en fin limier, savait très bien qu'aucune piste n'était à négliger dans une affaire comme celle-ci. Ce qui s'était réellement passé dans cette chambre du village de vacances, lui était encore tout à fait inconnu, pourtant, les spécialistes de la N.A.S.A avaient enregistré une dose phénoménale d'énergies diverses, proches du rayon Gama et de la foudre à densité liquide.

Jim Burton s'était aussitôt imaginé que Hulk, le gros bonhomme vert avait pris part à la soirée et avait déclaré en professionnel aguerri :
– Wahou ! C'est quoi ça ?
Le spécialiste l'avait alors regardé comme un demeuré doué d'un potentiel d'exploitation cérébrale proche du niveau zéro et lui avait gentiment suggéré d'aller se commander un Ham-

burger, lui précisant que l'essentiel, avec les Hamburger était de mâcher longuement afin de limiter les aigreurs d'estomac. Mais Jim Burton Daynish junior avait hérité de Jim Burton Daynish, qu'une bonne affaire ne "vendait pas ses tripes" à la première heure. Il fallait savoir éplucher le sujet en ne se mêlant jamais de ses oignons mais essentiellement de ceux du suspect numéro un, coupable avant l'heure de sa culpabilité prouvée, en sachant intimement à qui on avait affaire, en tentant de découvrir qui était réellement notre bonhomme.

Jim tira une fiche de son imperméable gris, et négligemment, enfourna une énorme bouchée de son Hamburger qu'il avait badigeonné avec beaucoup de ketchup. Il n'eut pas la patience de mâcher et s'étouffa presque, mais, avec des yeux brillants de larmes, fixa tout de même sa fiche de renseignements.

"Yossi Cohen, Israélien d'origine tunisienne. Se faisant appeler aux États-Unis : James Cawen. Esprit ingénieux, directeur d'une boîte surnommée "bureau de dynamique des ventes", autrement dit : relance de projets commerciaux sur des objets divers. Marié, sans enfants..."

D'un stylo à bille, il voulut barrer "sans enfants", mais le stylo ne daignait pas cracher son encre. Il essaya de faire chauffer la bille sur la fiche de carton, tenta de ranimer le stylo moribond sur la semelle de ses chaussures et s'emporta contre ces stylos qui ne marchaient jamais. Jeta le dit stylo par la fenêtre de sa voiture et sorti de sa boîte à gants, un minuscule crayon avec lequel il super-posa d'un trait gris extrêmement faible, le terme "sans enfants" et écrivit au-dessus : "1 enfant". Lorsque, après un quart d'heure, le gros barbu sortit en hurlant qu'ils se fichaient de lui et qu'il n'avait pas le temps de s'amuser, Jim décida qu'il fallait lui soutirer la raison de sa venue et celle de son départ échevelé.

Il ouvrit le coffre arrière de sa Chrysler. Là était une mallette qui renfermait divers déguise-ments de comédien professionnel. Il passa une redingote, ajusta une barbe blanche à sa face, mis une calotte noire, et un chapeau plat de feutre dur et courut derrière le gros barbu.

– Hey Rebbi ?

La grosse barbe rousse vola au vent et Jim Burton trembla sous son déguisement lorsque la voix de stentor le questionna en Yiddish pour sa-voir ce qu'il voulait. De si près, le visage sévère était extrêmement impressionnant.
Jim ne comprenait pas un mot de Yiddish, aussi fit-il la sourde oreille et tenta le tout pour le tout.

– Pourquoi as-tu crié comme ça sur mon ami Yossi Cohen ?
Le gros rouquin l'observa alors fixement comme s'il essayait de soupeser si cet homme était réelle-ment ce qu'il voulait paraître.

– Tu habites le quartier ? demanda-t-il

d'un ton autoritaire.

— Non, répondit Jim. J'habite Williams-
burg.

— Tu es 'hassid Satmer ou Vishnitz ?

— Satmer, rétorqua Jim, surtout parce qu'il
n'était pas sûr de pouvoir répéter correctement le
second nom.

— Sur quel bras passes-tu les Téfilin ?
Gronda la voix puissante.

— De quoi tu parles ? Je te demande simplement pourquoi tu criais sur Yossi ?

Jim avait compris que son interlocuteur le
mettait à l'épreuve. Il savait que les Téfilin étaient
les phylactères, pourtant, les Juifs rétorquaient
toujours par des questions ; il ne fallait pas être
trop soumis, de peur de paraître coupable d'une
quelconque arrière pensée. Toutefois, ne le laissant pas réfléchir, l'homme questionna de nouveau :

— Lorsque on te frappe sur la joue droite,
quelle joue tu tends en retour ?

— La gauche ! répondit automatiquement
Jim, en bon élève du catéchisme qu'il avait été.

Le rabbin lui arracha alors sa fausse barbe
d'un geste brusque de la main droite et lui dé-
cocha son énorme poing gauche dans la figure.
Jim fut projeté sur le trottoir, le nez en sang.

— La prochaine fois, enlève tes santiags,
sale missionnaire ! On peut savoir pourquoi vous
cherchez toujours à nous convertir ? Est-ce que

nous autres, les juifs, on veut convertir les chrétiens ? Chacun sa mère ! Faites les sept lois de Noé et vous aurez droit au monde futur ! Mais je te préviens, l'imposteur. Si je te retrouve à tourner autour des juifs de ce quartier, avec ta barbe de père Noël ou un autre déguisement ; je te brise l'autre nez !

Jim se demanda de quel autre nez il pouvait parler, et lorsque le géant fut suffisamment éloigné, il rassembla ses forces, et se releva en pressant de ses doigts son nez douloureux.

Il se dirigea en titubant vers le coffre de sa voiture, y jeta son chapeau et enleva la redingote d'une main, la roula et la fourra dans la mallette de comédien qu'il referma avec rage, ouvrit un petit sac de secouriste et s'épongea le nez avec du coton. Puis, rouvrit la mallette et en sortit un petit miroir dans lequel il observa son nez ensanglanté.

– Il m'a cassé le nez, ce sauvage !...
Dans la maison, James et Jenny n'étaient pas loin de penser comme Jim. Immobiles, face à eux-même, bien longtemps après que le Mohèl fut parti ; ils ne s'étaient pas encore remis de la bourrasque qui avait renversé toute la maison et était sortie en claquant la porte avec violence.

– Oui ; effectivement, acquiesça James, entre lui et lui-même, dans une immense maîtrise de caractère.
Jenny ne disait toujours rien, se contentant d'em-

brasser son bébé sur la joue en regardant le vide.

– Tu sais ma chérie ?

– Quoi ?

– J'ai l'impression qu'il n'a pas cru que l'enfant soit né avec une aussi belle circoncision.

– C'est aussi l'impression que j'ai eue. D'ailleurs, si je ne me trompe pas, je crois bien qu'il l'a exprimé distinctement.

– Il n'a jamais dû réussir à couper aussi proprement. Il a l'air plutôt nerveux.

– Un peu, en effet.

– Et quant à l'âge de notre bébé, il n'y a pas cru un seul instant.

– Qu'est-ce qu'on va faire ? Personne ne voudra croire que ce grand bébé qui paraît un an et demi, est né il y a tout juste trois jours.

– Donc, c'est fichu pour la circoncision le huitième jour, puisque le bébé est né un Chabbat et que huit jours après Chabbat, c'est encore Chabbat. Aucun coupeur sérieux ne voudra enfreindre les interdits du Chabbat pour faire couler une goutte de sang à un bébé qui paraît un an…

– Et demi.

– Et demi ! Et demi ! Autant pour moi ! fit-il en levant les bras d'un geste brusque, pour reprendre l'allure du Mohèl… Maintenant, mes petits cocos, si vous n'y voyez pas d'inconvénient, je vais me détendre un peu, en sirotant un petit whisky de douze ans d'âge, dont je vais faire sauter le goulot avec un sabre de samouraï.

– Dis bonne nuit à bébé, avant de sentir l'alcool ; je le couche, c'est très tard pour lui.

– Bonne nuit, mon vieux bonhomme.

Il embrassa le bébé sur la tête, lui pinça la joue et porta ses doigts à la bouche.

– Qu'est-ce que tu veux, mon fils, tu es trop en avance sur ton âge. C'est le problème des génies ! Oh ! Ne me regarde pas comme ça avec cet air de me demander "qu'est-ce que tu en sais, Papa ?" C'est vrai, je n'ai jamais été un génie, mais à notre époque, faut pas être gêné, tu comprends ? Le bébé fit oui de la tête.

– Il comprend tout, ce boubou, dit fièrement James, en pinçant de nouveau la grosse joue du bébé. Tu sais quoi, boubou, je te la ferais couler moi, ta goutte de sang ! Et le huitième jour, monsieur !

– Toi ! S'étonna Jenny.

– Oui ma bonne dame ! C'est moi le coupeur de la maison ! Je coupe les cheveux en quatre, je ronge les ongles des mains et des pieds et entaille même, à l'occasion, les petites protubérances parfaites des petits bébés qui sont nés dans des œufs de dinosaures. Certes, je ne ferais pas cela de gaieté de cœur, mais bon…J'essayerai, quoi ; puisqu'il le faut.

Jenny regarda son mari avec admiration, et il eut honte de cette admiration qu'il pensait ne pas mériter.

– Bon ! Va coucher le bibon et moi je vais

me noyer au goulot d'un bon bourbon.

– Tu parles de plus en plus en rimes, Yossi James, attention ! Tu poétises, dit-elle en s'éloignant avec le bébé qui faisait des coucous par-dessus son épaule, à l'intention de James.

–Vraiment très en avance pour son âge ! constata James.

11

Jenny dormait de ce sommeil tranquille des justes, des enfants ou des mères de famille comblées. Avec elle, la maison tout entière somnolait dans un regain d'amour. Seul James ne trouvait pas le chemin du sommeil. Il se rendit une nouvelle fois dans le salon et ouvrit un livre dans sa bibliothèque mais le referma loin de lui. Il regarda la couverture de ses livres et se dit qu'il n'avait le cœur à rien. Il n'avait pas le cœur à lire en tout cas.

Lire des livres, c'était chercher une vie à vivre en étant confortablement installé dans la place du spectateur ; être dans la mer sans se mouiller, voler dans les airs sans se décoiffer... Pratique. Profiter de la vie d'un autre et se passionner avec ses propres sentiments pour des passions de papier, des peines de mots sensibles, des joies de parole. Curieuse affaire, mais à dire vrai, le monde aussi est un livre écrit par le maître du monde. Il écrit *arbre* et nous voyons un arbre. Il écrit *soleil* et nous vivons avec le soleil... Les hommes font donc des livres par instinct, par intimité de mœurs à partager entre le grand livre et les petits livres des hommes.

Il était une fois, des hommes dans un livre, qui écrivaient des livres où des hommes écrivaient des livres dans lesquels d'autres hommes encore écrivaient également d'autres livres...Drôle d'histoire lorsqu'on se donnait la peine d'y réfléchir, parce qu'il fut écrit qu'il y réfléchirait. Évidemment, avec ce genre de pensée philo-littéraire, il était en voisinage étroit avec la fameuse idée de sa femme qui supposait le partage d'une même source d'imagination dans laquelle puisaient les auteurs des livres de l'histoire de la littérature humaine. Pour la première fois, il trouvait un sens à cette idée. Oui ; sans doute...

Mais lorsque la vie déborde des pages du livre, les héros n'ont plus le cœur à lire des livres ou d'autres histoires leur sont contées. Ils sont accaparés par le livre de leur propre vie qui s'écrit d'un instant à l'autre ; au rythme fécond des événements. James sentait qu'il vivait un moment comme celui-là. Un instant de vie si intense qu'aucun livre ne pouvait accaparer son cœur et son esprit. Il lisait en ce moment le propre livre de sa propre vie ; il n'y avait pas de place pour d'autres livres.

Un léger bruit se fit entendre à l'étage. Silence. Des chuchotements. Silence. Une lumière discrète. Silence. Mais bientôt, les chuchotements reprirent et la lumière éclaira le palier du couloir de l'étage des chambres.

Un instant figé d'étonnement, James remarqua que la lumière et les voix provenaient de son bureau.

     – Le bébé !

Il grimpa précipitamment les escaliers de bois et s'avança vers la chambre nouvellement aménagée.

     Si naturellement il leva un pied, comme on le fait pour marcher, qui plus est au moment où, peut-être, un danger se profile derrière nos pas. Il ne sut jamais s'il reposa ensuite ce pied parterre...Car ce qu'il vit à cet instant le retourna tout entier dans son sens, déjà profondément entamé, de la pure et dure réalité :

     Le bébé n'était plus seul ; la chambre était remplie par des anges, de vrais anges de trois mètres de haut, avec des ailes immenses repliées dans leurs dos. Ils étaient sept anges célestes, vêtus de blanc, purs et beaux, de la beauté immatérielle d'un saphir. Ils entouraient le berceau en formant un demi cercle, projetant dans la pièce une lumière dorée et irréelle tandis qu'ils s'entretenaient avec le bébé. Et lui, tranquillement, flottait dans les airs, comme s'il reposait sur l'épaisseur de la lumière nacrée qui émanait des anges ; ses aînés.

     Le bébé leur répondait et apparemment réfutait leurs paroles. Les anges prononcèrent le nom "Yossi" puis "Jenny", et le bébé rétorqua "Yossi James". Les anges s'entretinrent entre eux, puis acquiescèrent, en bénissant le bébé de leurs mains immenses. Ils regardèrent James avec un sourire céleste, déployèrent leurs ailes et s'élancèrent vers le ciel en traversant le plafond. Le bébé resta suspendu dans la lumière dorée qui disparaissait déjà, regardant le plafond comme s'il suivait l'élévation de ses compagnons.

Lorsque le ciel n'attira plus toute son attention, il s'élança dans les bras de James en riant. James l'agrippa, complètement ahuri et le regarda comme s'il ne l'avait jamais vu.

– Abba ! dit le bébé avec un sourire radieux. À ce moment là, Jenny sortit de sa chambre, habillée d'une robe de chambre sur sa chemise de nuit. Elle remarqua aussitôt le visage décomposé de James et lui demanda avec inquiétude :

– Qu'est-ce qu'il y a ? Qu'est-ce que tu fais avec le bébé dans les bras ?

– Hein ? S'étonna James en réintégrant la voie normale des événements.

– Il s'est passé quelque chose ? demanda Jenny.

– Oui, il s'est passé quelque chose, consenti James.

– Quoi ? Voulu savoir Jenny. Qu'est-il arrivé ?

– Rien. Rien de grave...Rien d'inquiétant : notre fils a eu la charmante idée de faire une boum avec ses copains.

Le bébé s'élança dans les airs vers les bras de Jenny, en riant de bonheur.
Lorsqu'elle le réceptionna dans ses bras de maman, l'enfant lui dit avec un sourire de délectation :

– Ima !

– Ima ! répéta Jenny. Il a dit "Ima" !

– Ima ! Abba ! reprit fièrement le bébé.

– Il parle, James ! Il parle ! Le bébé parle !

– Oui, dit James, d'un air blasé. C'est la moindre des choses pour recevoir du monde dans sa chambre, au beau milieu de la nuit...

Au même instant, dans la chambre du village de vacances où le bébé est venu au monde, Jim Burton Daynish junior, avait rendez-vous avec un spécialiste de la N.A.S.A.

– Vous ne pourriez pas fixer vos rendez-vous, beaucoup plus tard dans la nuit ? Se plaignit Jim.

– Vous aussi, vous trouvez que c'est un peu tôt pour le matin... Que vous est-il arrivé au nez ?

– Au nez et à la barbe, précisa Jim, en faisant de l'humour noir.

– Alors ? Vous êtes boxeur ?

– Non, je suis boxé.

– Détective, évidemment ; qui cherche trouve...

– Rien trouvé, jusqu'à présent.

– Et alors, ce nez cassé ?

– Le revers de la médaille.

– C'est-à-dire ?

– C'est pour m'entretenir de mon nez que je suis là à une heure où tous les bons chrétiens sont en train de dormir?

– Pas exactement, en effet, d'autant plus que je suis juif.

– Vous aussi ! Décidément ! C'est une maladie contagieuse !

– Oh, rassurez-vous, les Juifs ne convertissent personne qui ne s'entête à vouloir le devenir.

– Je suis au courant, merci. Je ne suis pas un missionnaire, alors, laissez mon nez tranquille !

– Ce n'est tout de même pas ma faute si votre pansement se voit comme le nez au milieu de la figure.

– Très fin.

– Non ; plutôt du genre énorme comme pansement pour un nez cassé.

– Alors ? du nouveau ?

– Beaucoup. Cette chambre est truffée d'énergie.

– De l'azote chimique à épanchement aléatoire ? proposa ironiquement Jim, avant que le scientifique ne lui serve un terme incompréhensible pour lui.

– Non ; de la poisse d'abricot à pustule intérimaire. Ce qui, vous pourrez en juger, cher confrère, cautionne l'absolue détermination de l'opuscule treize.

– Ouais, c'est fou ce que ça m'aide dans mon enquête, tout ça.

Jim bailla à s'arracher la mâchoire, mais le scientifique n'avait pas dit son dernier mot :

– les sages du Talmud disent que la vision ne ressemble en rien à l'entendement !

À ces mots, il appuya sur l'interrupteur d'un petit appareil qu'il tenait à la main, et aussitôt, la pièce fut plongée dans le noir le plus complet.

– Bravo ! Vous avez inventé un interrupteur intelligent qui sait éteindre la lumière. Dans quelques années vous découvrirez l'interrupteur qui allume la lumière. C'est formidable la science !

– Et cet autre interrupteur, Jim, comment le trouvez-vous ?

Au déclic d'une nouvelle pression sur le petit appareil, des traînées de lumières vertes incandescentes apparurent dans la pièce.

– C'est quoi ça ?

– Des traces.

– Des traces !

– Oui. Des traces laissées par un être extraterrestre ou un mutant du genre X-Men. Un être à densité physique modulable.

– Pas de cinéma, les séances sont finies à cette heure. Expliquez simplement, s'il vous plaît.

– Aucun être humain normalement constitué ne dégage une telle puissance électromagnétique. Et comme je vous l'ai exprimé, cet être, quel qu'il soit, module son être et sa forme.

– La capsule a donc bien pénétré cette chambre ?

– La capsule et même la bouteille de bière. Mais cette capsule était plutôt une sorte d'œuf organique. Voyez la trace de son premier état. Il est resté quelques minutes sur le sol après avoir fondu la vitre.

– Fondu ! Il y avait des débris de verre à l'intérieur !

– Nous avons également analysé ces débris de verre qui sont en fait du saphir d'une pureté exceptionnelle.

– Du saphir !

– Oui. Vous auriez pu devenir très riche, Jim, simplement en ramassant ces débris de verres. Mais, que voulez-vous, il faut un nez pour ce genre de détail, et comme le vôtre est cassé ! Le destin des hommes et la clameur des espaces intersidérales sont dans la main d'un maître d'œuvre qui décide de tout…

– Reconstituez les événements, vous philosopherez avec votre mère en lui disant la chance qu'elle aurait eue si le maître d'œuvre n'avait pas décidé de votre présence dans cette vie obscure.

– Je savais qu'on se comprenait, Jim. Au fait, je m'appelle David. David Spielberg.

– Un nom magnifique pour un scientifique. Reconstituez les événements.

– Okay ! Un objet non identifié pénètre notre atmosphère à une vitesse phénoménale. Nos radars le détectent et l'opération maximale est aussitôt mise en place ; état d'urgence et compagnie... Sa trajectoire est évaluée mais le temps de prévenir le point de chute, l'objet est déjà là. C'est-à-dire : ici même. Son intrusion, dérègle le système électrique du village, le sol tremble et une épaisse fumée blanche, qui a la densité épaisse des nuages, envahie tout et masque, en quelque sorte, son atterrissage catastrophe. Il s'agit, comme vous le savez d'un objet oblong, une sorte d'œuf géant. Il fond le verre de la fenêtre et soucieux des détails, fourni des débris de verre fabriqués de toutes pièces, qui soit dit en passant auraient pu nous permettre de mener la belle vie, bref, l'œuf repose un instant sur le sol, à cet endroit précis, comme cette trace électromagnétique le prouve. Voyez la forme : un œuf géant. Passé quelques minutes, il est soulevé du sol.

Observez les traces qui sont maintenant suspendues dans l'air, à hauteur de bras. Suivons la trace ; elle nous mène dans la salle de bain. Ici, regardez, elle forme de nouveau la trace de l'œuf qui a été déposé un instant sur le marbre de ce lavabo. Puis, voyez cette seconde traînée de lumière incandescente, c'est notre œuf qui revient vers la chambre, toujours à hauteur de bras d'une personne de taille moyenne. Il est bientôt posé sur le lit, puis, soulevé à nouveau, par une personne assise sur le lit. Il ondule et intensifie son rayonnement qui influence un état de lumière proche du solide, dans le but, semble-t-il, de freiner une personne qui s'avance vers le lit. L'œuf ondule puis disparaît.

– Comment vous êtes sûr, quant aux personnes ? Celle qui portait l'œuf et celle qui a été bloquée ?

– Grâce à un nouveau réglage de mon merveilleux révélateur. Et que voyez-vous désormais ?

Trois formes lumineuses, trois êtres capturés par la lumière apparurent tandis que les traînées précédentes disparaissaient.

– Voyez ! Ici, l'homme bloqué par la lumière. Son image est nette et précise, dessinée par un rayonnement électromagnétique particulièrement puissant.

– James Cawen !

Ici, assise sur le lit, puis couchée, deux formes d'une même femme complètement irradiée de l'intérieur.

– Jenny Cawen.

– L'œuf s'est introduit au-dedans d'elle.

– Introduit !

– Oui. Et le plus beau pour la fin. Je règle la manivelle de mon révélateur à un niveau d'intensité supérieur, et l'œuf n'est plus. Il est devenu un petit bébé.

– Le bébé des Cawen ! S'exclama Jim Burton.

– Ce cher petit bébé, expliqua David Spielberg en rallumant la lumière électrique ; un mutant qui module sa forme et devient un bébé alors qu'il est en fait un extraterrestre, une boule d'énergie qui transmute d'état en état !

– Mais c'est…c'est…c'est quoi ça ? s'exclama Jim en cherchant une chaise pour s'asseoir.

– C'est votre plus grande enquête, Jim Burton !

– Mais alors ! Les Cawen sont tous les deux de mèche avec l'extraterrestre !

– Ça, c'est votre problème, Jim. Ramenez-moi le bébé et je l'analyse.

– Vous êtes dingue ? Je ne peux pas enlever un bébé à ses parents !

– Mais puisque ce n'est pas un vrai bébé !

– Une fleur n'est pas non plus une fleur si je l'analyse avec un microscope.

– Pour vous, peut-être. Pour moi, elle correspond exactement à ce que nous savons d'une fleur.

– Vous êtes cinglé avec vos définitions !

– Vous avez constaté comme moi que cet enfant est venu d'un œuf qui a transmuté !

– Mais c'est un truc de dingue !

– J'admets.

– Vous admettez ! La belle affaire ! Vous

n'auriez pas une cigarette, plutôt ?

– Je ne fume pas.

– Ouais, évidemment que vous ne fumez pas ; vous êtes inhumain. Vous êtes prêt à enlever un enfant à ses parents, tout ça à cause de vos déductions électromagnétiques !

– Vous pensez que c'était un accouchement ordinaire, ce qui s'est passé dans cette chambre l'autre soir ?

Demandez au personnel de l'hôtel s'ils ont laissé pénétrer une femme enceinte ...

– Je me suis déjà renseigné, vous me prenez pour un débutant ?

– Alors, vous êtes fixé ! Il faut récupérer cet extraterrestre et découvrir pourquoi il s'est intégré dans une famille.

– Pour le savoir, expliqua Jim, avec un ton de professionnel, il faut continuer à les observer en laissant le bébé dans sa famille.

– Oui ; croupir dans une voiture à observer les allées et venues des nouveaux parents qui achètent du lait et des biberons...

– Comment vous savez ça ?

– Moi aussi, je viens d'avoir un bébé.

– Et si on venait vous l'enlever, votre bébé, pour l'examiner au magnéto-machin, comment réagiriez-vous ? Est-ce que pour l'amour de la science, vous sacrifierez votre bonheur et celui de votre femme ?

– C'est déjà fait puisque au milieu de la

nuit, je ne suis pas tranquillement chez moi, avec ma femme et mon bébé, mais je suis dans une chambre bourrée d'énergie électromagnétique où je m'évertue à vous faire comprendre que si cette famille n'est pas elle-même extraterrestre, alors elle est en grand danger !

– Votre nouvelle carte pour me convaincre ? Le danger ? Vous vous faites subitement du souci pour cette chère petite famille ?

David Spielberg rangea son appareil dans un étui métallique.

– Voici le scénario : ce n'est pas la première fois qu'une telle histoire arrive. Des extraterrestres s'infiltrent dans la vie d'un couple sans enfant et prennent l'apparence d'un fils ou d'une fille. Leur but est de remplacer la race des hommes par une nouvelle race. Une race supérieure. Qu'est-ce que vous en dites ?

– J'en dis que vous n'êtes pas David mais Steven, finalement.

– Steven ! Qui est Steven ?

– Steven Spielberg ; rencontre du troisième type et autres films extraterrestres à succès interplanétaire.

– Écoutez Jim. Je ne plaisantais pas.

– Que dit la N.A.S.A sur ce que vous m'avez révélé ce soir ?

– Elle nous donne carte blanche.

– Nous ?

– Ils veulent que nous fassions équipe.

– Je travaille toujours seul.

– Cette affaire dépasse vos compétences de simple privé.

– Vous avez un mandat d'arrestation contre le bébé ?

– Non, mais j'ai un mandat d'arrestation contre vous.

– Quoi !

Jim se leva brusquement et saisit le savant par la gorge.

– A quoi vous jouez ? grogna Jim entre ses dents.

– Tenez ! exprima difficilement David, en sortant une feuille de papier de la poche de sa blouse blanche.

Jim relâcha le jeune homme et regarda le papier avec des yeux incrédules.

– C'est quoi ça ! dit-il, comme chaque fois qu'il était véritablement étonné. Et c'est daté d'il y a trois ans !

– Un autre mandat en vigueur, vous attend quelque part dans un certain bureau…En fait, depuis que vous travaillez pour ce bureau, il y a toujours un mandat en vigueur contre vous.

– Mais sous quel motif ?

– Violation des secrets d'État…

– Mais je travaille pour l'état !

– Non Jim. L'état à ses propres agents. Vous, vous êtes un atome libre. Personne ne vous connaît et personne ne vous emploie. Seulement, comme vous manipulez des documents ultras confidentiels, vos employeurs quels qu'ils soient, se prémunissent d'une protection contre vous...

– C'est machiavélique !

– C'est simplement un fonctionnement préventif, en cas de pépin.

– Mais vous ? Qui vous emploie ?

– Je suis un agent de liaison qui fait le lien entre l'évolution des enquêtes et les conclusions scientifiques. Je suis aussi un agent libre, engagé par un autre agent libre pour mes compétences en astrophysique et d'autres spécialités du même genre. Je ne dépends pas du bureau central, et n'y accéderais finalement qu'en fournissant un dossier explosif...

– Du genre, un bébé extraterrestre ?

– Exactement.

Jim ramassa son imperméable et s'apprêta à sortir.

– Bonne nuit. Mon esprit ne fonctionne plus normalement, à cause de la fatigue. Envoyez votre compte rendu à mon bureau demain matin. Je suppose que vous saurez découvrir mon numéro de fax sans trop de difficulté.

– Vous avez raison, Jim, nous sommes fatigués tous les deux. Je rentre aussi...

Jim était passionné par son travail. Être privé, fils de privé donnait une relation intime à son métier. De ce fait, chez Jim, le droit à la famille était un sujet sacré. Un père et un fils, c'est quelque chose de puissant qui dépasse tous les genres de rapport humains. Son père l'avait choyé, éduqué dans les bonnes manières et le respect des êtres vivants.

– Jim, disait son père, tu vas rentrer dans la vie des gens. Tu vas les espionner, voir leurs défauts, reconnaître les détraqués et les fous. Pourtant, tu verras aussi des gens bien. Ça existe aussi, des gens bien, dans tous les milieux. Lorsque tu verras qu'un innocent est poursuivi comme un bourreau et que tu es l'instrument de cette poursuite, alors, tu penseras à ton vieux privé de père et tu lâcheras prise. Tu perdras la piste du coupable et tu feras en sorte que celui qui t'emploie la perde aussi. Pourquoi ça, mon fils ? Pour qu'on ne me grille pas en enfer parce que tu persécutes des innocents à cause de moi.

– Ouais, une sacrée bonne raison pensa Jim pour la énième fois.

Il se gara devant chez lui et monta les escaliers de marbre. Il ouvrit la porte de son immeuble avec sa clé et se souvint que sa femme et ses deux fils étaient en vacances depuis hier. Cette affaire commençait à lui peser.

Il rentra dans son appartement et par un réflexe de privé, il n'alluma pas l'électricité. Il se rendit à la fenêtre et observa la rue et ses allées venues. Une voiture était garée en bas et un conducteur arrêtait tous ses feux mais ne sortait pas de sa voiture.

Il en déduisit qu'il était filé. Il se mit alors à la recherche de micro et en découvrit trois. Il alluma finalement l'électricité pour ne pas dévoiler qu'il se savait espionné. Il fit comme si de rien était mais pensa qu'avec de tels spécialistes de l'electro-truc, il devait également être filmé.

Il reste encore la pensée qui ne peut être espionnée par personne, pensa Jim. Il fallait en profiter; pensons tous azimuts, tant qu'il n'y a pas de micros qui écoutent nos pensées. Privée la pensée, mon vieux David Spielberg, le voleur d'enfant. Un sale type ce savant. Ouais, c'est ça, rencontre du troisième sale type.

Difficile de dormir maintenant, il était trop excité. Il s'installa dans un fauteuil avec un whisky et une cigarette et feuilleta un magazine qu'il avait acheté dans une librairie juive pour se familiariser avec le monde des 'hassidim, puisque Jenny avait commencé à les fréquenter, pour acheter le lait du bébé chez eux, bien que les Cawen n'étaient pas un couple pratiquant. Aucune piste dans une enquête de ce genre n'est à négliger, Jim. Et David, le petit savant malin qui m'espionne ne peut pas savoir ce que je pense. Ni lui ni personne, d'ailleurs.

Le magazine rapportait entre autres sujets, une histoire du Rabbi de Loubavitch. Lorsqu'il l'a lut, Jim en fit tomber sa cigarette.

– C'est quoi ça !...

De toute évidence il était stupéfait. L'histoire en question relatait un témoignage d'une personne rentrée en audience privée avec le Rabbi. La personne, un homme de cinquante ans, se présentait et donnait également l'adresse de son domicile, l'histoire était donc vérifiable. Au moment de rentrer dans le bureau du Rabbi, cet homme fut pris d'une confusion et d'un affolement qui ne lui permettrait sans doute pas de présenter correctement ses questions et ses demandes de bénédictions au Rabbi.

Aussi, comme tant d'autres, les avait-il écrites, puis déposées dans son sac pour ne pas les égarer. Le Rabbi se saisit du papier tendu par notre homme, en proie effectivement à une émotion difficilement soutenable devant un chef du judaïsme d'une telle sainteté. Le Rabbi sourit puis répondit aux questions retranscrites par écrit, l'une après l'autre avec une grande patience.

Au moment où la personne se retirait finalement du bureau, le Rabbi lui rendit son papier avec un sourire. Une fois en dehors du bureau, la personne constata que dans sa hâte, elle avait tendu sa note de supermarché au Rabbi.
Jim commença à penser que la pensée n'était pas un secret pour tout le monde. Une seconde histoire lui confirma que ce géant du judaïsme pouvait lire dans les pensées : L'histoire rapportée par un autre homme qui, de même, péné-

trait en audience privée avec le Rabbi. Dans ce dernier cas, la personne qui avait bien donné au Rabbi la bonne feuille, s'interrogea à la suite d'une réponse du Rabbi à l'une de ses questions. Et le Rabbi répondit à son interrogation, ce qui provoqua une autre question dans l'esprit de la personne à laquelle le Rabbi répondit de nouveau, et ainsi de suite, jusqu'à ce que la personne réalise qu'elle n'avait pas ouvert la bouche pour poser ses questions. En conclusion : le Rabbi avait lu dans ses pensées...

– Jim répéta de nouveau un dernier "C'est quoi ça !..." avant de s'endormir profondément sur son fauteuil. Il rêva de son père puis du Rabbi de Loubavitch qui lui disait quelque chose qu'il n'arrivait pas à entendre. Toutefois, la vision du Rabbi le réconforta et il sentit qu'il aurait la force de résister à la tentation...

Lorsqu'il se réveilla, David Spielberg était assis en face de lui et buvait un café.

– Je vous ai apporté des cigarettes, votre marque préférée.
Jim sursauta.

– Qu'est-ce que vous faites chez moi ? Comment êtes-vous entrés ? Sortez d'ici !

– Doucement, doucement, Jim. Une question à la fois. Ce que je fais chez vous ? Eh bien, je vous l'ai dit ; nous allons faire équipe. Comment je suis rentré ? En faisant faire un double de vos clés avec une empreinte de votre serrure.

– Sortez d'ici, n'était pas une question, mais un ordre, pourtant je répondrais : réfléchissez Jim. Je suis là pour vous aider.

– Pourquoi parler de confiance alors que vous avez fixé des micros chez moi. Et une caméra sans doute. Sans compter le guetteur dans sa voiture.

– Je n'ai rien à voir avec ces micros. Un autre agent vous surveille certainement comme ils me surveillent aussi.

– C'est magnifique ! La confiance règne !

– La science est basée sur le témoignage tout comme une enquête judiciaire. Ils désirent s'assurer qu'on ne leur cache aucun indice du dossier qui nous a été confié, et eux se chargent d'analyser ce qui est important pour l'enquête et ce qui ne l'est pas... En fait, il y a deux enquêtes ; la nôtre avec nos conclusions, et parallèlement, la leur avec leurs propres conclusions, à quelques fois des années-lumière de distance...

À cet instant, David fit volontairement tomber sa tasse par terre.

– Oh ! Pardon, que je suis maladroit !
Il se baissa pour ramasser la tasse qui avait roulé sous la table basse du salon et là, sortit de sa manche, un petit appareil muni d'une antenne, dont il baissa le volume au maximum. Ensuite, masquant son petit appareil, il remit la tasse sur la table, comme si de rien n'était.

– Voilà, j'ai neutralisé les micros. Moi

aussi, Jim, je ne suis pas tranquille avec ma conscience dans cette affaire. J'ai beaucoup réfléchi à
vos paroles. J'ai embrassé mon bébé en pensant à
ceux qui ne pourraient plus le faire lorsque leur
bébé aura disparu.

– Vous renoncez à vos galons ?

– Je désire que nous enquêtions sérieusement tous les deux. Toutefois, le bureau ne nous
laissera pas le temps de flâner, Jim. Il faut absolument découvrir la nature de cet enfant extraterrestre. Où tout au moins, son développement. Il
y a déjà un camion témoin devant leur maison. Il
va d'ici une heure visualiser et écouter tout ce qui
se passe dans la maison des Cawen.

Nous avons une journée pour découvrir le
but de cet extra terrestre. Pourquoi s'est-il intégré dans une famille qui a attendu un enfant pendant dix ans…

– Mais avec les résultats de votre enquête,
vos supérieurs savent déjà à quoi s'en tenir…

– Ils n'ont pas reçu mes derniers résultats.
Vous êtes le seul au courant.

– Pourquoi ?

– Premièrement, pour garder le scoop scientifique, à mon nom. Deuxièmement parce que
je veux comprendre les raisons de la providence
qui a organisé tout ça…

– Vous parlez comme un Juif, mon vieux…
comme ce vieux juif à barbe hirsute qui annonce
des paroles d'espoir comme nous autres on se

mouche !

– Plus exactement, comme un Juif bêtement moderne, tiraillé entre la science qui constate uniquement l'existence des choses... et la foi, qui exprime l'essence des choses et des êtres...

12

Ce même matin, les parents de l'enfant prodige avaient des cernes de chien désabusé, lorsqu'ils s'attablèrent pour le petit déjeuner. James tartinait des tranches de pain, affalé sur son bol de café, alors que Jenny donnait un petit pot à bébé, d'une cuillère goulue qu'il avalait d'un trait, entre deux *Aba* et *Ima*, volubiles.

– Je t'en prie, James, répète-moi de nouveau ta vision, insista Jenny. C'est très important.

– Je t'ai précisé que ce n'était pas une vision, c'était réel et dans la chambre, face à moi.

– Aucun problème James, je suis prête à te croire…

– Il ne manquerait plus que ça, que tu ne me crois pas !

– Répète-moi tout.

– Le seul problème pour une conférence, c'est que je suis très fatigué…

Il souffla, bailla, cligna des yeux et bâilla de nouveau. Elle le regardait toujours, en attente, la cuillère levée, jusqu'à ce que le bébé attire sa main vers sa bouche.

– Tu vois, monsieur bébé est sage ce matin,

expliqua James, il demande qu'on le laisse manger tranquillement...

– Mange mais raconte-moi en même temps.

– Je t'ai déjà tout raconté quatre ou cinq fois. Pourquoi ressasser encore la même chose ?

– Pour y voir plus clair. Il y a peut-être des détails qui vont te revenir...

– Alors, voilà, feignit James, en se tenant la tête, d'un air exaspéré. – Ils avaient de grandes massues de bois, une mâchoire patibulaire et de grands bras poilus...

– Arrête James ! C'étaient des anges !

– Mais oui ! Félicitations ! Comment tu sais ça ? Quelqu'un t'a finalement raconté ? Ne serait-ce pas moi, par hasard ?

– Bon, d'accord, je te laisse te reprendre. Bois ton café, mange ton pain beurré, tranquillement...

– Tu remarqueras que je deviens plus endurant ! Je ne me suis pas évanoui cette fois.

– Ne m'en parle plus, tu me diras une autrefois...

– Bon, ça va...

– Je comprends très bien que tu sois blasé par la vision d'anges de deux mètres de haut...

– Au moins trois mètres ! précisa James.

– Qui discutent avec notre fils, alors qu'il flotte dans l'air au-dessus de son lit, on voit ça tous les jours.

– Dans les films, aujourd'hui, on peut tout

faire avec les effets spéciaux...

– Mais depuis cet événement, il parle...

– Effectivement, ça n'était pas dans le scénario, mais il a improvisé... C'est étrange, tout de même, maintenant que j'y réfléchis, qu'il ne dise pas papa et maman, mais *Aba* et *Ima*. C'est de toi qu'il a appris ces deux mots en hébreu ?

– Non. Pas que je sache, dit Jenny. De toi, sans doute. C'est toi, l'hébraïsant dans cette maison. Mes parents ont toujours parlé anglais.

– Et ton père ?

– Quoi ? Il parle anglais mon père... tu le sais bien !

– Tu ne le préviens pas, ton père de la naissance du bébé ?

– Le prévenir ! Bonne idée, si je savais où le joindre.

– Sa dernière lettre était d'où ?

– Du Tibet. Il est parti à la recherche des tribus perdues ; il dit qu'il ne reviendra qu'avec des photos...

– Ouais, bon courage. Il en ferait des photos du baby dondon, dit donc.

– Lorsqu'il reviendra au bercail de son reportage autour du monde, il découvrira qu'il a un petit-fils, cet aventurier de père que j'ai...

– Ouais, fit James en bâillant de nouveau.

– En conclusion, c'est de toi qu'il a appris son célèbre *Aba* et *Ima*, conclut Jenny comme s'il ne l'avait jamais interrompu.

– Oh, moi ! dit James. Je suis hors-jeu

depuis longtemps, avec bibon didon... Pour Ima, il a pu m'entendre, lorsque je parlais au téléphone avec ma mère. Mais pour *Aba*, par contre ?

– Oui, ce n'est pas souvent que tu appelles ton père. Sauf, quelques fois, dans ton sommeil, dit discrètement, Jenny.

– Quoi !

– En dormant, il t'arrive de demander ton père.

– Ah bon ! fit James en avalant une gorgée de café pour avoir l'air de prendre la chose à la légère. Et ça m'arrive souvent ?

Il entama une grosse bouchée de pain en observant sa femme en biais.

– Quelquesfois...

– Ah ! Je ne savais pas... Je ne suis pas somnambule au moins ?

– Non, ça, tu es bien arrimé au lit...

– Oui d'ordinaire. Sauf que depuis bébé, il n'y a plus rien d'ordinaire dans cette maison... Pas vrai bébé que tu fais la fête la nuit avec tes grands copains du ciel ?
Le bébé babilla puis fit oui de la tête.

À cet instant, le téléphone sonna. James, ronchonna qu'ils n'étaient jamais tranquilles et se leva vers le téléphone, le décrocha de son socle et ramena l'appareil vers la table, devant son petit déjeuner.

– Allo ! Ici la maison des anges ! dit-il, de manière ostentatoire.

– Coucou les Américains ! C'est Mamie !
James fit "c'est ma mère" avec les lèvres.

– Ima ! Tu es bien matinale ! dit-il.

– Je n'ai plus le souci de vous réveiller; avec
un bébé, fini les grâces matinées !

– Ouais; bien fini...

– Le secret, mon fils, c'est de se coucher tôt.

– Faudrait nous le transmettre, ce secret.

– Comment va Jenny ? Elle se remet ?

– Ça va ; ça va, fit James en souriant, elle est
plus costaud qu'elle paraît.

– Et le bébé ? Il fait des bonnes nuits ?

– Non, pas terrible. Il est comme moi, il
aime la nuit.

– Mais tu faisais de bonnes nuits, toi !

– C'est ce que j'ai dit à Jenny.

Au même moment, le bébé acheva sa dernière bouché et s'écria: "Ima ! Aba !"

– Mais ! Qui est ce qui crie *Aba* et *Ima* ? demanda Yvette, interloquée.

– Ah ! C'est...bredouilla James, qui n'avait
pas prévu ce problème.

– Aba ! Ima ! reprit le bébé avec confiance !

– Mais ! C'est le bébé qui parle ?

– Le bébé qui parle ! répéta James pour gagner du temps. Il obtura le micro du téléphone de
sa main et dit à Jenny : bouche lui la bouche !...
Bien sûr que non, Ima, c'est Jenny qui veut lui apprendre à parler ! C'est un peu tôt Jenny, je te l'ai
dit !...

– Mais ce n'était pas la voix de Jenny, je ne suis pas folle !

– Elle imite très bien les bébés, Jenny, tu ne la connais pas, c'est un sacré drille depuis qu'elle est maman !

James fit un geste pressé de la main à Jenny qui comprit qu'elle devait imiter le bébé.

– Aba ! Ima ! fit Jenny contre son gré. Aba ! Ima ! C'est moi, belle maman ; je lui apprends *papa et maman* en hébreu.

– C'est bien, ça, de lui apprendre l'Hébreu, au petit, dit Yvette, en appréciant cette attention, de la part d'une américaine. Rapprochez-lui le téléphone de l'oreille, je vais dire bonjour à mon petit-fils. Au moins que ça serve à ça la technique !

James et Jenny se regardèrent un instant, en se demandant s'ils devaient ou non accéder à cette demande de la grand-mère. Jenny qui avait toujours sa main sur la bouche du bébé le rapprocha de l'écouteur du téléphone.

– Voilà, il écoute, le bonhomme, certifia James.

– Allo mon chéri ! C'est Mamie d'Israël ! Comment tu vas mon bébé ?...

Le bébé s'agitait et murmurait, laissant entendre qu'il voulait parler.

– Tu sais, mon chéri, Mamie ne peut pas venir tout de suite te voir, parce qu'elle est en plein déménagement, mais dès qu'elle sera in-

stallée, elle prend l'avion via l'Amérique pour
voir son petit-fils...

Bien que la main de Jenny se trouvât sur la
bouche du bébé, la voix du bébé se fit soudainement entendre.

– Aba ! Ima !

Jenny fut encore plus étonnée que James parce
qu'elle ne sentait pas les lèvres du bébé bouger.
Seuls ses yeux semblaient plus grands que d'habitude et il regardait fixement comme dans un
effort de concentration.

– Arrête Jenny ! Ma mère va penser que
c'est l'enfant qui parle, réagit aussitôt James. Il
est un peu avancé pour son âge, mais tout de
même.

– Gros bisous mon chérie, fit la Mamie, à
très bientôt, passe-moi ton papa maintenant, et
dit à ta mère qu'elle aura tout le temps pour t'apprendre l'Hébreu...

James prit l'appareil en faisant les gros yeux à son
fils qui ne coopérait pas.

– Alors, vous avez trouvé un Mohèl, pour la
circoncision ? demanda Yvette.

– Oui, fit James. Il s'est déplacé jusqu'ici.

– "Aba ! Ima !"

– Je l'avais dit à Jenny, qu'ils sont très gentils.

– "Aba ! Ima !"

– Ah oui, je n'en reviens pas comme il était
gentil celui-là ; quelle délicatesse ! Quelle douceur !

– Je suis contente que tu te fasses enfin à tes responsabilités de Juif, mon fils.

– "Aba ! Ima !"

Jenny s'éloignait avec le bébé, mais la voix se faisait entendre encore, comme si le bébé était toujours près de James.

– "Aba ! Ima !" dit la voix du bébé en s'intensifiant.

– Tu ne veux pas dire à ta femme de se calmer, un peu, elle me casse la tête, avec ses *Aba* et *Ima* !

– Mais arrête Jenny ! Ce n'est pas marrant du tout !

James essaya de s'éloigner lui-même, mais la voix le suivait et devenait tonitruante :

– Aba ! Ima !

– Vous n'êtes pas un peu cinglés de crier comme ça ?

– Arrête Jenny ! hurla James, en espérant faire taire la voix qui était devenue indépendante du bébé.

– Bon, je vous rappelle cet après-midi, vous serez peut-être calmés ! s'écria la mamie en colère avant de raccrocher.

– Aïe, c'est malin, ça ! conclut James.

La voix s'était tue aussitôt que sa mère avait raccroché.

– Mais qu'est-ce qui s'est passé exactement ? Le bébé est là-bas et sa voix est ici !

James partit à la recherche de Jenny qui

était remontée dans la chambre.

– Ce n'est pas drôle, ce qui est arrivé-là ! Ma mère était en colère et je la comprends.

– Je me suis éloignée tout de suite, pourtant ! expliqua Jenny.

– Je sais mais il y a eu encore un truc bizarre, la voix du bébé est restée là-bas et elle augmentait d'intensité. Comme si quelqu'un augmentait le son d'un transistor.

– Bizarre, ça. Tu sais, j'ai réfléchi. Si nous disions plutôt à ta mère que le bébé est plus vieux que ce qu'on lui a dit la dernière fois ? proposa Jenny en déshabillant le bébé pour voir s'il avait sali sa couche. Toujours rien, constata-t-elle...

– Très mauvaise idée ! Elle va nous tuer si elle pense que le bébé a eu le temps d'avoir un an avant qu'on la prévienne ! Elle ne pardonnera jamais un truc pareil...

– Peut-être alors, qu'on peut lui dire que nous avons adopté Boubou ?
Le bébé se mit soudain à hurler.

– Il n'a pas l'air d'accord, le boubou ! constata James. Non, mon chéri, tu n'es pas adopté ! C'est moi qui t'ai sorti du ventre de ta mère ! fit-il avec présence d'esprit.

Ce qui eut pour effet immédiat de calmer le bébé qui souriait maintenant de tout son beau visage avec espoir, au milieu de ses larmes.
Jenny le prit dans ses bras pour le consoler.

– C'est fini ! C'est fini ! Je suis là !

– Oui, c'est fini, rajouta James pour ne pas être en reste, c'est fini, je suis là moi aussi ! Il ne faut pas pleurer parce que sinon ça fait pleurer *Aba* et *Ima*...

– Aba ! Ima ! répéta le bébé.

– Justement, mon fils, il faut que tu ménages aussi ta grand-mère et que tu calmes tes exclamations ! À ton âge, tu n'es pas censé parler. Tu saisis le message ?

Le bébé fit oui de la tête et James en tira ses conclusions.

– Je savais qu'on pouvait compter sur toi, Boubou. Donc, si tout est rentré dans l'ordre je vais finir mon café qui doit être bien froid à l'heure qu'il est...

– Dis, James...dit-elle avec un ton préoccupé.

– Quoi ?

– Quand tu vas faire couler sa goutte de sang au bébé...

Elle fit de son mieux pour présenter simplement sa requête, sachant avec sagesse qu'elle s'avançait sur un chemin délicat.

– Oui ? fit James, en se renfrognant malgré lui.

– Tu ne dois pas dire une bénédiction ?

En fait, elle s'était longuement interrogée sur ce sujet (malgré le peu de temps libre qu'elle avait eu pour elle-même), et répétait à cet instant ce qui l'avait préoccupée depuis qu'il lui avait annoncé qu'il prenait sur lui cette action.

    – Heu...fit James pris au dépourvu. Sûrement...

    – Et, tu as un livre de prières pour dire la bénédiction ?

    – Non.

Il avait dit ce *non*, en tournant la tête vers un objet qui n'existait pas, un détail invisible...

    – Et, il faudrait donc que tu t'en procures un.

    – Un quoi ? fit-il en perdant patience.

    – Un livre de prières...

    James ne dit plus rien et la regarda sans vraiment se rendre compte que son regard était sévère, ennuyé, décontenancé.

Elle ne rajouta rien, mais elle savait qu'il réfléchissait déjà à la question.

    Un instant plus tard, devant un nouveau café noir, James broyait aussi du noir, ou plutôt, se faisait une montagne de la suite des événements.

Décider qu'il ferait couler cette goutte de sang était déjà en soi, un dépassement de sa nature entêtée qui depuis des années se refusait tout rapprochement avec le monde des religieux. Mais dénicher quelque part un livre de prières était un pas de plus vers le seuil d'une foi qu'il pensait ne plus posséder. Il savait pourtant ce qu'il devait ou voulait faire, même s'il ne comprenait pas comment les choses en étaient arrivées là. Jenny le regardait du coin de l'œil, affalée sur une chaise, le bébé sur son ventre...

Décidant qu'il fallait le débrider un peu. Elle chercha ce qu'elle pouvait lui dire pour le ramener à de meilleures dispositions.

– Ah ! Je ne t'ai pas dit ! s'exclama-t-elle.

– Quoi encore ?

Il fronça les sourcils.

– Oh, rien d'inquiétant, le rassura-t-elle.

– Rien mon chéri, dit-il en imitant sa voix. Je suis enceinte d'un serpent à sonnette. Mais ne t'inquiète surtout pas ; je l'ai déjà inscrit à un orchestre de jazz !

– Ne soit pas méchant James !

– Et pourquoi ne serais-je pas méchant ? Si ça me calme d'être méchant ?

– Ça ne te calme pas du tout, ça t'énerve au contraire!

– Bon ! Qu'est-ce que tu as oublié de me dire ?

– Tu te rappelles de notre prof de sport au campus ?

– La prof de sport ! s'étonna-t-il.

Il n'avait pas du tout imaginé qu'elle lui parlerait de la prof de sport. En un instant, sa tension tomba.

James avait encore, malgré sa reconversion spirituelle et matérielle dans le monde Américain, cette nature chaude des Juifs tunisiens qui se piquent d'un rien et reviennent aussi sec à de meilleures considérations.

Ils passèrent ainsi un bon moment, à se remémorer la prof telle qu'elle était autrefois. Ils rirent beaucoup également de sa soudaine transformation, sous l'œil averti du bébé qui savait bien que sous l'air de la plaisanterie, le couple se confrontait à sa propre remise en question et considérait sa propre aventure. Sans se l'avouer, ils se demandaient s'ils deviendraient eux aussi des religieux, du genre barbu et perruqués...

– Bon, dit finalement James, en se levant, vidant son bol de café froid à la hâte, la bouche remplie de pain beurré. Désolé de vous quitter en plein fou rire, je vais apprendre à couper les idées en quatre...

Comme elle lui jeta un regard interrogateur, tandis qu'il faisait des grimaces au bébé et lui saisissait son joli petit nez en faisant mine de l'avaler, il précisa finalement son propos :

– tu as raison, il doit y avoir une bénédiction à dire, avant ou après avoir coupé le petit bout du bibou. Pour ça, il me faut effectivement un livre de prières. Donc, je pars à l'aventure dans un monde qui m'est étranger, dépassant toutes les limites de ma timidité naturelle, je me risque au royaume étrange des intégristes religieux ultra-orthodoxes, et si je reviens avec un tampon sur le front, ne vous plaignez pas ma chère ! Ce sera le signe que les rabbins m'ont jugé apte à être consommé par une jeune femme juive amoureuse de son jeune cow-boy de mari solitaire...

Il sortit de bonne humeur en pensant qu'il était décidément un peu cinglé ces derniers temps. Mais bon ; c'est en faisant le dingue qu'il cachait sa timidité. De plus, il était, c'est vrai, de bonne humeur. Il n'aurait jamais pensé qu'un petit bébé, un petit homme de rien, lui gonflerait le cœur de bonheur comme ce petit bibou. Et il fallait qu'il le saigne pour le bien de la cause, son petit amour. Pour exécuter un commandement venu d'un être supérieur qui transcende l'existence commune. "Sous tes airs de renégat, tu es religieux toi aussi, Yossi James."

D'autant plus que depuis tes dernières vacances, tu en as vu des dévoilements surhumains. Jenny qui gobe un œuf, gros comme un bœuf. Une naissance instantanée, hyper hygiénique, pas de sang, pas de douleur... et un bal des anges dans mon propre ancien bureau des réalités financières.

Il y a quelque chose de changé en moi, c'est sûr ! Quelque chose d'humain s'est introduit dans ma carcasse de combattant hargneux et froid... Oui, je m'humanise au final...

Il gara sa voiture sur une artère intérieure d'Eastern Parkway et s'avança à la recherche du 770 mais n'eut pas à chercher longtemps; La maison en forme de "M" était face à lui. Il fut un instant surpris de voir cette maison célèbre se rattacher aux autres habitations de l'avenue. Dans son enfance, il l'avait découverte si souvent sur des tracts ou des journaux, toujours découpée de son cadre, sans ses maisons adjacentes, si bien qu'elle lui semblait aujourd'hui comme étrangère à cet endroit de vie.

Après un instant il rectifia sa pensée; non, cette maison anglaise n'est pas étrangère dans ce lieu, un lieu naturel où des hommes marchent sur le trottoir, traînent et discutent. Elle était ici dans son cadre coutumier et paraissait une maison comme une autre. Oui mais voilà, elle est célèbre cette maison. Célèbre comme la maison blanche, *cette maison couleur rouille...*

À sa gauche, en direction de la grande synagogue construite en sous-sol, étaient des petits marchands de sandwichs. James s'en approcha avec curiosité, et bien qu'il n'eût pas faim, il observa la marchandise à l'intérieur des cartons.

"Ainsi donc, pensa-t-il, voilà des sandwichs Cachère !"

Évidemment, ils lui firent aussitôt l'article :

– chaque sandwich pour un dollar seulement, Monsieur ; au thon et tomates ou à l'omelette !

– Et où est le tampon ? crut-il bon de demander, pour faire l'habitué.

– Le tampon, répéta étonné le jeune 'hassid.

Faute de tampon, il les dédaigna et descendit les escaliers, riant tout seul de son bon mot.

– Le tampon ! s'écria le second vendeur. Pourquoi tu veux un tampon, toi ? C'est moi qui les fais ces sandwichs !

Mais James poussait déjà les portes battantes et pénétrait dans le couloir de l'entrée qui desservait plusieurs directions : la maison de prières et d'étude, en face, des alcôves qui étaient des points d'eau pour se purifier les mains, sur les côtés, et les escaliers jalonnés de cabines téléphoniques qui menaient aux toilettes en sous-sols et d'autres portes aussi, placards à balais et rangements...

En fait, ce couloir ou cette entrée, selon qu'on y était de passage ou que l'on s'y installait pour discuter où attendre la fin de la pluie ou simplement déposer ses bagages, lorsqu'on venait des quatre coins du monde, attendant que l'on vous dégote un coin pour dormir dans une cave aménagée en dortoir pour garçon ou filles (séparément).

Cette entrée était en parallèle avec le monde entier et des enfants du monde juif y avaient établi l'entrée de leur maison. Derrière une estrade à roulette un 'hassid 'Habad Loubavitch émergea d'au milieu des serviettes jetées pêle-mêle, en se disant à lui-même qu'il avait pourtant laissé son sachet avec sa serviette et son shampoing dans ce coin !

James allait pousser la porte de la maison de prière, lorsque ce même jeune homme, lui demanda :

– je vous sers aussi un café au lait ?

– Quoi ? s'étonna James.

– Je vous propose un café au lait, dit le 'hassid avec un sourire.

– Merci, mais je ne bois jamais de café au lait.

– Moi non plus, mais ici, c'est la maison du Rabbi, alors le café au lait a un goût unique au monde. C'est pour cette raison que je bois uniquement ce café au lait là, et pas un autre.

Il tendit une tasse chaude à James qui accepta sans savoir pourquoi. Peut-être de l'air tranquille du 'hassid, de ses yeux humides, de ses joues rouges en pommes brillantes, de son nez droit et fort et de sa barbe en grande partie blanchie, lui donnant l'allure d'un jeune vieillard souriant. Le chapeau du genre Borsalino cassé par des cabrioles, avec un rebord chutant sur les yeux. Tout ceci, d'une allure dégingandée, dans un costume classique gris noir.

Puis, cet homme qui n'avait pas quarante ans, pénétra dans la maison de prière, en souriant de satisfaction à la vision de cet endroit béni. James poussa la porte à sa suite.

L'endroit était spacieux et fait de coins

divers en accordéon; et tout était signé d'une ambiance décontractée qui gagnait vite ceux qui y pénétraient. Nombreux buvaient des cafés au lait ou mangeaient des sandwichs à un dollar. C'était un brouhaha de prières et d'études confondues.

Le guide improvisé de James, posa son café sur le rebord d'une table surchargée de livres et de châles de prière, glissa sa main libre dans sa poche, et en ressortir une kippa qu'il tendit à James.

– C'est mieux, dit-il simplement.

James remercia et posa la calotte noire sur sa tête. Celle-ci était décorée d'une frise avec des inscriptions hébraïques.

– Qu'est ce qu'il y a d'écrit ? demanda James.

– Yé-hi Adonénou Morénou VéRabénou Mele-h HaMachia'h Léolam Vaèd.

– Que vive notre maître le Roi Messie pour l'éternité! traduisit James étonné.

– Effectivement, le peuple juif attend encore, à chaque instant, le dévoilement du libérateur, dit le jeune homme qui se dirigea vers la droite, près d'une estrade dont le mur servait de bibliothèque pour des centaines d'ouvrages.

Il s'assit sur un banc usé devant une vieille table d'étude et de prière et fit signe à James de l'imiter.

– Au fait, je m'appelle Dov Ber, fit-il en tendant une main petite mais forte.

– James.

– Comme James Bond, remarqua Dov Ber en souriant de nouveau.

– Vous souriez toujours ? questionna James.

– Presque toujours. La 'Hassidout positive l'aspect des rapports humains ; réunir deux âmes est une aventure plaisante qui mérite le geste d'un sourire. Surtout ici. C'est un grand mérite d'être ici...

Il se saisit d'un livre de prière, rechercha une page précise et le tendit à James.

– Tenez, c'est la bénédiction pour le café au lait.

Il fit lui-même la bénédiction alors qu'il désignait du doigt la bénédiction que James regardait maintenant de travers.

– Excusez-moi, je pensais que vous saviez lire, fit Dov Ber avec un air désolé.

– Bien sûr que je sais lire ! se piqua James.

Il fit la bénédiction pour montrer qu'il savait lire l'Hébreu parfaitement.

– Buvez tout de suite, pour relier la bénédiction et l'action !

Il goûta le breuvage du bout des lèvres et s'étonna de lui trouver bon goût. Il but dès lors plus franchement et se détendit en observant autour de lui.

Des jeunes garçons étudiaient intensément alors qu'un peu plus loin, divers groupes d'un minimum de dix personnes priaient en

portant les Téfilines, (les phylactères), et le Ta-
lith (le châle de prière). D'autres se rencontraient,
s'accostaient, s'embrassaient comme de vieux
pirates aux barbes folles.

James se sentait grisé malgré lui par cette
atmosphère qu'il n'avait jamais pensé découvrir dans un lieu de prière ; lieu qu'il assimilait
auparavant à l'endroit le plus ennuyeux du
monde...En fait, cette synagogue était plus une
maison qu'un lieu de passage où l'on venait se
rendre quitte des obligations religieuses. Ici on
s'attardait, et l'on venait rencontrer et se rencontrer.

– Vous vous y connaissez dans les anges ?
demanda subitement James, en se souvenant de
la raison de sa venue.

– Avant toute chose, les textes nous ex-
pliquent qu'un ange est une mission, expliqua
aussitôt Dov Ber. Il est créé pour une mission à
accomplir et il peut disparaître aussitôt après que
celle-ci soit accomplie...

James trembla en entendant ces paroles.
"Une mission ! Quelle mission avait pu amener le
bibou dondon à descendre sur terre ?... Cette mission était-elle déjà accomplie ? Allait-il déjà retourner au néant d'avant sa création et les laisser
tristes et fermés comme des pierres ?"

13

James s'attarda un instant sur le trottoir devant sa maison. Il était perplexe, déboussolé. Il ne voulait pas rentrer avant de s'être calmé.

Il ne pouvait exprimer ouvertement ce qu'il ressentait dans son cœur, dans son être. Pas encore, toutefois. Mais quelque chose était en route, comme les prémices d'une grippe, quelque chose de puissant couvait en lui.

Il ne s'était pourtant rien passé de spécial, dans cette maison de prière. Rien de spécial. Si ce n'est que…Que quoi ?

On lui avait passé les Téfilines au bras, pour la première fois de sa vie…Et alors ?

« Et alors, James, dit une petite voix au-dedans de lui, et alors, tu as fondu comme du beurre, sans pouvoir t'expliquer pourquoi. »

Une chaleur. Une chaleur douce et tendre qu'il n'avait plus ressenti depuis que la main de son père ne lui caressait plus la main ou le cou… pour rien, juste comme ça, juste pour le toucher, pour le sentir sous sa main…

Une chaleur ; la chaleur d'un père ; c'était ce qu'il

avait ressenti dans le 770. C'était ce qu'il ressentait encore.

Oui, il avait entendu cette explication : les 'hassidim font un transfert de l'image de leur père sur le Rabbi...Sans doute. Mais il n'avait pas vu le Rabbi.
Et pourtant, plus il pensait et plus il ressentait la vérité des paroles de Dov Ber : "Le Rabbi accueille chaque personne qui vient lui rendre visite. Qu'il soit homme, femme, enfant, juif ou non juif. "

Aussi fou que paraisse cette idée, il y adhérait totalement de tout son être. Même si le monde lui certifierait que le Rabbi avait quitté ce monde, il ne voulait pas entendre une telle absurdité. Aussi vrai qu'il avait une âme vivante, au-dedans de lui, l'âme du Rabbi était vivante et accueillait ceux qui cherchaient un refuge dans ce monde obscur. On pouvait toujours venir boire son café au lait chez le Rabbi, en écoutant un Dov Ber ou un autre, vous expliquer que vous possédez une âme qui est une part de D.ieu et qu'elle ne vous laissera jamais tranquille, parce que son désir est une essence et que cette essence réside dans toute chose et que le goût d'un fruit est son âme et que cette âme est un secret que le corps dévoile et dont on se nourrit comme d'un fruit, lorsqu'on jouit de la présence d'un être cher...

Dans le camion d'observation étaient rassemblés trois regards avides de découvrir : Jim Burton Daynish junior, David Spielberg et un jeune spécialiste des communications de la N.A.S.A, du nom d'Elvis Denver, lequel était un jeune blond maigrelet au nez pointu. Nez sur lequel étaient posées des lunettes d'un verre plus épais qu'un hamburger. Il était habillé d'une blouse blanche qui accentuait encore les taches de rousseur qui ponctuaient son visage triangulaire terminé par un menton qui semblait avoir été troué par une balle tirée à bout portant. Et des dents plus longues que la fermeture de ses lèvres d'un centimètre virgule cinq.

– Très gentil bébé en fin de compte, dit Elvis.

– Très, rajouta Jim.

– Un peu grand pour son âge, précisa David.

– Le bébé se traîne parterre, il babille, sa mère l'appelle boubi bayby ; rien à signaler ! fit remarquer Jim. Rien de plus terrible que votre bébé, David.

– Vous cherchez quoi au juste ? demanda Elvis, en rajustant ses lunettes et en faisant pivoter sa chaise vers les deux hommes qui étaient derrière lui.

– De la magie ! Vous en avez ? rétorqua Jim, en faisant pivoter la chaise en sens inverse.

– Et vous pensez que ce n'est pas magique de pouvoir observer l'intérieur d'une maison par satellite ? fit remarquer le spécialiste des communications. Je peux voir exactement tout ce que je veux ! Voulez-vous que nous pénétrions dans le trou du nez de ce type ?

– Concentre toi sur le bébé ! précisa David. Qu'est ce qu'il fait là ?

– Il se dirige en rampant vers la bibliothèque. Il s'empare d'un livre comme d'un butin. Ça n'a rien d'extraordinaire, les gars ; tous les enfants font ça. Et regardez, son père est ravi parce qu'il imagine déjà des qualités intellectuelles à son génie en herbe !

– Je veux savoir le titre du livre ! ordonna Jim.

– Très bien ! Gros plan sur le livre ! s'exclama Elvis. Via le spectaculaire !
L'image fit une brusque avancée sur le livre, dévoilant deux pages du milieu.

– Wahou ! fit Elvis en se prêtant au jeu. Vous en avez pour votre argent ! "Psychologie des êtres et des devenirs" ! Fort intéressant !

– Reste braqué sur lui ! insista Jim.
Le bébé fit tourner les pages à la vitesse qu'il faut pour chercher un numéro de page, puis reposa le livre. Il sortit un autre livre et fit de même.

– "Systèmes économiques de la nouvelle Europe", annonça Elvis.

Il exécuta ce même rituel avec tous les livres de la première étagère de la bibliothèque, tandis qu'Elvis ânonnait en baillant, les titres des ouvrages.

"La littérature de la renaissance-Italienne", "Le Visage d'une Histoire humaine", "L'édifice sociétaire", "le choix des hommes libres", "L'homme moderne"...

– Une bibliothèque passionnante, conclut David Spielberg.

– Je préfère les policiers, dit Jim.

– Ça y est, il a fini la rangée du bas ! Il se lève, le bonhomme et s'attaque à la deuxième rangée. Là, il va avoir un léger problème technique parce qu'il est obligé de se maintenir à l'étagère pour ne pas tomber et il n'aura qu'une main de libre pour feuilleter...Enfin, un peu d'action! Déchirure des livres, chutes, parents en colère et bébé qui pleure ! Mais la chose ne fut pas telle que l'avait décrite Elvis. Le livre tiré d'une seule petite main potelée ne chuta pas mais se suspendit à hauteur de la main qui put tourner ses pages tranquillement.

– Waou ! s'écria Elvis.

– C'est quoi ça ! balbutia Jim.

– Qu'est-ce que je disais ! fit remarquer David.
La deuxième rangée de livres fut avalée avec la même gloutonnerie par le baby affamé par tous les ouvrages socioculturels.

– Qu'est-ce qu'il fait ? demanda Jenny à son mari.

– Il a décidé de connaître tous tes bouquins par cœur ; le pauvre !

– Pourquoi, le pauvre ?

– Parce que la plupart sont mortellement ennuyeux.

– Vu les titres, je lui donne raison, rajouta Jim, à la remarque de James.

– Mais ses parents ne voient pas que les livres flottent dans l'air ?

– *Nous* voyons parce que *notre* angle de vue est différent, et le bébé a pris soin de leur cacher le prodige, en leur tournant le dos, expliqua Elvis.

– Pour la troisième étagère, par contre, Il...

David ne termina pas sa phrase. Le bébé s'était soulevé du sol pour accéder aux livres de la troisième étagère.

– Le bébé ! fit simplement, Jenny, en craignant qu'il tombe.

– Non, laisse-le ! intercéda James, en la retenant de son bras tendu. C'est un ange ; c'est normal qu'il vole.

– Un ange ! répétèrent en choeur, les trois observateurs.

– Un ange ? Ils sont cinglés ou quoi? demanda Elvis.

– Un ange...murmura David.

– L'œuf était un œuf d'ange ? questionna Jim ahuri.

– L'œuf ! Quel œuf ?

– Ça n'a rien d'un ange ! Ce bébé est un extraterrestre et il se fait passer pour un ange de manière à être accepté par ce couple ! C'est l'élément qui manquait à votre enquête, Jim. David avait été catégorique, mais Jim fronça les sourcils.

– Et si c'était vraiment un ange ?

– Et si ma grand-mère s'appelait Johnny ?

– Remarquez, intervint Elvis, avec l'émancipation des femmes, ça n'est pas complètement impossible. Elle a quelle âge votre grand-mère ?

– Laisse ma grand-mère tranquille, toi. Ma grand-mère est une yiddish Mama, tout ce qu'il y a de traditionnelle. Enregistre tout ça !

– Qu'est-ce que vous comptez faire avec ce bébé ?

– Ce bébé est un extraterrestre, Jim ! Vous n'allez pas croire à cette histoire d'un ange dans un œuf, c'est ridicule.

– J'ai été au catéchisme, figurez-vous ! Alors, des histoires d'anges, j'en ai entendu des tas.

– Je vous parle de science ! hurla David.

– Et moi de foi ! rétorqua Jim.

– Réagissez, mon vieux ! Vous êtes un détective ! Restez-en aux faits !

– Pourquoi ne croyez-vous pas à la possibilité que le ciel délègue un ange chez ce couple de Juifs sans enfants ?

– Parce que le ciel a d'autres choses à faire de ses anges que de les envoyer chez un homme d'affaires et une agrégée de littérature !

– Croyez-vous aux anges, oui ou non ?

– Ce n'est pas mon problème pour l'instant !

– C'est au contraire le vrai problème !

– Pourquoi ?

– Parce que si c'est un ange, n'attendez pas de moi que je l'enlève à ce couple de personnes choisi par le ciel !

– Ça y est ! L'esprit puritain américain !

– Vous êtes juif, David Spielberg, vous devriez avoir honte de me reprocher d'avoir la foi ! C'est vous, après tout, les premiers à avoir introduit cette foi dans le monde !

– Ne me parlez pas d'une époque où je n'étais pas encore né, je n'y suis pour rien, si grâce à mes ancêtres, vous êtes un homme borné.

– Borné ?

– Oui, la foi, c'est d'être borné ; c'est remplacer comprendre par accepter !

– Parce que les théories scientifiques ne sont pas basées sur des suppositions et des acceptations ?

– Tant qu'une théorie n'est pas réfutée, elle a le crédit de pouvoir être acceptée comme vraie !

– Vous pouvez démentir la création du monde par le fait d'une intelligence supérieure ?

– Non, je ne le peux pas, je l'admets, mais...

– Alors, admettez aussi que ce bébé puisse être un ange, parce que pour l'instant, rien ne prouve le contraire !

– Et les ailes ? questionna Elvis.

– Quoi ?

– Les petites ailes sur le dos pour voler ? Un ange ça a des ailes, dans les tableaux.

– Les ailes rapportées par les textes ne sont qu'une image pour exprimer leur faculté de se déplacer d'un monde à l'autre.

– Mais ! s'étonna Jim ; D'où savez-vous ça ?

– J'ai étudié en Yeshiva, figurez-vous.

– Ah bon ! Vous étiez religieux ?

– Oui, au départ.

– Mais pourquoi avoir laissé tomber ?

– Je ne sais pas bien. C'était trop difficile. J'en ai eu marre ; c'est tout.

– C'est comme moi, pour le basket, fit Elvis. C'est un sport pour les grands de taille, alors j'ai vite abandonné, avec mes *un mètre soixante cinq*.

– Sans doute que je n'étais pas assez grand, moi non plus, pour des idées qui demandaient de conjuguer la foi et la connaissance.

– Alors, vous avez une nouvelle chance avec cet ange ! Ne la manquez pas David ! J'ai lu des articles sur le Rabbi de Loubavitch ! Il a étudié les sciences en Allemagne et à Paris, il a obtenu des doctorats, mais ça ne l'a pas empêché d'être un Maître dans la sagesse juive....

– Désolé de rompre votre intéressant conflit théologique, les gars, mais le bébé vient de terminer sa cinquième étagère et s'attaque à la sixième.

Ils se concentrèrent de nouveau sur l'écran.

– C'est étrange, confia Jim, mais je ne crois pas avoir jamais réfléchi autant sur ce genre de sujets que depuis que je suis sur cette affaire.

– Pourquoi fait-il ça ?

– Quoi ? De nous faire réfléchir ?

– Non ; d'ouvrir tous ces livres.

– Il les lit, sans doutes, avança David.

– À cette vitesse ? s'étonna Elvis.

– Vous croyez qu'il assimile ?...

Lorsque le bébé en eut terminé avec tous les ouvrages de la bibliothèque, il revint sur ses pieds, sortit un nouveau livre apparemment au hasard et déchira consciencieusement une unique page avant de remettre le livre à sa place. Ensuite, pivotant sur ses pieds, plus malhabile sur la terre que dans les airs, le bébé babilla en tenant sa page comme tiennent les bébés, c'est-à-dire, d'une poigne extrême, et couru en riant vers ses parents apeurés, devant lesquels il déposa sa quelconque feuille. Là, il pointa son doigt sur le texte...

– Regardez ! s'écria David.

– C'est quoi ça ?

– Le texte bouge !

Le texte tremblota, se bouscula, sursauta et comme un troupeau de brebis à l'approche d'une tempête, se groupa en tas, en venant presque à former une tache uniforme, sans toutefois effacer les lettres qui reprirent ensuite leur position sur le papier innocent.

– Il s'est amusé avec le texte pour le ramener finalement à sa place ! s'étonna Jim.

– Je ne voudrais pas critiquer votre sensibilité de détective à la manque, souligna Elvis,
mais votre enfant prodige a réutilisé les mots
contenus dans cette page pour adresser un message à ses parents. Observez bien, je vous fais un
zoom sur sa lettre !

"Chers parents, chers à mon cœur,

Ayant achevé ma formation littéraire et sociale,
selon les moyens qui étaient à ma disposition dans
cette maigre bibliothèque, je vous adresse, par la
présente, mes vœux les plus distingués ; formule que
l'on se borne à placer en fin de lettre, mais que je dé-
sire employer pour mon compte dès ce début de mon
épître.

Je n'aurais de cesse de vous remercier de votre
dévouement pour ma petite personne et je prierais
pour vous dès que je retournerais, là-haut, parmi les
anges de ma catégorie, à l'heure prochaine où ma
mission sera terminée.

N'ayez aucune crainte, cependant, car les cœurs
comme les âmes ne se séparent jamais ; les âmes sont
immortelles et les corps, voués à la résurrection.

Vous vous demandez certainement, qu'elle est cette
mission, mais comme des yeux nous regardent et des
oreilles nous entendent, je ne m'attarderais pas sur
ce sujet intime qui ne regarde que notre petite fam-
ille.

Au bout de toute action, ceci dit, il y a un jugement
qui nous fait homme de foi et d'espoir ou tout au
contraire, nous éloigne vers la conscience glacée de

notre insolente raison qui croit tenir l'existence dans
sa main inexorable…
Avec amour et affection,

> *Votre fils aîné,*
> *Shmouel."*

Dans la maison comme dans le camion d'observation, la lettre du bébé fut accueillie par un silence de stupéfaction.
Ces quelques mots venaient s'adresser à chacun, et chacun les prit pour lui. Les dés étaient jetés et il fallait prendre sa place sur l'immense échiquier de la vie et du libre arbitre.

Le bébé éleva curieusement les bras au ciel, comme une petite danseuse, en formant une courbe, la courbe d'un œuf.

Jenny se leva brusquement ; elle avait immédiatement compris.
– Non ! s'écria-t-elle. Non ! Je t'en supplie ! James resta bouche bée. Il ne saisissait pas.

Le bébé sourit, de son bon sourire tendre et innocent.
Il y eut une immense lumière blanche insoutenable à regarder, et le bébé redevint un œuf, comme au premier jour.

14

La nuit. La nuit ; vaste programme. La nuit, qui geint qui hulule et s'entortille d'une noire clameur. La nuit et son silence. La nuit, lorsque les silhouettes sont des ombres furtives. La nuit qui roule son drap noir sur les rues silencieuses. La nuit anxieuse. La nuit peureuse. La nuit qui dort...

Dans la maison des Cawen, ce n'est plus qu'un aller-retour de gens bizarres, habillés comme des cosmonautes, avec des combinaisons, des gants et des tissus de chirurgiens sur la bouche. La maison est devenue une sorte de laboratoire et d'immenses projecteurs la rendent inhumaine et renforcent encore le visage blafard de Jenny Cawen, assise, prostrée sur le divan du salon. James se tient debout, près de Jenny. Gêné à outrance, se sentant ridicule, inutile, étranger dans sa propre maison.

L'œuf était toujours au même endroit. Il avait été entouré d'une petite barrière de protection. De tous cotés, on entendait des conversassions téléphoniques, le son strident d'émetteurs radio. Tout était donc terminé, pensa Jenny. Si brusquement, si subitement terminé. Du rêve merveilleux, ont avait rejoint le couloir sombre des cauchemars. Elle était de nouveau une mère sans enfant.

Le bibon dondon était redevenu un œuf et au même instant, trois hommes avaient accouru, aussitôt suivis d'une équipe de scientifiques. Et ces hommes savaient tout. Ils savaient l'apparition de l'œuf et sa transformation en bébé. Ils les avaient épié, honteusement épié et observé dans leur intimité...

Mais malgré tout, malgré toute l'invraisemblance de cette nouvelle situation, elle n'avait pas perdu espoir ; le bébé qui se savait espionné, avait choisi de se cacher, mais il était encore là, assis dans son œuf à attendre qu'ils s'en aillent tous, pour se montrer, pour redevenir son petit ange, son petit bébé d'amour.

Sans doute allaient-ils certainement emporter l'œuf avec eux et emporter son bébé aussi...

Comment allait-elle pouvoir le reprendre ?...

L'œuf fut finalement déplacé par les spécialistes, et le couple Cawen fut convié à suivre l'objet de vie, afin de subir toute une suite de contrôles et d'examens. James s'en offusqua tout d'abord, puis, accédant à la demande de son épouse qui ne désirait pas s'éloigner de l'œuf, il suivit Jenny, le cœur lourd, en se sentant impuissant à la consoler...Il s'en voulait de s'être tellement attaché à un enfant ; de s'être tellement attaché à un rêve. Pauvre rêve de rien, englouti dans un œuf de colombe. Un œuf blanc comme un suaire. Ce n'est pas étonnant que les vieillards ressemblent tellement aux enfants et les enfants aux vieillards ; tout ça ce n'est que la mort de la vie ou la vie de la mort. On nous laisse croire que l'on vit, mais on se trouve encore dans un œuf, prêt à vivre ou à mourir...Un amour tué dans l'œuf...

Blanc. Tout était devenu blanc. Blouses blanches et draps blancs. Il n'y avait plus d'hommes humains, ce n'était que des hommes-machines, des hommes de calculs et de questions précises et exactement précises. Jenny ne pleurait pas. Elle observait son œuf au travers d'une vitre, elle espérait le voir revivre et lui sourire...
James lui aurait bien fait comprendre qu'il n'y avait plus d'espoir. C'était fini. C'est fini, tu sais ?...
Mais on ne profère pas contre les rêves des mots usagés ; des mots qui ont déjà étés utilisés pour des raisons concrètes. Les rêves parlent le langage de l'espoir et il n'avait pas le cœur à briser

son cœur.

Et l'attente prit le pas sur l'immédiat. Attendre et attendre encore et compter les heures et les minutes...

La veille du Chabbat, les deux époux reçurent une dose de somnifère et ils furent ramenés chez eux, puis couchés dans leur lit. Ils se réveilleraient le lendemain, et ne pourraient jamais découvrir le laboratoire scientifique où se trouvait l'œuf. Ils avaient joué leur rôle dans cette découverte scientifique, le rôle d'appât, de catalyseur. Le reste appartenait à la science. On attendait la prochaine mutation de l'œuf en contrôlant tous ses changements de rythme thermonucléaires...

Jim veillait devant la maison des Cawen, attendant leur prochain retour...Il n'avait pu être du secret et découvrir l'endroit où les "sorciers blancs" avaient transporté la famille et l'œuf de l'ange. Oui ; les sorciers blancs ; c'est ainsi qu'il appelait désormais les scientifiques. Les incrédules qui avaient poussé l'ange dans son œuf.

Il vit les sorciers blancs ramener les corps endormis. Il trembla un instant à l'idée qu'ils étaient peut-être morts et s'introduisit en professionnel dans la maison silencieuse. James et Jenny dormaient. Leur vie, sans le petit ange était redevenue une vie froide et quotidienne. Pauvres êtres élus qui devaient reprendre le cour d'une vie terrestre sans miracle et sans éclat.

Il se demanda un instant, en regardant cette maison si humaine et tranquille, qu'est-ce qu'il leur avaient valu un tel miracle ? Mais il conclut avant de sortir, qu'il fallait ranger son cœur et son esprit dans les dossiers classés de l'existence quotidienne. "Adieu les Cawen, les Cohen, affaire classée : dossier confidentiel de la N.A.S.A" le mieux est de reprendre le cour de la vie, comme auparavant.

Il sortit de la maison et sortit une cigarette; il était sorti d'un rêve.

De son coté, David Spielberg vivait les choses autrement ; la découverte de l'œuf, introduisait la science vers une autre conscience de l'existence : une possible mutation volontaire des fibres de la matière. La question était de découvrir le fonctionnement de la mutation. Comment un être apparemment humain se transforme à volonté ou alors, régresse vers un état d'existence plus archaïque ; celui de l'œuf ; revenant volontairement à un cycle de gestation organique ? Certes, on avait l'exemple de la chenille et du papillon, passant d'une forme de vie à une autre. Mais l'idée d'une existence intellectuelle capable de contrôler sa transfiguration était le filon de l'ambition humaine qu'il fallait vivre.

David avait présenté son travail et ses conclusions et certaines autorités dans le secret parlaient déjà de lui comme le prochain spécialiste mondial de physique nucléaire appliquée.

Toutefois ; il fallait encore entrevoir une possible définition mathématique d'une telle génétique ou du moins préfigurer, dans le microcosme de la matière, une altération ponctuelle des transformations physiques.

Le plus simple eut été de conclure que ce principe de l'existence apparaissait comme non existant dans la perception humaine de l'existence. Pour ce faire, il fallait reprendre toute "l'idée" selon la mécanique quantique. Ce qui était faisable mais ramenait l'observation d'un objet à une théorie. Or, on possédait bel et bien ici un spécimen unique de corps à définition modulatrice.

Une autre question accaparait les scientifiques : de quel monde provenait l'extra terrestre ? S'était-il adapté de son mieux à une définition organique terrestre ou était-il déjà porteur de la définition actuelle dans son propre univers ?

Bref, des questions de pharmacie pulmonaire. Mais le cœur, que diantre ! Que faites vous, messieurs les scientifiques, du cœur d'une mère ?

C'est à cinq heures du matin que les premiers signes d'éveil saisirent les époux. Après un instant de vide et de questionnement où l'esprit surpris par la maison tranquille se demandait pourquoi ils étaient là, quel jour était-on ? autant de questions instinctives liées à l'instinct d'exister en se situant dans un lieu et une situation précise.

Deux heures plus tard, ils étaient assis devant un copieux petit déjeuner ; ils étaient affamés, malgré eux.

– C'est aujourd'hui que tu aurais dû faire jaillir la goutte de sang du bébé, dit-elle en énumérant les jours sur ses doigts.

– Oui, oui, dit-il, comme si le sujet ne l'intéressait pas.

– Il faut fêter ça !

– Merveilleuse fête ! Nous allons saigner dans le vide !

Il illustra ses propos par des gestes de tueur avec son couteau.

– Ne dis pas de bêtises ! Nous allons fêter ce jour et fêter le prochain retour du bébé.

– Ouai ; c'est ça, dit-il. C'est ça. Exactement ça...

Il releva négligemment la tête en se souvenant du sourire du bébé qui l'assaillit brusquement et ne put refréner les larmes qui lui venaient aux yeux.

Ce fut à peu près le dernier signe d'émotion qu'il manifesta. Pour le reste, malgré l'entêtement et la confiance aveugle de Jenny dans le prochain retour du bébé, il ne sembla plus prêter aucune attention au monde de l'œuf en gestation chez les scientifiques...

Tout était fini. Les événements fantastiques qui avaient perturbé la solitude du couple étaient finalement repartis dans le monde secret des secrets d'État.

Le miracle s'était brisé l'échine contre l'écueil de la réalité. Demain était autre qu'hier et les miracles étaient toujours d'hier. Un ange ! Et puis quoi encore ! quel orgueil !...

Voilà, et avouez que cette histoire valait la peine d'être écrite, bien que la fin ne soit pas celle des grandes histoires merveilleuses que l'on fredonne aux oreilles des enfants avant le lourd sommeil de la nuit. Tout de même, elle valait bien quelque page d'un livre... cette histoire folle, d'un ange venu planter sa tente de Sioux dans le ranch de Yossi James et de sa belle ?... Vous y avez cru, vous, à cette histoire ?...

La pluie, goutte à goutte, et puis la pluie encore, goutte à goutte depuis quelques jours de pluie déjà. La pluie, cette chère pluie, ivre d'eau et de vie, que l'on hume comme un bon vin ivre de vie...La pluie qui « cotillone » et s'entortille dans les fourrés gorgés et qui dégorgent et frissonnent du plaisir de la pluie, cette chère eau du ciel qui s'abandonne lourdement, passionnément, mollement et s'étire comme les longs cheveux d'eau d'une dame du ciel et dans ces jours de pluie, après quarante jours sans changement, depuis que l'enfant s'était fait œuf et que plus personne de sensé n'espérait plus rien de lui...

L'œuf, peut-être à cause de la pluie battante, l'œuf gémit et s'illumina d'un sourire. La coquille ne se brisa pas mais ondula comme au jour premier de sa transformation, et un sourire apparut aux lèvres d'un enfant sans que le gardien endormi ne se réveille, malgré l'affolement des instruments d'observation et de la pluie qui s'énervait à grosses goutte.

Un sourire merveilleux qui nous laissait penser que peut-être, une telle histoire pouvait-être vraie...

15

Jenny serrait son espoir sur le cœur. Non, elle ne désespérait pas. Elle avait vu le ciel lui répondre une fois et elle n'abandonnerait sûrement pas après une telle histoire. Shmouel reviendrait à la maison un jour ou l'autre ; il fallait un peu de patience. Elle regrettait qu'ils n'aient pris aucune photo du bibou. Tout avait été trop vite. Peut-être contacterait-elle un des chercheurs ; s'ils les avaient espionnés ; ils avaient sûrement pris des photos du bébé.

James était au bureau, ce jour-là, et elle pouvait enfin retrouver ses esprits et éclaircir la situation. Il ne l'avait pas laissé un seul jour seule, ces derniers temps, s'occupant de tout, gérant les plus petits détails de la maison et la surveillant toujours du coin de l'œil, pour voir si elle ne s'effondrait pas. Au moindre silence, il apparaissait sous prétexte de lui poser une question, de retrouver un objet... Il était touchant de prévenance et comme toujours, maladroit et un peu pitoyable aussi, dans sa manière brutale de cacher sa peine.

Mais elle ne chutait pas, et ceci parce qu'elle ne se séparait pas de la présence du bébé. Et qu'après réflexion, la transformation du bébé en œuf était aussi dans la normalité des choses extraordinaires qu'ils avaient vécues, dans la logique du fantastique devenu réalité. Emplie de cette conviction, elle était curieusement nerveuse et sereine à la fois. Sereine, parce que pleine de confiance dans la suite des événements et nerveuse parce qu'elle se sentait une part de responsabilité dans l'éloignement du bébé.

Il y avait certainement dans leur évolution par rapport à la sainteté du bébé, quelque chose qui avait manqué. Le réceptacle ne correspondait pas au degré du miracle que le ciel leur avait fait. De la même manière que le lait Cachère était le seul que le bébé acceptait, leur comportement de père et de mère n'avait certainement pas été à la hauteur.

Elle ne rejetait pas la faute sur James qui s'était surpassé dans cette histoire. Il avait fait plus qu'il pouvait faire, repoussant chaque jour un peu plus sa propre négation du monde de la foi et de son expression. Non ; elle se voyait comme la seule responsable. Elle aurait dû évoluer plus vite...Si d'avoir pris sur elle de mettre des bas, lui avait valu le mérite d'un enfant; elle aurait tout à gagner de devenir religieuse...

Elle se regarda dans un miroir. Était-elle prête ? Est-ce qu'elle n'exagérait pas la part de responsabilité qu'elle avait dans la transformation du bébé ? Après tout, l'ange aurait tout aussi bien pu « tomber » dans une famille religieuse. Qu'est-ce qui leur avait valu un tel miracle comme il n'en existait plus dans leur époque ?

Elle se dit alors que James avait raison et qu'elle ne se voyait pas en religieuse avec un foulard sur la tête, la maison ultra Cacher, sans télévision ni musique profane...
Elle interrompit sa pensée en se demandant quelle musique pouvaient bien écouter les religieux ? Elle se fit tout à coup une vision noire du couple religieux ; ils étaient tout à coup, vieux et moches et l'image qu'elle se fit alors d'elle-même lui fit peur au point qu'elle pensa même à ôter les bas qu'elle portait...

Le téléphone sonna, Jenny vérifia que l'appel ne provenait pas d'Israël et décrocha.

– Allo Jenny ! lui dit une voix enjouée.

– Allo ? répondit-elle, sans reconnaître la voix.

– Ici ton ancienne prof de sport, Judith Némirof, enfin, Bisberg, pour toi !

– Judith ! réalisa Jenny, en s'étonnant qu'elle se soit décidée de l'appeler juste à cet instant où elle s'effrayait du monde religieux.

– Jenny, est-ce que tu voudrais venir avec

moi à la piscine ?

– À la piscine ! s'étonna Jenny. Les religieux vont aussi à la piscine ?

– Ceux qui savent nager ; oui. C'est à dire, la plupart. On pourrait ensuite aller manger un bagel et boire quelque chose. Ça te tente ?

En un instant, l'image moderne et le ton de voix de Judith lui fit comprendre qu'elle caricaturait le judaïsme religieux dans une ancienne image du shtetl de Pologne ou de Russie.

Ce qu'elle avait vu du 'hassidisme de Loubavitch était bien loin des clichés d'avant-guerre. Jenny se laissa immédiatement tenter pour une après-midi détente à la piscine avec son ancienne prof de sport...

Ce fut un après-midi agréable. Judith était une boute en train, remplie d'humour, et elle semblait connaître toutes les femmes de la piscine. Nombreuses étaient des femmes très sportives (bien que très religieuses) et qui nageaient tout à fait bien. Les bagels Cacher étaient délicieux et elles en rapporta quelques-uns pour James en se promettant de lui faire goûter sans lui dire qu'ils étaient certifiés par un tampon .

En fin d'après-midi, Jenny qui n'avait pas arrêté de réfléchir à sa progression dans l'expression de son judaïsme, pris une décision extrêmement rapide, comme seules savent en prendre les femmes : pourquoi pas après tout ?...

James rentra vers huit heures d'une journée fructueuse ; les stylo à Bille version moderne emballaient son client et ils allaient procéder aux premiers prototypes selon ses dessins. C'était la phase des opérations qu'il préférait : voir une idée se concrétiser dans le monde du réel.

– Jenny !

– Je suis dans la chambre ! lui répondit-elle d'en haut.

Il la trouva devant son miroir occupé à se coiffer.

– Coucou, la maison ! dit-il en s'asseyant sur le lit près d'elle. Il regarda la tête de polystyrène sur sa table de maquillage ou était plantées des épingles.

– C'est moche cette tête !

– Faut avouer, consentit-elle en frissonnant d'inquiétude.

– Tu veux sortir manger dehors demanda-t-il-en caressant ses cheveux épais. Ils sont soyeux ! remarqua-t-il.

– Ils sont propres, précisa-t-elle avec un merveilleux sourire. J'ai acheté des bagels pour ce soir.

– Va pour les bagels ! dit-il en se levant.

Elle demanda des nouvelles de la journée et il lui fit part de sa satisfaction. Il ne remarqua rien ; elle ne dit rien. La vendeuse lui avait stipulé que son mari ne verrait pas la différence... Elle lui servit ensuite les bagels à la salade et au thon. Il ne remarqua rien ; elle ne dit rien...

Il était donc possible de révolutionner une maison en douceur ! Elle se promit qu'elle n'en resterait pas là...

— C'est quoi ce bonnet de nuit ? demanda-t-il en la voyant se coucher.

— J'ai lavé mes cheveux, je t'ai dit.

— Ah ! fit-il, en pensant aux manies bizarres des femmes...

16

Jim Burton s'était réveillé. Il frissonnait. Pourquoi faisait-il si froid ? Il quitta finalement le lit lorsqu'il entendit une fenêtre qui claquait.

– J'ai pourtant fermé les fenêtres, grognât-il, avec cette pluie !

Il se traîna dans ses chaussons, son pyjama violet contrastait terriblement avec sa robe de chambre jaune. La pluie et le vent jouaient tous deux en balançant la fenêtre et mouillant le tapis. Il n'alluma pas la lumière, se précipita pour fermer avec cet affolement que provoque l'orage dans le cœur des hommes.

C'est alors qu'il entendit une voix. Une voix jeune, mais ferme et décidée. Une voix harmonieuse. Il ne comprit pas d'abord ce qu'elle lui disait, comme si elle cherchait avec quelle langue, quel dialecte communiquer. Ce fut du moins son impression. Mais bientôt, elle s'exprima en anglais et il comprit que celui qui parlait était derrière lui et il eut très peur. Non qu'il s'imaginât qu'il s'agissait d'un voleur, mais une crainte le saisissait, car il sentait qu'il se passait un événement surnaturel. Un frisson le gagna qui n'était pas dû au froid.

– Ne pensez à rien et laissez vous guider par ma voix. Je vous ai choisi pour faire de vous mon messager, car vous êtes un homme honnête et droit.

Jim compris alors à qui appartenait cette voix. Il se retourna brusquement mais il n'y avait personne.

– Êtes-vous prêt à me voir ? demanda la voix.

– Je vous ai déjà vu ! expliqua Jim.

– Non ; vous ne m'avez jamais vu dans mon état actuel.

– Vous avez muté ? s'inquiéta Jim. Vous n'êtes donc pas un ange ?

– Qu'en pense votre cœur Jim ?

– Il me dit que toute cette science ne vaut pas un clou et que vous êtes un ange du ciel !

– Votre cœur dit vrai.

– Je ne vous vois pas !

– Vous allez me voir et retenir mon visage. Puis vous irez prévenir ma famille que leur fils est revenu. Qu'ils doivent se préparer à mon retour.

– Pourquoi ne pas les rejoindre directement ?

– Pour ne pas leur causer un trop grand choc.

– Ils vous attendent...

– Je suis diffèrent, Jim.

Il y eut une grande lumière et l'enfant apparu, portant de grandes ailles blanches sur son dos...
Ce même jour, Jenny avait acheté une perruque en cheveux naturels.

17

Jim Burton Daynish Junior se présenta chez les Cawen avec un complet gris un peu large, sur la tête un Borsalino posé de travers et une décision ferme d'accomplir sa mission.

Il était vingt et une heures. Jenny relisait ses écrits en corrigeant les fautes de formes et les inévitables répétitions. James dessinait des bouchons de stylos dans tous les styles et dans toutes les directions. La sonnerie retentit. Jenny leva la tête comme le fait une biche qui entend le craquement suspect d'une branche.

James se dirigea vers la porte en annonçant très fort à l'intention de Jenny :

– J'espère que ce n'est pas Steve qui m'apporte son rapport économique en retard !

Il ne connaissait pas de Steve et il n'y avait pas de rapport en retard mais pour ne pas inquiéter Jenny, il disait souvent n'importe quoi. Ils étaient tous deux devenus inquiets et craintifs par rapport à l'extérieur. On ne traverse pas une telle crise sans qu'il y ait des séquelles.

James demanda à travers la porte :

– Qui est là ?

– Jim Burton. répondit une voix grave, un peu cinéma.

James aima cette voix comme il aimait le cinéma, mais il demanda tout de même avant d'ouvrir :

– C'est à quel sujet ?

Jenny l'avait rejoint , elle était près de lui dans la cuisine.

– Je dois vous transmettre un message d'un être cher.

James regarda Jenny en lui demanda avec la tête s'il devait ouvrir. Elle fit « oui » de la tête, en rajoutant : « on verra bien! »

– On verra bien si c'est un tueur ou un assassin rajouta James en ouvrant la porte.

Lorsqu'ils furent tous trois assis au salon, Jim Burton, tenta de son mieux de paraître naturel et de ne pas laisser voir qu'il était plus intimidé qu'ils ne l'étaient eux-même. Il racla sa gorge et s'engagea en évitant les yeux de Jenny qui semblait déjà savoir ce qu'il allait leur annoncer. Peut-on en effet surprendre une mère quand il est question de son enfant ; fût-ce ce genre d'enfant inattendu.

– Je suis détective privé, débuta Jim, et James leva les sourcils. Je connais tous les événements qui se sont passé depuis vos vacances, et je sais également que votre fils est devenu un œuf.

– C'est très rapide comme résumé, commenta James.

  – Je veux dire redevenu un œuf.

  – Un œuf en observation, précisa James.

  – Vous l'avez certainement oublié, mais j'ai fait irruption dans votre maison en compagnie de deux hommes, dont l'un est chercheur à la N.A.S.A...

  – Je me souviens de vous, annonça Jenny.

  – Je...Je suis désolé de ce qui s'est passé...

  – Vous aviez en effet déjà l'air désolé, ce jour-là, confirma Jenny.

  – Vous êtes désolé ? fit James. Et c'est tout ? Vous imaginez que des excuses peuvent réparer ce que vous avez fait ?

James, lui, ne se rappelait pas du tout de cet homme, d'entre toute la bande débarquée dans leur maison.

  – Non ; je ne le crois pas, acquiesça Jim en baissant la tête.

  – Il faut tout de même beaucoup de courage pour oser revenir s'excuser, conforta Jenny de sa voix douce.

  – Ah oui ? lança James, qui sentait les nerfs lui monter, et il ne savait pas vraiment si c'était envers cet inconnu ou envers sa femme qui était si conciliante, tout à coup.

  – Mais ce n'est pas vraiment pour ça que je suis ici, ce soir.

  – D'autant que nous pouvions très bien dormir, fit remarquer James. Il y a des soirs où l'on dort de bonne heure.

– Est-ce que l'œuf s'est de nouveau transformé ? demanda brusquement Jenny.

James regarda sa femme droit dans les yeux.

Alors qu'elle était plutôt commune, un instant auparavant, il lui semblait qu'elle brillait maintenant de l'intérieur et son visage un peu terne s'était soudain illuminé. Il lui trouva surtout des cheveux magnifiques.

– Oui. répondit-il simplement Jim.

– Quoi ! s'exclama James en se dressant subitement sur ses pieds comme s'il devait courir immédiatement sauver l'enfant.

Des larmes glissèrent sur le beau visage de Jenny, ses joues s'empourprèrent et ses narines frémirent.

Jim Burton comprit combien il était sage de la part de l'enfant de l'avoir envoyé en messager.

– Est-il en bonne santé ? demanda Jenny.

– Oui ; il va très bien.

– Peut-on le voir ? Vous pouvez nous introduire dans la chambre où il se trouve ? continua Jenny.

– Un instant, Madame Cawen. L'enfant ; l'ange, m'a chargé de vous prévenir qu'il était, un peu...

– Il vous a transmis un message à notre intention ? s'étonna James.

– Exactement.

– Mais pourquoi vous ? insista James.

– Parce qu'il m'a jugé honnête.

– Je n'ai pas de doute à ce sujet, approuva Jenny.

James trouva que Jenny devenait tout simplement agaçante, mais il se retint et décida de se calmer afin de ne pas déranger le mystérieux messager.

– Donc. pressa James. Quel est le message ?

Jim détacha ses yeux de Jenny et porta alors son regard sur James.

– Il désire que vous vous prépariez à son retour. Que votre vie quotidienne corresponde plus encore à la spécificité de votre âme.

– Je le savais ! dit Jenny.

– Tu savais quoi ? demanda James, abasourdi.

– Le bébé veut que l'on devienne religieux. affirma Jenny.

– Qu'est-ce que la religion vient faire dans cette histoire de science-fiction ? rétorqua James.

– Cette histoire n'est pas une histoire de sciences fiction, James, fit Jenny, avec cet air de dire la simple vérité, un air qui le désarmait toujours. C'est l'histoire de notre vie. Une histoire d'amour entre toi et moi, continuait-elle. Et entre nous et un enfant venu du ciel. Le ciel nous demande donc de devenir des êtres responsables...

Il voulut l'interrompre mais elle affermit son ton de voix.

– Nous sommes des Juifs, Yossi James, (il frémit) et nous avons des carences dans cette existence que nous menons au détriment de la spiritualité qui pourrait être l'essence même de notre vie quotidienne. Et ne m'objecte pas que nous sommes modernes, comme s'il était impossible d'être religieux et moderne. On peut aller à la piscine, faire du sport, manger une pizza et continuer notre travail, tout en faisant une place toujours plus grande à la religion de notre peuple. On peut d'ailleurs être juif de la tête au pieds, sans que les journaux en parlent. Une femme peut-être belle et élégante avec une perruque et des bas, sans que son mari la trouve moins désirable...

James fut gêné que Jenny parle de cette façon devant un inconnu. S'ils avaient été seuls, il aurait certainement rétorqué selon sa propre expérience de la vie, mais dans le cas présent, il se tassa sur son fauteuil et demanda à Jim, d'un ton sec :

– C'est là, tout le message, ou il y a autre chose de plus... (il réfléchit au mot adéquate et finit par dire) plus accessible ?

– Il veut que vous sachiez qu'il a un peu changé, expliqua Jim.

– Changé ! sursauta James. Il est transmuté ? Transfiguré ?

– D'une certaine manière, oui.

– Comment, d'une certaine manière ! s'emporta James. Soyez précis !

– Écoutez Monsieur Cawen ! Je ne suis pas un scientifique, alors pour moi, transmuté je ne sais même pas ce que ça veut dire.

– C'est toujours un bébé ? questionna Jenny.

– Non, répondit Jim.

– Ce n'est plus un bébé ! s'exclama James d'une voix aiguë.

– Non, répéta Jim.

– Mais alors ; c'est quoi ? s'inquiéta James. Un monstre ! Avec un œil rouge et des dents pointues ?

– Non, non ; pas du tout, c'est un ange, beau, magnifique, pur...Avec...

– Avec ? dirent ensemble Jenny et James.

– Avec des ailes sur le dos.

– Non ! s'exclama James en se rappelant les anges immenses qui étaient apparu en pleine nuit dans la chambre du bébé. Il mesure trois mètres de haut ?

– Non ; il est d'une taille normale pour son âge.

– Son âge ! dit James. Mais son âge se compte en jours !

– J'ai bien compris, mais ce n'est pas ce qu'il paraît, observa Jim.

– Oui; allez expliquer ça à ma mère...

– Il paraît treize ans, aujourd'hui.

– Treize ans ! hurla James.

Ce fut au tour de Jim Burton de sursauter au cri de James.

– Treize ans ! chuchota Jenny. Le Bibi dondon a fait ses treize ans !... L'âge de la Bar-Mitsva, l'âge où un garçon juif devient responsable par rapport aux commandements divins.

18

Il ne restait à priori que les détails techniques pour rencontrer le bébé ; enfin, le garçon. Pourtant, le couple Cawen n'était pas au bout de ses peines.

– Seulement, dit Jim.

Ce fut un « seulement » lourd de conséquences ; ils le savaient.

– Bien que l'enfant me soit apparu. Il n'est pas encore exactement sorti de l'œuf.

– Mais vous êtes fou ! Hurla de plus belle, James. Vous êtes fou ! Je suis fou et ma femme est folle et tous les fous sont fous !...

Ensuite, il s'effondra dans le fauteuil en murmurant : « c'est fou tout ça! »

– Finissez votre message monsieur, s'il vous plaît, demanda Jenny qui ne savait plus très bien où elle en était avec toutes ces révélations.

– Il veut que nous enlevions l'œuf.

– Enlever l'œuf ! murmura James abattu.

– C'est sa demande; l'enlever et le placer dans un endroit sûr, afin qu'il puisse transmuter tranquillement.

– Sur quelle planète, monsieur le détective ? Parce que peut-être la N.A.S.A ne pensera pas à le rechercher sur Mars ou Vénus avant les dix prochaines années, mais sur le plancher des vaches, je ne crois pas qu'il y ait un endroit où cacher un œuf de cette taille sans que les voisins n'appellent les pompiers !

– Il faudra bien trouver un tel endroit ! déclara Jenny.

– Mais ! Jenny, fit James affolé. Tu te rend comptes de ce que ça sous-entend, de s'introduire dans un bâtiment du gouvernement américain et de voler un bien scientifique collectif humanitaire ?

– Notre Shmouel, n'est pas un bien scientifique ! C'est notre fils ! Ce sont eux qui nous l'ont volé !

James trembla devant le visage volontaire de sa femme. Il comprit que rien au monde ne pouvait l'empêcher de retrouver son bébé disparu !...

C'est à ce moment qu'une ribambelle d'autos vinrent stationner devant la maison des Cawen et aussitôt, on tambourina à la porte d'une main nerveuse.

Jim, James et Jenny se levèrent en sursaut.

– Qu'est-ce que c'est encore ? demanda James à travers la porte.

– Agents du gouvernement lui fut-il répondu.

Il ouvrit et un groupe d'excités menés par David

Spielberg pénétra en furie.

– Où est l'œuf ? demanda David.

– Quoi ! s'exclama James.

– Vous avez perdu le bébé ? questionna Jenny.

– Fouillez la maison ! ordonna David à l'intention des hommes qui étaient avec lui.

– L'œuf n'est pas ici ! annonça Jim. Vous avez un mandat pour perquisitionner ?

– Et vous ? Pourquoi êtes vous ici ? Vous étiez au courant de la disparition de l'œuf ? questionna David avec fureur.

– Je suis venu m'excuser ! expliqua Jim.

– Vous croyez que je vais gober ça ?

– C'était un jeu de mot par rapport à l'œuf ? demanda Jim avec sarcasme.

Le téléphone sonna et David fit signe à l'un de ses hommes de prendre la communication.

– Je vous en prie, faites comme chez vous ! dit James hors de lui.

– Allô ? Les Cawen ? Vous êtes rentrés où je dois encore parler à votre répondeur qui me dit que vous êtes en vacance avec le bébé ?

– Allô, Madame...répondit l'homme de la N.A.S.A.

– Allô ! C'est Mamie ! Qui est-ce ?

– Vous êtes bien chez les Cawen, dit l'homme d'un ton monocorde.

– Encore un bête de répondeur ! s'exclama Yvette Cawen.

– Où est l'œuf ? hurla David Spilberg.

– Un œuf ! s'étonna Yvette Cawen. Je suis tombée dans un restaurant ? Ils ont dû encore transféré la ligne !

– Il me faut l'œuf dans les vingt quatre heures ! Vous entendez ?

– S'il leur manque un œuf pour une omelette, ça doit pas être le luxe ! annonça Yvette en raccrochant après avoir souligné à haute voix : décidément ; l'Amérique n'est plus le pays des démesures ! Pas d'électricité dans les hôpitaux et pas d'œufs dans les restaurants !

– Vous allez avoir mieux que l'œuf dans vingt quatre heure, dit James en se rapprochant de David.

– Qu'est-ce que c'est ? demanda David intrigué.

–Mon poing dans une minute ! annonça James en frappant le visage de David d'une droite bien placée.

Tous les hommes qui venaient annoncer qu'ils n'avaient rien trouvé vinrent retenir James qui était décidé à se passer les nerfs sur ce fou de scientifique qui pour la deuxième fois avait fait irruption avec sa bande dans leur maison...

19

Il était quatre heures du matin et Jenny s'éveilla tout-à fait sans qu'aucun bruit ne l'ai tiré de son sommeil. Seul, un nom résonnait dans sa tête : Il Gatto Nero.

Elle se glissa hors du lit dans le noir et passa une robe de chambre.
Il Gatto Nerro ? Qu'est-ce que c'est; Il Gatto Nerro ?

Elle s'était endormie avec l'espoir du retour de Shmouel et se réveillait avec ce nom italien : Il Gatto Nero.
Est-ce que c'était un indice pour retrouver le bébé ? Ce nom lui semblait pourtant un nom de restaurant italien. Peut-être devaient-ils se retrouver dans une pizzeria ?

Un ange dans une pizzeria de Manhattan ou de Brooklyn, c'était peu probable. Mais si c'était une piste ? Elle devait prendre conseil...Le seul problème immédiat, c'est que les gens dormaient à quatre heures du matin.
Bien sûr, il y avait James. Mais Il commençait à être sur les nerfs et avait besoin de beaucoup de

repos. Elle se voyait mal le réveiller pour lui demander s'il connaissait un restaurant italien du nom d'Il Gatto Nerro !

Elle regarda sa silhouette dans l'ombre ; elle était repliée sur elle-même. Elle l'imagina un instant, relevant son visage endormi en demandant d'une voix pâteuse : pourquoi ? Tu as faim ?
Elle sourit et pénétra dans la salle de bain. Lorsqu'elle en ressortit, un quart d'heure plus tard, après une bonne douche, avec sa perruque sur la tête, (elle était persuadée (n'allez pas chercher pourquoi) que la perruque l'aiderait à réfléchir) elle savait qui il fallait contacter : Jim Burton, le détective !

Pouvait-elle toutefois lui téléphoner à une heure pareille ? Non. Il fallait au moins attendre six heures du matin.
Elle descendit donc se faire un café noir. Le chat noir. Elle avait fait un peu d'italien au lycée... Avait-elle vu ou pensé à un chat noir avant de dormir ? Elle aurait pu alors faire la traduction en italien dans son inconscient...

Elle soupira. Si l'homme pouvait consulter aussi aisément son inconscient qu'il pouvait consulter un sujet sur un ordinateur !
L'ordinateur ! s'exclama-t-elle.

Elle brancha aussitôt son ordinateur portable, l'alluma, se fit un autre café noir, son mot de passe et inscrivit enfin Il Gato Nero dans Google et cliqua sur Search.

Il Gatto Nero, avec deux T, était effectivement essentiellement un nom de restaurant italien, et curieusement, un nom d'un établissement célèbre à Toronto, ainsi qu'une chanson populaire italienne pour enfants rouspéteurs...Un film, hollywoodien d'après un polar de Eddy J Cooper.

Est-ce qu'il y avait là quelque chose qui avait un rapport avec un ange ? Apparemment, non. Elle regarda le sujet du livre : un jeune voleur sicilien surnommé, Il Gatto Nero, pour son agilité et sa faculté à se glisser dans les lieux les plus inaccessibles, comme un chat, rentre dans le milieu de la maffia Italienne à New-York. Son ascension spectaculaire, ses déboires avec ses ennemis, sa rencontre avec celle qui deviendra la compagne de sa vie, ainsi que sa spécialité : les pièces rares...Ce premier roman d'Eddy J.Cooper a été salué par la critique comme le roman policier le plus prometteur de l'année...

Jenny regarda la photo de l'auteur, soupira et se dit qu'elle perdait son temps. Elle se sera sans doute fait des idées ; ce n'était peut-être uniquement qu'un rêve...

20

Eddy Johns Cooper était devenu à quarante ans, ce qu'il est convenu d'appeler un écrivain à succès. Ses romans policiers mêlaient le suspense, l'humour et un esprit critique caustique sur la société américaine moderne.

Eddy habitait Manhattan qui était pour lui une source d'information pour ses écrits aussi bien qu'une arène pour ses rencontres communautaires pseudo-professionnelles, puisqu'il était un homme public et que ses lecteurs étaient friands des conquêtes de ce célibataire endurci. Il n'était d'ailleurs pas rare de le voir en première page d'un magazine, au bras d'une star de cinéma. Trois de ses romans policiers avaient déjà été réalisés à l'écran et des contrats étaient en cours pour deux autres livres.

Eddy habitait un somptueux loft qui n'était surplombé que d'une sorte de petite cabane, comme il y en a quelques fois sur les immeubles. Cabane de rangements pour l'entretien de l'immeuble par laquelle on accède au toit. Pourtant, cette cabane était habitée, et Eddy avait

investi son argent personnel pour la transformer en un petit nid douillet.
Quel était l'oiseau qui habitait ce nid ?

C'était un vieil oiseau décharné qui avait eu son heure de gloire dans la mafia new-yorkaise. On l'appelait « Il Gatto Nero, le chat noir », quoi que son véritable nom soit, Giuseppe Francesco Forcello, ancien braconnier, immigré directement depuis la Sicile en passant par Naples avec un aller simple (volé) pour l'Amérique.

Le chat noir s'était illustré dans des opérations spectaculaires de haut vol, aimait-il à dire. Pénétrant l'impénétrable, dérobant « l'indérobable» , il était partisan de l'objet unique : un merveilleux petit tableau de Renoir inconnu des musées, une statuette en jade de l'époque des pharaons, un violon ayant appartenu à Mendelson...bref, autant de sujets attirants pour l'ego d'un voleur de renom aussi bien que d'une effarante valeur pécuniaire.

Toutefois, Giuseppe le chat ne devait sa survie, dans l'âge de sa grande maturité (il venait de fêter ses quatre vingt dix ans) qu'à la générosité de Eddy Johns Cooper.
Générosité quelque peu intéressée, puisque le chat noir lui fournissait une source de souvenirs inépuisables, desquels Eddy prenait les grandes lignes de ses romans policiers. Ce soir-là ; c'était un soir de pluie et Eddy venait de rentrer d'une

soirée au restaurant. Il était minuit lorsque le chat frappa les trois coups au plafond qui annonçait à l'écrivain que son protégé avait de quoi satisfaire sa curiosité d'écrivain.

Eddy se demanda s'il ne ferait pas mieux de jouer la sourde oreille pour ce soir, mais, lorsque Il Gatto frappa de nouveau au plafond, la curiosité l'emporta sur son désir de tranquillité. Il prit alors une bouteille de Johnnie Walker qu'il tenait toujours au frais et sortit en claquant la porte vers les escaliers de service qui menaient au toit.

Il Gatto ouvrit la porte de fer avec impatience. Eddy eut un mouvement de recul en le voyant. Le vieil homme était tout habillé de noir et jusqu'à sa vieille figure qui sortait de son col roulé comme la tête d'une tortue, était enduite de suie.

– Mais ! s'étonna Eddy. Qu'est-ce qui te prend de te noircir la figure, comme ça !

– Aujourd'hui; c'est le jour ! Tu es venu avec Johnnie?

– Oui, dit Eddy, en tendant la bouteille. C'est quel jour, aujourd'hui ? De quoi parles-tu ?

– C'est l'anniversaire de mon premier cambriolage en Amérique.

– Ah ! Merveilleux ! fit Eddy en se disant que ce petit vieux était décidément un peu cinglé.

Le vieil homme servit deux verres de whisky

avec de la glace et s'installa sur son fauteuil préféré.

– Tu ne veux pas te nettoyer un peu la figure; j'ai l'impression d'être avec Al Johnson dans le joueur de Jazz.

– C'est de mon époque ça ! Du temps où l'honneur était à l'honneur ! C'est une phrase à toi, bambino, dans un de tes bouquins.

– Je suis au courant, vecchio maestro. Alors ; tu as quelque chose pour moi ? Une histoire ? Un fait ?

– C'est un rituel, vois-tu, gamin. Tous les ans, ça me reprend à la même date.

– Qu'est-ce qui te reprend ?

– Faut que je me fasse un cadeau d'anniversaire, dit-il en plaçant ses mains comme un violoniste. Je suis incorigibillè, mais c'est surtout histoire de voir si je n'ai pas complètement perdu la main. C'est comme un peintre...

– Je vois de quel genre de peintre tu parles ; de quel violon d'Ingres. Écoute, Giuseppe, je t'aime vraiment beaucoup, et je te souhaite même un joyeux anniversaire de bandit, étant donné que tu n'exerces plus, mais il fait très tard ce soir, dans la nuit noire et je dois me lever tôt demain matin, pour essayer de terminer un livre interminable...

Eddy réfléchit un moment au fait que le mot interminable se terminait par le mot minable et se promit de ne plus l'employer à propos de ses livres. Il se leva, en s'apprêtant à partir, il n'avait pas touché à son Whisky.

– Tu te trompes ! Dit subitement le vieil homme en se servant un second verre.

– A quel sujet ? Demanda Eddy avec surprise.

– Sur le fait que je n'exerce plus. Nonnè verro.

– Quoi ! fit Eddy d'une voix aiguë. Mais tu m'as assuré que tu étais trop vieux pour ça ! Je ne veux pas d'ennuis avec la police ! Si tu es encore en relation avec le milieu, tu prends la bouteille et tu déguerpis immédiatement de ce toit !

– Du calme ! Du sang-froid ! Calmo bambino mio !

– Rien du tout ! Laisse tomber les bambini ! Je ne tiens pas à me faire descendre à cause de toi ou d'être inculpé...

– Stop ! N'extrapole pas ! Je ne suis plus en contact avec le milieu ! Je suis trop vieux pour les jeunes loups ! J'ai faits ça tout seul !

– Mais pourquoi ? Tu ne manques de rien !

– Gracia al cielo ! Gracia al cielo ! Gracia al cielo !...

– Qu'est-ce qui te prend ?

– Je ne sais pas, petit. J'ai repensé à la Mama. Elle était très religieuse, tu sais. Elle disait souvent « grâce au ciel », des heures durant. Je t'ai déjà parlé de la Sicile de mon enfance ?

– Non ; jamais.

Il y eut un instant de silence. De toute évidence, Eddy se sentit gêné parce qu'il entrevoyait qu'il y avait là un sujet passionnant pour un livre. Donner un passé à un personnage n'était pas toujours chose aisée et il pouvait étoffer le personnage du chat noir qui avait fait le succès de son premier livre, si Giuseppe lui livrait un peu de son enfance.

Giuseppe avala une gorgée de Whisky en faisant claquer sa langue.

– Les Siciliens sont très croyants. Je braconnais comme mon père me l'avait appris depuis mon plus jeune âge, mais ma mère aurait aimé avoir un curé dans la famille. Aussi, j'ai commencé par être enfant de chœur. C'était une belle église que celle de mon village. On y accédait par un chemin de terre, mais elle possédait des statues en or.

Eddy se rassit. Il avait oublié sa colère, sa crainte, et s'était transporté en Sicile.

–En fait, personnellement, je n'avais pas assolutamentè le goût des messes et bien moins des messes basses des confessions. Raconter ses péchés à un curé qui avait lui même des péchés dans son panier, ne me disait rien qui vaille. Mais dans ce temps là, la Mama, c'était la Mama, et je traînais des heures dans l'église, à admirer les tableaux et les statues. C'est à ce moment là que j'ai pris goût pour les collections privées...Un jour, je me suis imaginé que certaines statues rendraient beaucoup mieux dans la lumière de ma chambre à coucher plutôt que dans l'obscurité constante de cette église. Et j'ai discrètement, transporté une petite statue vers la lumière. Personne ne s'en est aperçu, sauf la Mama qui n'a rien dit.

– Pourquoi n'a-t-elle rien dit ?

– Oh ! Pour plusieurs raisons. Des raisons de mentalité surtout. Tout le monde était un peu bandit à la maison. Alors, voler une église était ressenti comme un acte de foi. Ensuite, ce fut une cloche en argent, puis des bougeoirs.

– Tu devenais très religieux, ironisa Eddy.

– Tellement que ma chambre ressemblait de plus en plus à une chapelle.

– Et le curé ne s'apercevait de rien ?

– Je savais déjà m'y prendre et grignotait surtout les arrières plans. À priori, rien n'avait changé dans l'église. Les grandes statues baignaient encore dans leur obscurité...Et puis, on a eu besoin d'argent, dans la famille. L'oncle Giovanni avait des ennuis avec la Mafia; il fallait de l'argent rapidement pour l'expatrier...

– Vous avez alors vendu les statues et les bougeoirs...

– Et la cloche en argent et celle en or, et la coupe en argent et un petit tableau du Tintoreto qui s'est très bien vendu.

– Et l'oncle a pu partir avant d'être tué ?

– Oui, grâce au ciel. Il est parti en Amérique. Je l'ai rejoint des années plus tard; c'est lui qui m'a introduit dans le milieu.

– Charmante famille ! Constata Eddy en

goûtant finalement à son Whisky.

– Il ne faut pas croire que je manquais de respect au ciel ! Expliqua Giuseppe. Tout appartient au grand patron la haut. On ne fait que lui bouger ses biens d'un endroit à un autre.

Eddy se souvint alors que le vieillard continuait à exercer.

– Qu'est-ce que tu as volé pour ton anniversaire ?

– Il ne faut pas que tu m'en veuilles ni que tu aies du souci, à cause de ça, ragazzo. Tous les ans, c'est un rituel sacré. Je m'offre un cadeau princier.

– Quel genre de cadeau ?

– L'année dernière, un petit Picasso merveilleux, d'avant sa période où il torturait le regard. Il est là, sur le mur, à coté du Gauguin. L'année précédente, un merveilleux collier de diamant d'une valeur inestimable...
Eddy découvrit le Gauguin et le Picasso. Il avait toujours pensé qu'il s'agissait de vulgaire copies à quelques dollars. Il se demanda où pouvait se cacher le collier et commença à s'affoler réellement.

– Tu va nous envoyer en prison, Giuseppe ! s'écria Eddy. Et cette année ? Qu'est-ce que tu t'es offert ? Tu as quatre vingt dix ans et tu peux te rompre le cou dans un de tes coups fourré !

– Je suis un vieux chat, Eddy et je sais retomber sur mes pattes !

– Qu'est-ce que tu as volé ?

– J'ai tenté un gros coup, cette fois. À mon âge, on ne sait jamais; c'est peut-être mon dernier coup. Figure-toi que j'ai décidé de m'introduire dans les locaux secrets de la N.A.S.A.

– La N.A.S.A ! Tu as volé la N.A.S.A !

– C'est fou, je sais !... Je prépare l'affaire depuis un an, déjà. Ne me demande pas pourquoi, mais j'en ai rêvé toutes les nuits, sans rien comprendre à ce rêve où je volais un objet mystérieux à la N.A.S.A. On ne rentre pas facilement, là-bas, Ragazzo. Sauf que je ne savais pas trop quoi leur emprunter, aux scientifiques...Une fois à l'intérieur de la pièce la plus surveillée, j'ai pris ce qui m'attirait le plus, parce que c'était ce que j'avais vu dans mes rêves...

– Et qu'est-ce que c'est ? Demanda Eddy, à la fois, plus inquiet et plus intrigué que jamais.

– Là ! Répondit en souriant, le vieux voleur, en désignant un grand tissu sur un buffet d'acajou.

Le tissu recouvrait un objet ovale. Eddy se leva et regarda la forme de l'objet.

– C'est un coffret ?

– Regarde.

Eddy fit glisser le tissu très lentement et une forme blanche apparut.

– Un œuf ! Chuchota Eddy, comme s'il était sur table d'écoute. Tu as volé un œuf !

– Sorpresa! dit Giuseppe en riant. J'ai eu très peur de le casser ; il est rentré de justesse dans mon gros sac à dos.

Il se leva et vint contempler l'œuf avec Eddy, qui était ébahi.

– Tu crois que c'est un œuf d'autruche ?

– Il est trois fois plus gros qu'un œuf d'autruche.

– Alors ? C'est un œuf de quoi ?

– Aucune idée !

– Aucune idée ? Demanda le voleur déçu.

– Aucune idée, Giuseppe ! Je ne vois pas d'animal capable de pondre un œuf de cette taille.

– Mais ça a de la valeur tout de même ? s'inquiéta le vieil homme.

– Je crois que c'est ton plus gros coup, El Gatto !

– Tu crois vraiment ? Demanda le vieil homme en se grattant la tête.

– Bien sûr ! Tu vas pouvoir faire l'omelette du siècle, pour ton anniversaire de bandit !...

Cette nuit-là, Eddy ne se coucha pas aussi tôt qu'il l'avait escompté. Il lui fallut d'abord expliquer à son vieil ami que ce qu'il avait volé devait obligatoirement être un objet de grande valeur, puisqu'il était gardé et observé par la N.A.S.A. Il fallait également savoir la nature de cet œuf, sa particularité. Ceci dit, ils devraient être très prudents dans leurs recherches, et peut-être même, pour une fois, (mais Il Gatto ne voulait pas en entendre parler) rendre l'objet volé...

C'était une pièce surchargée d'objets et de

couleurs. Une pièce rectangulaire, coupée en son extrémité par la cloison   d'un petit coin salle de bain-toilette. Si ce mur avait le dos jaune safran, à l'intérieur, passionnément dansaient des carreaux bleu lagon, comme l'eau de la mer sicilienne. D'ailleurs, c'était une petite Sicile, du moins dans les couleurs que l'on avait aménagées pour ce vieux chat fatigué.

Il y avait toutes sortes de terres sur les murs patinés: brunes et rauques et rouilles et celles de Sienne, en d'infinis dégradés de tons où les ocres étaient rois. Des tables basses uniquement, faisaient la ligne du milieu, entre des buffets royaux, surchargés d'objets précieux, se haussant sur leurs pattes de bois verni et des divans et fauteuils d'apocalypse qui vous happaient et vous mangeaient le dos d'une bouche moelleuse.

C'était sur un de ces divans que le chat ronronnait, la figure encore un peu barbouillée de cirage.

Il avait eu bien du mal à trouver le sommeil. L'inquiétude avait grignoté une bonne part de ses heures. Une inquiétude qu'il ne connaissait pas, qui lui était nouvelle au répertoire de sa vie, car pour la première fois, le chat n'était pas sûr d'avoir volé un véritable objet de valeur.

Un œuf ! Quelle idée lui avait pris de ramener cet œuf ? Ce n'était pas un œuf en or ou

en argent, sertit de diamants ; c'était tout bonnement un œuf-œuf. Comme un œuf de poule ;
un œuf ! Il avait pris des risques pour un œuf !
Qu'auraient pensé les gars du milieu, s'ils avaient
su que Il Gatto Nerro, avait volé un œuf ? Pas un
œuf de Chardin ou un œuf flamant, non, un tout
bonnement énorme œuf banal !

Mais l'œuf ne dormait pas ; il était désormais impatient, car l'heure était venue. l'œuf
livré à lui6même brillait d'un éclat sourd pour
ne pas réveiller le vieil homme, mais cet éclat
susurrait des secrets inouïs que nulle oreille ne
semblait entendre...et pourtant...

21

Giuseppe rêvait qu'il portait un panier d'œufs. Arriva un homme corpulent qui lui jeta son panier au sol d'un revers de son énorme main. Tous les œufs étaient brisés. Tous, sauf un, qui brillait de la lumière du soleil. « c'est quoi cet œuf, Giuseppe ? »...

La voix recommençait de nouveau : « c'est quoi cet œuf, Giuseppe ? »

Giuseppe ouvrit brusquement les yeux. Il n'avait plus entendu cette voix depuis des années.

– No !

– Si !

Un homme énorme ; une masse humaine était assise sur un fauteuil et sirotait un verre de Marssala al uovo.

– Tu n'es pas !...

– Eh non ! Je ne suis pas mort, Giuseppe ! Je me sens même très bien chez un compatriote. Et puis, la décoration est si délicate ! Renoir, Degas, Picasso ! Tu as toujours beaucoup de goût, Il Gatto Mio.

– Pourquoi avoir fait le mort ? J'ai pleuré à ton enterrement !

– La Vita, Gato, la vie. J'ai compris un jour que le meilleur moyen d'avoir la vie éternelle, c'était de mourir ! Qu'en penses-tu ? C'est bien réfléchi ?...

Giuseppe s'assit en repoussant la couverture qui le recouvrait. Ses vieux mollets encore musclés apparurent, au bas d'un long caleçon.

– J'en pense que je suis encore en train de rêver, si je m'adresse à Don Luigi Matéo.

– Il faut savoir se retirer, Vecchio Gato Nero. Avant qu'on te fasse la peau. Mais toi, tu ne sais pas t'arrêter. Alors, moi qui ai toujours un œil braqué sur mes vieux amis, J'aime savoir ce qu'ils font, qui ils voient. Dans ton cas, ce que tu t'offres tous les ans pour décorer ta maison sur les toits... Donc, je me suis demandé, qu'est-ce qu'un chat amateur d'art peut bien voler aux scientifiques américains ?

Giuseppe frémit en regardant l'œuf, puis fouilla la maison du regard avec inquiétude.

– Mes hommes sont sur le toit et attendent mes ordres. Bien sûr, ils sont armés, au cas où il te venait l'idée de m'empêcher de prendre ma part sur tes trésors. Mais dit moi, Il Gatto ? C'est quoi, cet œuf de colombe géante ?

– Je ne sais pas, avoua Giuseppe.

– Tu ne sais pas ?

Le gros homme éclata d'un grand rire guttural.

– Il Gatto Nero ne sait pas ce qu'il a volé !

– Je me suis fait la N.A.S.A pour changer,

mais ce n'est pas mon domaine. Et je ne sais pas ce que vaut cet œuf !

– Je te crois Stupido Vecchio ! Je te crois et je te prends l'œuf aussi...

Eddy avait préféré ne pas dormir avant de remplir quelques pages. Il avait du mal à écrire, les derniers temps. Écrire, ce n'est pas comme exercer un métier manuel. Écrire, c'est penser, voir une histoire dans sa tête et la retranscrire en vivant intensément le lien entre la pensée infinie et sa fille sur le papier. Et puis, écrire, c'est tricoter des mots, maille après maille. Enlever une virgule, changer une idée, lui chercher un synonyme, découvrir une musique des sons aussi, pour que les yeux qui se font oreilles, ne se froissent pas, ne s'offusquent pas d'une mauvaise tournure, du couac d'une fausse note... Il y avait certes des techniques, il avait appris à rapiécer ses textes en jetant les idées pêle-mêle, puis en les reprenant pour les corriger, les clarifier, les intégrer à un tout qui s'appelle un livre...

Subitement, il y eut un cri chez le vieux, puis un bruit sourd au plafond. Eddy pensa immédiatement que le vieillard avait eu un malaise. Il se précipita aussitôt vers la porte, l'ouvrit et se retrouva en face de trois hommes en costume qui descendaient lentement les escaliers de fer. Le premier portait un gros sac bien rempli. Le troisième qui fermait la marche portait le gros œuf enveloppé dans un tissu. Seul, l'homme du milieu, qui était un homme énorme portait son unique sourire à l'encontre d'Eddy.

– Qui êtes-vous ? Qu'est-il arrivé à Giuseppe ?

Dès qu'il fut arrivé au bas des marches, le premier homme se retourna vers le gros homme en le questionnant des yeux.

– Non, ça ne sera pas nécessaire ! Comment va notre cher écrivain ? demanda-t-il avec une voix chantante. J'ai acheté tous tes livres ! J'y ai découvert un univers qui m'était familier !

– Qui êtes vous ? répéta Eddy.

– Je suis l'un des personnages de tes bouquins...

– Qu'est-ce que vous dites ? Quel personnage ?

– Le personnage du bandit, du parrain.
Eddy resta bouche bée.

– Qu'avez-vous fait de Giuseppe ?

– Le vieux chat noir est un peu assommé, c'est tout. Je ne tue jamais par plaisir. Seulement par nécessité. Par exemple, si tu faisais part à qui que ce soit de ma présence ici ce soir, je te retrouverais où que tu te caches et t'enverra rejoindre les morts qui rougissent les pages de tes livres...Me suis-je bien fait comprendre Eddy ?
Eddy ne répondit rien et se demanda qui était ce bandit.

– Mais, à part ça, j'ai remarqué que tu ne savais pour qui prendre parti dans tes livres.

Pour les vieux policiers bourlingueurs ou pour les mafiosi amoureux de liberté et d'honneur... Qui es-tu toi-même, Eddy ? N'es-tu pas qu'un mélange de bien et de mal, exactement comme moi ? Ne sais-tu pas comme les assassins ont quelquefois le cœur pur et les gens honnêtes, un cœur rempli de fiel et de poison ? Si nous caricaturons le monde, le monde, lui, est au-delà de cette caricature.

Il n'y a pas de mal sans bien et de bien sans mal. Je te le dis par expérience... Notre seule valeur est d'accepter notre chemin, celui sur lequel nous a placé la divine providence. Et ne me parle pas de repentir ! Je n'y crois pas ! On ne reconvertit pas un étalon de course en cheval de trait. On l'abat plutôt pour la boucherie. Adieu mon fils, soigne tes personnages, ne les caricature pas...

Il fit signe à ses hommes et s'éloigna vers l'ascenseur. Dès qu'ils y furent engloutis, Eddy se précipita dans l'escalier de fer. Il trouva le vieil homme sur le sol, avec une grosse bosse sur la tête; les murs semblaient vides sans les tableaux qu'il ne voulait pas qu'on lui prenne...

22

Il était six heures dix.

– Il Gatto Nero; ça vous dit quelque chose ?

– Bien sûr ; un très bon livre !

– Je crois que c'est une piste pour retrouver l'œuf.

Jim Burton leur avait fait promettre de ne rien révéler sur l'œuf à partir de leur téléphone, aussi, était-elle dans une vieille cabine délabrée.

Elle ne lui dit pas ses recherches sur internet, puisque aucun restaurant ne venait à l'esprit de Jim, il valait mieux le laisser fonctionner avec ses propres repères. Par contre, elle exprima le lien intuitif qui la liait à l'enfant et que ce nom était certainement un message que l'enfant lui avait transmis dans la nuit.

Jim l'avait pris au sérieux, aussi se mit-il à la recherche de l'écrivain à succès. Habitait-il un manoir en Angleterre où résidait-il à New York ?

Vers quinze heures, il sonnait à son interphone. Il s'étonna qu'un homme si célèbre eût son nom écrit sur l'interphone comme n'importe qui.

 – Oui ? Qui est-ce ? demanda la voix.

 – Jim Burton, chargé des enquêtes à la N.A.S.A.

 – La N.A.S.A !

Il y eut un silence de quelques secondes que Jim remarqua.

 – Je peux monter vous parler quelques instants ?

La sonnerie stridente retentit et la porte s'ouvrit. Lorsque Jim arriva au dernier étage, la porte de l'unique appartement du palier était entrebaillée.

 – Entrez ! Je suis en train de faire du café.

Jim pénétra dans un loft luxueux, d'une grande simplicité et d'une grande élégance. Il y avait très peu de meubles, mais tous étaient d'une qualité sans conteste. L'écrivain tassait du café dans une cafetière italienne.

 – Installez-vous, je vous en prie ! J'arrive tout de suite.

 Jim se plaça face à la cuisine américaine, sur un fauteuil de cuir brun. L'écrivain venait de tasser le café dans le petit entonnoir de fer au-dessus de la partie inférieure de la cafetière où était l'eau et revissa la partie supérieure où viendrait le café mélangé à l'eau. Après avoir placé la cafetière sur le feu, il se tourna enfin vers Jim.

 –Alors ? fit Eddy avec un sourire, qu'est-ce qui me vaut l'honneur de la visite ?

 – Vous aimez l'espace, fit remarquer Jim,

en repoussant volontairement sa réponse.

– Oh, oui ! J'ai horreur des pièces surchargées de meubles dans lesquelles on étouffe. Pour que l'esprit soit clair, il faut un espace de vie.

– Je vous comprends. Quoiqu'en prenant de l'âge on commence à faire de sa maison un musée de la vie écoulée...

Jim se leva, tendit sa main et se présenta : « Jim Burton ».
Eddy s'installa à son tour sur un grand sofa.

– Oui ? demanda Eddy. Quel est le scénario ?

– J'irai droit au but, monsieur Cooper : un objet très précieux de la N.A.S.A a disparu dernièrement, et les traces mènent directement chez vous.

– Les traces ! C'est la meilleure de l'année, celle-là ! Les traces de pneu ?

– Non, dit calmement Jim Burton. Les traces électromagnétiques.

– Électro... c'est une blague ou quoi ? Vous m'accusez d'avoir volé une soucoupe spatiale ?

Jim s'aperçut que le front d'Eddy Cooper était mouillé de transpiration, malgré son sourire moqueur. Il serrait et desserrait l'un de ses poings. De toute évidence, il avait les mains moites. Jim avait choisi la manière directe, se fiant à son instinct et son expérience pour s'assurer de l'implication de l'écrivain dans cette histoire.

– Non; quelque chose de plus fragile. Fragile comme...

– Comme ?

– Comme un œuf.

Eddy eut un frisson de terreur et leva instinctivement les yeux vers le plafond, en se disant qu'il allait mettre le vieux à la porte, puis il se reprit et fixa son regard sur le détective qui souriait.

– Vous êtes un écrivain très doué, Monsieur Cooper, mais comme comédien, vous laissez à désirer.

– Pourquoi dites-vous ça ? questionna Eddy, de plus en plus tendu.

Il savait qu'il n'avait jamais su rien cacher. C'était pour cette raison qu'il ne s'était pas encore marié. Il n'aurait jamais pu cacher quoi que ce soit à sa femme. Et les femmes ont la manie de tout observer chez leur mari.

– Est-ce que l'œuf est là-haut ?

– Vous êtes sérieux avec cette histoire d'œuf ?

– Extrêmement sérieux.

Il y eut un moment de silence où tous deux s'affrontaient du regard. Le café siffla comme un train et Eddy prit le train en marche et retrouva ses esprits en versant deux verres de café.

– Je vous sers dans un verre, à l'italienne. Eddy avait repris le ton de l'hôte attentionné. Il déposa les deux verres sur une petite table et rajouta un petit panier de macarons.

– Vous allez voir, ils sont délicieux.

– Ils sont à l'œuf ? Demanda Jim avec un air faussement innocent.

Eddy perdit aussitôt son sourire.

– Monsieur Cooper. Dites-moi la vérité... Je ne sais pas pourquoi un écrivain à succès comme vous est impliqué dans une histoire comme celle-là. Ce que je sais, c'est qu'il y a aussi une réalité dans laquelle ce genre d'histoire ne rapporte pas d'argent mais de sérieux ennuis avec la loi.

Eddy déglutit mais ne dit rien. De toute évidence, il ne savait plus quoi faire.

– Écoutez ! Je sais reconnaître quelqu'un de corrompu et vous n'êtes pas de ceux-là. Je vais faire un marché avec vous. Vous me rendez tout simplement l'œuf, et personne ne saura qu'il était en votre possession.

Eddy le jaugea du regard. Pourquoi s'incriminait-il, après tout, il n'avait pas cet œuf.

– Monsieur Burton, vous pouvez fouiller tant que vous voulez ; il n'y a pas d'œuf, chez moi, à cause du cholestérol.

– Je peux également fouiller là-haut ?

Eddy tressaillit de nouveau. Là-haut était un voleur recherché par toutes les polices du monde. Il Gatto Nero avait volé au Louvre, à la Tate Galerie, au musée des offices de Florence... Il n'en avait pas trop parlé dans ses livres, de peur qu'on établisse un lien direct avec lui. Quoi qu'il en soit, il devenait son complice, puisqu'il le cachait. Bien sûr, ça devait arriver un jour ou l'autre, et ce jour était arrivé.

Il regarda son café qui refroidissait. Il n'en voulait pas à Giuseppe; c'était un gentil petit vieux un peu fou. Eddy s'aperçut même qu'il ressentait de la tendresse pour lui. C'était comme un vieux grand-père. Un grand-père mafioso...

– Très bien, Monsieur Cooper, puisque vous ne voulez rien me dire, je m'en vais. Il but son café en petites gorgées. Hum ! Un vrai régal ! Toutefois, attendez-vous à une visite plus musclée des autorités, ils vont retrouver les traces électromagnétiques, ils ont tout le matériel pour ça, et vous interrogeront jusqu'à obtenir ce qu'ils veulent; c'est-à-dire, l'œuf.

– Mais je n'ai pas cet œuf ! dit sincèrement Eddy.

– Alors, pourquoi cette panique ?

– C'est que...Je... Enfin, j'écris tellement sur ces sujets que je les vis comme si c'était la vérité...Il y a des pensées plus ressenties que des actes chez quelqu'un comme moi...

– Je vais vous laisser avec vos pensées. Mais la réalité d'une prison avec des tueurs et des violeurs torture l'esprit autant qu'elle torture le corps. Réfléchissez-y bien. Voici ma carte, si vous changez d'avis. Je suis persuadé que vous avez cet œuf, là-haut...

Jim se dirigea vers la porte, pendant que Eddy pensait qu'il avait un sursis pour cacher Giuseppe dans un autre endroit. Bien sûr, Jim n'abandonnait pas la partie. Il comptait s'installer en observateur et voir Eddy se dénoncer tout seul en essayant de se débarrasser de l'œuf... C'est à ce moment-là que Giuseppe, qui avait senti la bonne odeur de café par la porte encore entrouverte descendit les escaliers en disant :

– tu te rends compte Ragazzo, qu'ils ont vidé toute ma collection de tableaux. Tout ça à cause de cet œuf énorme qui n'a peut-être aucune valeur...

Giuseppe resta la bouche ouverte devant Jim qui sortait de l'appartement avec un grand sourire.

– Nous y voilà, dit-il.

Eddy laissa tomber ses bras et sa tête le long de son corps. Cet instant avait été écrit à l'avance par un écrivain plus doué que lui ; il s'avouait vaincu.

– Et si nous buvions un autre café sicilien en compagnie du célèbre Il Gatto Nero ? proposa Jim...

23

L'écrivain expliqua que l'œuf avait bien été en leur possession (il s'inclut même s'il n'avait été qu'un spectateur, pour ne pas avoir l'air de dénoncer le vieil homme) mais qu'il leur avait été dérobé. Par qui ? Aucun des deux hommes ne voulait l'avouer. Il Gatto Nero n'avait jamais transgressé la Omerta, la loi du silence sicilien. Et Eddy ne comptait pas se faire tuer pour un œuf volé par le vieux voleur...

Jim Burton comprit que la personne en jeu devait valoir son poids de menace et d'importance. Il soupesa alors la situation. Le temps pressait, il devait retrouver cet œuf avant Spielberg pour lui permettre de muter à l'abri du regard inquisiteur des scientifiques et bien qu'il avait bluffé sur la trace électromagnétique; il savait que David Spielberg devait être en train d'obtenir les permissions pour éteindre avec son appareil, l'électricité de tout un quartier et peut-être de toute une ville.

– Qu'est-ce qu'il a de spécial, cet œuf ? questionna subitement le vieil homme.

– Vous avez déjà vu des œufs aussi gros ?

Répondit Jim, en soulignant l'évidence.

– Mais c'est un œuf de quoi ? intervint Eddy.

Jim Burton réfléchit. Ils ne voulaient pas lui dire qui s'était emparé de l'œuf, mais ils avaient tout de même des questions. Bien sûr, ils étaient intrigués, comme tout le monde, par cet œuf géant.

– Je veux savoir la valeur de cet objet, expliqua Giuseppe.

– Si je vous révèle ce secret, me direz-vous qui est en possession de l'œuf ?

–Travaillez-vous réellement pour la N.A.S.A, Monsieur Burton ?

Jim sourit. L'écrivain avait mis du temps à s'apercevoir que sa démarche n'était pas officielle.

– La réponse est oui, expliqua Jim. Est-ce que je vais de ce fait, leur révéler votre implication dans le vol de l'œuf ? Non ; je ne crois pas.

– Pourquoi ne le feriez-vous pas ?

– Pour une histoire que je vais vous raconter. Si je ne me trompe pas, vous aimez tous deux les belles histoires...

Et Jim raconta ce qu'il savait sur cette affaire. Tout ce qu'il savait. Il n'était pas censé révéler les secrets de ses enquêtes qui appartenaient à ses employeurs, ce point était même souligné dans son contrat de détective, mais, une clause permettait de faire usage de certaines informations si elles lui permettaient d'en obtenir de plus importantes.

Retrouver un bien d'état méritait bien que l'on dévoile la nature de ce même bien d'état. Évidemment, il ne recherchait plus ce bien d'état pour le bien de l'état, mais bon... C'était pour le bien, il en était sûr...Pour un autre bien, plus omniprésent.

Les États-Unis qui se défendaient du droit des hommes comme d'un droit divin, allaient-ils toujours dans le droit chemin ? Comment différencier entre les droits d'une nation et les droits personnels ?
Alors qu'il dévoilait toute l'histoire incroyable de la venue d'un ange dans une famille sans enfant, Jim ne put s'empêcher de penser en même temps aux familles chassées du Gouch-Katif en Israël. La télévision avait dévoilé des images si déchirantes! La part de responsabilité du gouvernement américain ne lui vaudrait certes pas la défense du ciel, lorsque les prières des personnes expulsées parviendraient là-haut...Mais pourquoi pensait-il à ça présentement ?

Il ne le savait pas. Il avait tout raconté, jusqu'à leur confier ce qui lui avait permis de retrouver la trace de l'œuf. Peut-être que le lien invisible était tout simplement le droit à la vie. Pourquoi voler le bonheur d'un couple sans enfant parce que leur fils est le fruit d'un miracle ? Après tout, les enfants nés du ventre de leur mère sont tous un miracle et ressemblent tous à des anges !

De quel droit, un gouvernement chasse-t-il des centaines de familles d'une terre qu'ils ont travaillée, pour laquelle ils se sont sacrifiés, en protégeant tout un pays par un héroïsme fabuleux au quotidien ? Un tel droit n'existait pas dans une nation luttant pour la sauvegarde de l'humanité, il fallait se l'abroger pour des intérêts personnels...

— Ce n'est donc pas avec un détecteur de traces électromagnétiques que vous nous avez trouvé ! constata Eddy.

— Je n'ai pas un tel outil en possession, mais David Spielberg, oui.

— Un ange ! S'étonnait le vieil homme !

— C'est assez inattendu comme histoire, constata l'écrivain.

— Vous donnez plutôt dans le réaliste, vous, dit Jim en soufflant de fatigue.

C'était une fatigue spirituelle. Il avait un moment de doute sur la nécessité qui l'avait poussé à raconter tout ce qu'il savait à deux parfaits inconnus. Il se demandait même si son instinct ne l'avait pas trompé, pour une fois.

C'est alors qu'il vit des larmes drues fondre sur le visage du vieillard. Ces larmes lui firent comprendre que le cheminement de la vérité suivait son propre chemin, l'utilisant, lui ou un autre pour se blottir dans le cœur des hommes et dévoiler la lumière magnifique de l'âme humaine.

– Qu'est-ce qu'il y a Giuseppe ? s'inquiéta Eddy.

– Je suis fatigué Ragazzo. Je suis fatigué de ma vie inutile. De ma vie de voleur. J'aurais bientôt cent ans et je n'ai rien fait de ma vie. Mes frères ont construit des familles, ils ont des enfants pour s'occuper d'eux, pour être dans leur vie et les réchauffer par leur existence. Moi je n'ai rien ni personne...

– Tu m'as moi, Giuseppe, je m'occupe bien de toi. Je te chouchoute...

– Je sais mon petit, tu t'es occupé de moi comme un fils, mais il est temps de tourner la page de ton roman... Ma femme n'est plus là, et je n'ai pas de bambini. Je la comprends cette femme qui est prête à tout pour reprendre son fils...
Il regarda fixement le détective.

– La Mama, c'est sacré pour un sicilien. Je vais retrouver cet œuf et rendre le bébé à la Mama. Et ensuite...

– Ensuite ? s'inquiéta Eddy.

– Ensuite, je rentrerais au pays pour y mourir. Mon cœur se languit des montagnes et de la lumière de la Sicile.   Des oliviers, des chèvres et des murs de pierres...Même les visages des femmes et des enfants du pays me manquent. Les hommes fiers avec leurs fusils...

Il fallut alors, dans un premier temps, effacer la trace du passage du vieillard dans la cabane du toit. Bien sûr, puisque les voisins ne savaient rien de Giuseppe et qu'un déménagement paraîtrait plus que suspect aux enquêteurs, Jim décida de placer les meubles de Giuseppe dans l'immense salon de Eddy qui faillit s'évanouir à la nouvelle. On laissa juste le buffet sur lequel l'œuf avait été déposé. On ouvrit la porte du toit, pour que la poussière puisse rentrer à son aise et Giuseppe fit ses adieux à son compagnon de ses dernières années, dans un salon surchargé de fauteuils, de tables basses et de buffets, qu'ils avaient rangé le plus naturellement possible.

Ils se dirent mutuellement merci et se quittèrent la larme à l'œil.

– Bambino, dit au dernier moment Giuseppe, avant d'emprunter l'escalier de secours pour quitter l'immeuble. Ne fais pas il stupido, comme moi qui suis seul aujourd'hui. N'aime pas toutes les filles; il faut te chercher une gentille femme unique pour ta vie. Tu m'entends Ragazzo ? Arrivedercci, bello...

Et le vieil homme disparut par l'escalier de secours, comme un chat noir dans la nuit noire...

24

Il était huit heures. Dov-Ber buvait son café en faisant ses études d'avant la prière du matin. Un 'hassid 'Habad devait s'acquitter, en plus des trois prières journalières et des études qui occupaient la vie de tout juif, d'autres études liées à l'intégration de tous les niveaux de spéculation de la Thora dans l'âme au quotidien. Ces études, fixées par le Rabbi de Loubavitch, visaient la finalité de l'existence juive : la délivrance complète et véritable pour laquelle le monde a été créé.

On aurait pu penser que dans le monde moderne, l'idée d'une délivrance messianique aurait disparu dans les méandres d'un espoir oublié ou refroidi dans son ardeur. Mais au contraire, le Rabbi qui était un moderne, ingénieur de métier, avait relancé la machine de plus belle, en s'affirmant aux yeux du monde comme un prophète ayant reçu la prophétie de son prédécesseur et beau-père, le Rabbi précédent.

Et, en effet, le Rabbi avait prévu la victoire de l'armée d'Israël, lors des guerres époustouflantes des années soixante, soixante dix.

Le Rabbi avait également annoncé, lors de la guerre du golfe, qu'il n'y avait rien à craindre, que les masques à gaz étaient superflus et qu'il n'y aurait aucun mort...Tout s'était passé, contre toute attente, selon ses paroles. Le Rabbi avait, au sus des ricanements des spécialistes, annoncé la sortie en masse des Juifs de l'URSS et avait exhorté les autorités israéliennes à préparer des villes entières pour accueillir les anciens prisonniers de la politique de fer...
Tout ceci, et bien encore, s'était accompli mot par mot. Mais la plus importante de toutes les prophéties du Rabbi était encore en suspens : « Voilà, voilà, le Machia'h vient ! » Le Machia'h, le Messie des Juifs.

Dov Ber, comme tous les 'hassidim liés au 'hassidisme de 'Habad, vivait dans l'idée que le Rabbi portait en lui l'âme du premier libérateur et qu'il était le plus apte à devenir le Messie des juifs.

Car ce Rabbi avait pris sur lui les actions les plus grandioses du judaïsme. Des actions internationales, en prodiguant au monde, par l'action de ses émissaires, une rosée de résurrection dans les lieux à priori les plus Étrangers à l'accomplissement des commandements divins; en Inde, en Afrique, en Alaska, en Chine, au Japon, dans tous les coins du globe, les actions de ces mercenaires pacifiques faisaient fleurir des arbres de vie et les Juifs reprenaient goût à la loi de Moïse.

Dans un monde informatisé et médiatisé, le Rabbi utilisait les satellites et internet et tous les moyens modernes mis à la disposition de l'homme pour diffuser le message divin et préparer le monde à la venue imminente de la Guéoula, la délivrance du joug de la matière...Et ceci, aussi incroyable que cela puisse paraître, au sein même de la matière.

Et le Rabbi ne s'était pas limité au seul judaïsme ; cette délivrance serait celle de tous les hommes, de tout le règne animal, végétal et minéral.

Pour que la délivrance soit complète, elle ne doit laisser personne encore emprisonné dans l'exil de ses propres limites humaines, fussent les limites inhérentes à la créature créée. Aussi, le Rabbi avait lancé une grande campagne pour la diffusion des sept lois de Noé. Des associations non juives de milliers d'adhérents s'étaient ouvertes. Le président Reagan avait pris part à la campagne en instituant en l'honneur du Rabbi, pour le jour de son anniversaire, une journée d'étude américaine sur les lois de Noé, la charte des nations...

Pour ceci et bien plus encore, Dov Ber était donc de ceux qui pensaient que le Rabbi était et restait toujours le Messie tant attendu des Juifs, selon la loi édictée par Maïmonide, « lorsqu'un homme né d'un père et d'une mère, descendant de la lignée de du Roi David, étudiant la loi , jour et nuit, et poussant tout le peuple juif à exécuter les commandements divins et accomplis les guerres de D.ieu. Cet homme est le Machia'h potentiel...

Voilà ce qui coulait dans les veines de Dov Ber depuis sa naissance ; faire de chaque jour de sa vie un réceptacle pour accueillir la venue imminente du Messie.

Sa maison de Président Street, était attenante à celle du Rabbi qu'il voyait par la fenêtre. Il aimait la regarder, en buvant son café et en étudiant, enfoncé dans sa chaise, le pied droit posé sur le pied gauche.

Épuisé ce jour-là par la conférence qu'il avait donné la veille, pour un groupe de femmes venues d'Australie, il regardait la maison avec une attention particulière. De ces attentions de ces hommes qui se sentent flotter entre deux mondes, tant ils sont fatigués. Quelquefois, des curieux ou des 'hassidim venaient observer l'extérieur de la maison du Rabbi, priant, attendant qu'il se passe quelque chose, désirant voir le Rabbi apparaître. Pour les uns, faisant une trouée depuis le monde des âmes, mais pour les autres (et Dov Ber était de ceux-là), désignant par son apparition, qu'il n'avait jamais quitté ce monde matériel.

Depuis trois matinées déjà, un jeune garçon était venu et s'était placé tout simplement devant la porte d'entrée, comme s'il attendait que quelqu'un de l'intérieur, lui ouvre la porte. Il ne frappait pas, ne sonnait pas, lançait seulement un appel muet, mais curieusement, Dov Ber avait cru, ces trois fois que la porte de la maison s'était entre baillée, mais toujours à ce moment-là, alors qu'il se rapprochait de la fenêtre, sa femme venait le distraire un instant et lorsqu'il reportait ses yeux sur le jeune homme, celui-ci avait disparu...

La quatrième matinée qui était, nous l'avons dit, le lendemain de la conférence donnée aux femmes australiennes, Dov Ber était assoupi, lorsque sa fille en chemise de nuit vint se blottir dans ses bras.

Il ouvrit les yeux et lui sourit.

– Tu n'es pas à l'école ma chérie ?

– Je suis malade, Abba.

– Très malade ? Demanda-t-il, en posant sa main sur le front de la jeune fille.

– Suffisamment, je crois. J'ai trente-huit de fièvre.

– Mais pourquoi n'es-tu pas couchée, et pourquoi te promènes-tu pieds nus ?

– Pour te dire qu'un garçon attend devant la porte.

– Un garçon ! Quel garçon ?

– Un étrange garçon avec un visage d'ange. Je crois qu'il a un ou deux ans de plus que moi... Je lui ouvre ?

– Toi tu a douze ans, ma fille, et tu es sans chaussettes; alors, files dans ton lit en attendant ton mariage !

Elle embrassa son père et fila vers sa chambre tandis que Dov Ber allait ouvrir la porte.

Il avait eu le pressentiment qu'il s'agissait du même jeune homme qu'il avait observé trois jours durant et ce pressentiment ne l'avait pas trompé. Il était devant lui, vêtu de gris, avec un chapeau dont le rebord tombait sur son regard perçant. Dov Ber ressentit un instant de vide comme cette impression bizarre qui vous saisit lorsque vous désirez retrouver un élément d'un souvenir qui vous échappe. C'est cette raison sans doute, ce sentiment étrange qui fit que Dov Ber, d'ordinaire extrêmement hospitalier et convivial, n'invita pas le jeune homme à entrer.

– Excusez-moi de vous déranger, dit le jeune homme avec un sourire merveilleux, mais j'aurais besoin de votre collaboration, si vous voulez bien accepter.

– Ma collaboration ! S'étonna Dov Ber, qui ne savait s'il était plus surpris par la beauté exceptionnelle et la tendresse qui émanait du garçon ou par sa voix douce et mélodieuse.

– Je voudrais organiser un mariage.

– Un mariage ! Repris Dov Ber sans y penser. Vous voulez vous marier à votre âge ?

Dov Ber pensa instinctivement à sa fille.

– Il ne s'agit pas de moi, mais de mes parents. Je voudrais organiser le mariage de mes parents. Un mariage religieux, sous la 'Houppa, le dais nuptial, et dans toutes les règles d'un mariage 'Hassidique.

– Mais, pourquoi venir me trouver, moi ? Je suis conférencier, enseignant, je ne suis pas un rabbin diplômé.

– Je sais tout ça, mais la providence divine a organisée que vous rencontriez mon père et votre femme est la seule amie religieuse de ma mère.

– Ma femme connaît votre mère !

– Votre femme s'appelle bien Judith ?

– Oui, fit Dov Ber, de plus en plus intrigué.

– De son nom de jeune fille, Bisberg ?

– En effet.

– De ce fait, poursuivit le jeune homme, il sera plus facile pour mes parents, qui craignent encore d'affirmer leur judaïsme plus ouvertement, que ce soit des personnes chaleureuses, comme vous et votre épouse, qui président aux détails de leur cérémonie de mariage.

– Mais...Sont-ils au courant de votre démarche ?

– Non. Ils ne savent rien de ce que j'entreprends pour eux. Je compte leur en faire la surprise. Ce sera mon cadeau.

– Donc, conclut Dov Ber en souriant de l'invraisemblance de la situation. Tu veux organiser le mariage de tes parents pour leur faire un cadeau !

– Ce sera mon cadeau de mariage. Vous voulez bien?

Dov Ber regarda fixement le doux visage du jeune homme qui était à la fois très sérieux mais avait suffisamment de recul pour sourire de l'invraisemblance de sa demande. Pour toute réponse, Dov Ber passa sa main autour des épaules du jeune homme et l'entraîna vers l'intérieur de la maison en claquant la porte derrière lui.

– Viens, mon fils, ! Nous allons faire Lé'haïm à la santé des futurs mariés !...

La jeune fille qui était toujours pieds nus, cachée dans les escaliers qui menaient aux chambres, se réjouit en pouffant de rire. Elle n'avait jamais entendue qu'un fils organise lui même le mariage de ses parents. Ce qui était sûr, c'est que c'était le plus beau garçon qu'elle ait jamais vu, à part, le Rabbi, bien sûr.

25

C'était étrange, pourtant, ouvrage après ouvrage, il paniquait toujours un peu avant de terminer un nouveau livre. Son père lui avait légué un enseignement qui le hantait un peu: « dans le chant, il y a un secret : il s'agit de capturer l'attention de l'auditeur au début du chant. Ensuite, à la fin du chant, ce qui est plus important encore, il faut savoir finir. C'est la fin de la chanson qui s'imprime dans l'esprit et laisse sa trace, une trace profonde et langoureuse. La fin d'un chant porte toute la mélancolie du début du chant, et c'est ce qui entraîne le désir de renouveler l'expérience de ce même morceau ou d'un nouveau titre. C'est ce qui fait crier au public : une autre !...

Son père, était un drôle de père. Il avait d'ailleurs souvent écrit cette phrase clé dans ses livres. Et s'il était vrai que son père lui avait légué quelque chose de son caractère ou de son être profond, c'était sans nul doute, son esprit d'indépendance. Un père absent laisse un fils penser de lui même. « Tant mieux ! » affirma Eddy, « personne ne m'a dit ce que je devais penser, donc, je pense ce que je désire ».

Mais est-ce que le désir d'un homme ne portait pas la trace secrète du désir de son père à l'instant de la conception du fils ?

Il reprit ses esprits et se dit qu'il fallait désormais terminer son histoire... Un sentiment de solitude l'envahit, malgré la multitude d'objets qui remplissaient depuis peu son loft. Il s'était installé face à la fenêtre pour ne pas voir la pièce qui lui faisait désormais horreur. Un sentiment de solitude depuis que Giuseppe n'était plus là. Subitement, la lumière s'éteignit et son ordinateur portable passa sur batterie, annonçant qu'il restait soixante dix minute d'autonomie.

Eddy se rendit à la fenêtre. C'était tout le quartier qui était plongé dans le noir.
– Ils approchent, dit-il pour lui même.
Jim Burton lui avait dit que si le quartier était plongé dans le noir, c'était le signe que David Spilberg utilisait son appareil pour retrouver la trace de l'œuf...il ne tarderait donc pas.

Eddy regarda les masses noires des immeubles immergés dans la nuit et se demanda où se trouvait Giuseppe, Il Gatto nerro...

Le vieil homme glissait le long d'un filin d'acier, comme il l'avait fait si souvent dans sa vie. Il savait que cette mission était plus dangereuse que la plupart des missions qu'il avait effectuées pour lui ou pour la Maffia italienne. Il s'agissait de se dresser contre un parrain qui se faisait passer pour mort et lui reprendre un bien qui appartenait à une mère.

C'était pour la Mama, qu'il prenait tous ses risques et s'il en sortait vivant, il retournerait en Sicile pour manger des olives à même le tonneau.

Ses pieds touchèrent le sol. D'un geste de professionnel, il défit le filin de son attache et le roula puis le fourra dans son sac à dos. Le sol était sec et ce simple détail venait confirmer ses soupçons d'autrefois : Don Luigi Matéo avait installé son quartier général dans un égout de New-York. C'était là, qu'il faisait le mort, c'était là qu'il gardait son œuf... Giuseppe n'eut pas le temps de continuer le fil de ses pensées, un objet glacé lui frappa la tempe et l'obscurité explosa comme une lumière subite.

Il ouvrit les yeux mais tout était noir. Il voulu bouger un bras mais il était ligoté. S'il avait pu voir l'image de la scène où il se trouvait... Mais comment aurait-il pu voir ? Lorsque nous sommes à l'intérieur des choses, nous ne savons plus voir son extérieur. Et si je vois de l'extérieur, c'est fini, je ne sais plus le secret du flux intérieur. Ceci est le propre de l'exil de la matière qui enferme et s'enferme. Qui donne à sentir ou à ressentir mais qui éloigne l'infini de la caresse d'une main. L'océan se perd dans la vague et la parole quitte le cœur en croyant qu'elle a tout dit.

– Alors, tu t'es réveillé ? dit une voix grave à l'accent chantant d'une âme italienne. Mon vieil ami, Il Gatto Nero. Je te le demande comme une devinette : où es tu et combien êtes vous ?

Le vieil homme se demandait où il voulait en venir. S'il voulait le tuer, qu'il le tut tout de suite ! Il était fatigué d'ailleurs ; un vieux chat noir ébouriffé par la pluie.

– Tu sais Giuseppe, je ne suis pas homme à abandonner une affaire. La curiosité fait partie de ma nature depuis toujours ! C'est la curiosité qui m'a fait découvrir les bourgeons sur les arbres et découvrir la ronde de mon premier barillet. C'est elle qui m'a sortie de ma cachette pour savoir qu'est ce qu'un voleur de musée comme toi pouvait bien ramener d'un laboratoire de la N.A.S.A....Tu ne dit rien parce que tu es bâillonné Giuseppe ou parce que tu n'a rien à dire ?...ça ne fait rien, mais sache que j'ai cherché le secret de ton œuf. Et comme je ne trouvais pas, j'ai remonté tout l'historique de cet œuf depuis son apparition. Bien sûr, je n'ai pas fait ça tout seul, j'ai pas mal de contact...Et alors j'ai ramené tout le monde, toute la famille de l'œuf. Attend, je vais te les présenter !

Giuseppe sentit qu'une grosse main lui défaisait le bandeau qu'il avait sur les yeux. Il ne vit d'abord rien qu'une pièce obscure, puis il se rendit compte qu'il était dans le dessin d'un cercle formé par des personnes ligotés et bâillonnés comme lui, avec les yeux bandés.

– Je te présente les personnes qui ont toutes joué un rôle dans cette histoire surnaturelle, Giuseppe. Tout d'abord, la Mama de l'œuf, Jennyfer Cawen et son mari James. Et là, c'est Jim Burton Daylish junior, le détective, et ça c'est David Spilberg et bien sûr, notre romancier préféré: ce cher Eddy Johns Cooper...
Giuseppe interrogea des yeux.

– Je n'ai pas assez de finesse; je ne connais pas le langage des yeux. Et bien sûr, le personnage principal sans lequel il n'y aurait aucune question : l'œuf d'ange qui fût un temps un beau petit bébé. Si tu pouvais, tu me demanderais ce que je compte faire de vous !

Le gros homme observa son cercle de personnes qu'il avait placé tout autour de l'œuf dans une sorte de cave ronde. Il avait fait ce qu'il fallait en attendant que quelque chose se passe et il était sûr que ce ne serait plus très long.

Il marcha vers Giuseppe et remis le bandeau sur les yeux du vieil homme.

– Tu te demandes ensuite obligatoirement la raison pour laquelle je vous bande les yeux et je vais te répondre parce que tu es un bon ami et qu'un italien aime bien parler en général, quoi que chez les siciliens, il y ait la loi du silence. Va bennè, voilà, je me suis rendu compte que lorsque je fermais les yeux devant cet œuf, et que j'étais très concentré, je voyais des choses, des choses dans l'œuf, c'est comme si je pénétrais dans l'œuf, et j'y ai vu, des choses un peu difficiles à supporter. Alors je me suis dit que cette pénétration dans l'œuf allait certainement l'obliger à sortir de lui même et à se montrer...C'est un peu bizarre comme idée, mais je crois qu'elle vient de l'œuf lui même, alors ne perd pas ton temps et rejoint tes compagnons pour une séance gratuite !...

Giuseppe se demanda d'abord si le bandit n'avait pas complètement perdu la raison, mais curieusement, passé un moment, il commença à voir une lumière, des formes et des couleurs... C'était vrai ; il avait pénétré dans l'œuf.

Les arbres étaient des oliviers tortueux et sauvages. La lumière était si puissante ! Il avait oublié que la lumière de Sicile était si lumineuse. Enfin, il était de retour au pays !

Il avait enfin rejoint la Sicile et la couleur, savez vous, la couleur des montagnes, cette couleur unique des roches de la Sicile qui plongent dans la mer comme un immense monstre marin...l'ambre et ce vaste horizon à l'infini, l'infini antique des brebis au bord de mer...

Il marchait, il lui sembla qu'il marchait depuis des heures déjà. Il était si heureux qu'il souriait de béatitude. Tout était identique à ses souvenirs. Les femmes étaient en noir et port-

aient des paniers remplies d'oranges et de cit-
rons. Les enfants couraient sous les arbres en
se poursuivant, des hommes au visage sec, au
regard suspicieux se croisaient au détour des
chemins de terre rouge ou blanche. Il y avait du
thym sauvage qui embaumait, et sans s'en apercevoir, Giuseppe se retrouva au pied d'une montagne.

Il fallait grimper sur cette montagne, il
savait qu'il devait atteindre son sommet pour y
rencontrer celui qui lui avait donné rendez vous.
La montée fut moins difficile que ce que l'on
pouvait penser, et le paysage rocailleux avait le
charme sauvage de tout ce qu'il aimait profondément en Sicile. De petits aigles tournaient dans
le ciel en lançant des cris perçants. Giuseppe les
observa un instant en enviant leur liberté, mais
la lumière du soleil était aveuglante et il reporta
son attention sur la montagne escarpée. C'est à ce
moment même, qu'il les vit.

C'était un groupe d'hommes tous armés
de fusils et ils entouraient un jeune garçon qui
semblait être leur chef. Lui, ne semblait pas
armé, et il avait un regard fixe qui était mis en
valeur par le bord de son borsalino qui lui tombait sur le front.
– Vous êtes Giuseppe ? Demanda le jeune
homme en Sicilien.
– C'est bien moi, répondit Giuseppe.
– Alors, venez ! nous désirons que vous re-

connaissiez l'homme qui vient d'être tué.

Giuseppe suivit le groupe sans rien dire. Il n'était pas rare en Sicile de découvrir un cadavre dans la montagne et que l'on cherche quelqu'un qui puisse l'identifier lorsqu'il était inconnu. Ne serait-ce que pour savoir qui devait s'occuper de venger le crime.

Le groupe s'était arrêté près d'un grand rocher. Giuseppe s'avança à son tour, les hommes s'écartèrent pour qu'il s'avance. Seul le jeune homme resta immobile, et il tournait le dos à Giuseppe qui s'avançait vers lui.

C'est alors qu'il vit le corps. Le corps d'un homme mort, effroyablement mort. Sa veste et son pantalon étaient du même velours noir que portait la plupart des siciliens, mais pourtant, ce noir là paraissait plus noir, alors que sa chemise blanche était devenue rose.

— Reconnaissez vous cet homme ? demanda le jeune homme.

— Oui, je le reconnais, répondit simplement Giuseppe. C'est moi.

— C'est bien ce que je pensais, expliqua le jeune homme. Un coup de fusil vous a explosé la poitrine. C'est comme ça que vous vouliez mourir ?

— Exactement comme ça, acquiesça Giuseppe. Tombé dans la montagne, d'un coup de fusil ; c'est une belle mort pour un homme d'honneur.

– Dans ce cas, nous allons vous laisser vous recueillir sur votre corps un instant Giuseppe, puis nous vous exécuterons d'un coup de fusil comme vous l'avez décidé.

– Combien de temps voulez vous ?

– Quelques minutes suffiront.

– Ce sera fait selon votre volonté.

– Qui est le commendataire de ce crime ?

– Il Gatto Nerro.

– Merci.

– Je vous en prie, je ne suis qu'un messager alors que vous êtes le juge. Je n'avais pas l'autorité nécessaire pour tirer ce coup de fusil sans votre propre décret.

– Vous pouvez me dire quelque chose sur l'autre monde ?

– Il n'y a là bas que ce que vous y portez...

Après quelques minutes, il y eut un coup de fusil dans la montagne et Giuseppe tomba à l'endroit même où était son corps sur la terre près du rocher. Un sourire figé de béatitude était sur son vieux visage.

Au même moment, le vieux Giuseppe ligoté et bâillonné avait disparu et le Parrain aurait juré que l'œuf l'avait avalé.

Eddy Johns Cooper, lui, avait vu dans l'œuf une infinité de choses embrouillées. Il marchait dans Central Park où des personnages flous de ses romans déambulaient ; des hommes qui n'avaient pas de tête et qui marchaient les bras en avant, en questionnant sur les chemins : « avez vous vu l'écrivain qui n'a pas pris soin de décrire mon visage ? » Un certain personnage qu'il avait évoqué sans exprimer sa psychologie se lamentait : « je suis vide et sans personnalité ! ». Il y avait des tueurs qui couraient, pistolet au poing et échangeaient des balles hasardeuses avec des policiers rouges d'alcool.

Des femmes aveugles, le cœur à la main cherchaient un amour véritable, et un enfant indéfini s'essayait à chanter juste. Tout ceci dura bien le temps qu'il faut pour en saisir toute la responsabilité, jusqu'à ce que tous se figent en un instant et se retournent vers lui en pointant un doigt accusateur. « quel est le sens de tout ça ? » demandaient-ils tous. « Pourquoi évoquer un monde inutile qui n'apporte rien à l'humanité ? Qui t'a permis ? »

C'était un cauchemar qui prenait forme dans la réalité, tout était faux et tout était réel. Eddy n'avait pas la force de supporter ce spectacle pitoyable plus longtemps, aussi se mit-il à fuir tous ces êtres imparfaits, tous ces handicapés qui venaient de son écriture malhabile. Mais tous, bandits et policiers, femmes aveugles et hommes sans tête, tous couraient à sa poursuite en hurlant et beuglant de rage et de détresse.

Cette course sembla durer des heures et Eddy n'avait plus de souffle, plus de force de courir et bientôt, il tomberait dans leurs mains impitoyables... C'est alors qu'il y eut arrêt sur image, comme dans une vidéo. Seul Eddy n'était pas touché par cette immobilité soudaine.

Essoufflé, avec un poing de coté qui le pliait en deux, il vit venir vers lui, un jeune garçon très beau et très élégant, un borsalino sur la tête.

– Voudriez-vous que cela cesse ?

Eddy se redressa et observa le visage du jeune homme duquel se dégageait une grande intelligence. Ce n'était pas, certes, l'un de ses personnages.

– Pouvez-vous arrêter tout ça ?

– N'est-il pas affreux et inutile ce monde que vous avez créé ? Ne regrettez-vous pas tous ces infirmes que vous avez façonné d'une écriture si incomplète ? Une écriture dans laquelle n'apparaît aucune recherche humaine, aucun dépassement de l'être...

– Je regrette, admit Eddy. Je voudrais n'avoir rien écrit de tout ça, et recommencer d'autres livres, tellement différents.

C'est alors que l'action repris son cours et que de Pause on passa à Play. Tous les furieux furibonds hurlèrent de nouveau et reprirent leur marche inexorable vers leur créateur terrorisé. Mais à cet instant, une mitraillette parla de sa voix de mort et tous tombèrent, les uns après

les autres dans une poussière impitoyable. L'hé-
catombe n'avait pas duré deux minutes et tous
gisaient sur un sol de papier et leur sang était de
l'encre. Lorsque la fumée et la poussière se dis-
sipèrent, apparut l'enfant indéfini une mitraillette brûlante dans les bras.

Eddy le regarda, effaré. Le visage de l'enfant était comme un visage peint à l'huile et
effacé ensuite à l'essence de térébenthine. Son
visage était encore là, mais n'y était plus. Eddy
comprit que cet enfant était l'enfant incomplet
de sa propre enfance incomplète, qu'il avait essayé d'évoquer dans ses romans de manière sub-
jective.
L'enfant crispa ses doigts flous sur la mitraillette
et pointa le canon vers le cœur de Eddy qui se
prépara à mourir aussi, tué par son enfance indé-
finie.

Il n'y eut cependant qu'un seul coup de
feu, et ce fut l'enfant qui chuta au milieu des
mots en désordre de tous ses compagnons de
page.

Derrière lui apparut Il Gatto Nero, un tout
petit pistolet à la main.
– Je suis le seul personnage réel que tu aies
jamais écrit correctement. Les autres ne sont que
des mots sans âme. Adieu Bambino.

Il Gatto Nero partit, Eddy se retrouva seul.
Si terriblement seul. Lui aussi se sentait incomp-

let, il n'était qu'un homme seul avec une part inconnue de sa personnalité, et le soir tombait sur Central park. Eddy n'était plus sur sa chaise.

Le Parrain de la pègre américaine ne savait plus comment réagir, car il savait que l'œuf avait aspiré également l'écrivain.

Lorsque Jim Burton Daynish junior regarda dans l'œuf, il tenait son imperméable préféré sur le bras, un nouveau chapeau couleur crème et une chemise d'une teinte vert d'eau sous un complet trois pièces lie de vin. De toutes ces couleurs réunies, il éprouvait une agréable impression de bien être. Pourtant, curieusement, il ne parvenait pas à voir ses chaussures.

C'était un jour de lumière, un bon jour d'une bonne année. Il avançait dans une petite ville de la côte d'azur. Il y avait une fontaine qui jetait son filet de pluie recommencé, et des gens alanguis, aux allures disparates de vacanciers bienheureux marchaient sur un sol de graviers blonds et blancs. Les peintres fiers et fous d'une école de peinture s'escrimaient à bien rendre cette atmosphère de joie et de clameur insouciante qui ne se trouve que dans ce coin du monde et dans les rues poivrées de l'Italie.

Jim recherchait quelqu'un. Il pensa que finalement, la moitié de son temps dans cette vie était passé à rechercher quelqu'un. L'autre moitié était sans doute passée à ne pas le trouver. C'était son métier de détective après tout qui voulait ça.

Quoi qu'il en soit, cette fois, il ne savait pas vraiment qui il cherchait, mais ce n'était pas une sensation désagréable et la lumière dans les feuilles des chaînes plantureux et des cerisiers délicats lui donnaient de goûter des heures tranquilles comme il en avait connues peu dans sa vie.

Il s'assit finalement à la terrasse d'un café et commanda un jus d'orange, un café et un croissant. Ce n'était pas son petit déjeuner, nous étions déjà en fin d'après midi, mais le décalage horaire lui édictait son heure physiologique.

C'est au moment où le sommeil le gagnait que Jim sentit une main sur son épaule. Une main forte qu'il reconnut aussitôt, bien qu'elle semblait venir de l'au-delà.

– Te voilà, Pâ' ! Murmura Jim sans même se retourner.

– C'est moi, fiston. Tu savais que c'était moi que tu cherchais ?

– Pas le moins du monde. J'ai été engagé pour retrouver un homme qui a entraîné le monde vers un précipice dangereux pour l'humanité.

– Oui, c'est moi.

– Toi ! Toi tu as fait ça ?

Le père de Jim s'installa face à lui, un bras

sur la petite table ronde et l'autre dans sa poche, ne regardant pas son fils mais un petit garçon qui passait. Ses jambes étaient détendues devant lui, un pied sur l'autre et il semblait le plus à l'aise du monde. Il était vêtu de vert foncé et sa chemise était jaune citron. Son chapeau marron clair venait compléter son allure de vieil arbre.

– Réfléchis un peu, Jim, chaque homme entraîne le monde vers un précipice dangereux pour l'humanité. Moi autant qu'un autre.

– Alors, on paie un détective pour qu'il reçoive une leçon de vie ?

– Toute la vie est une leçon de vie.

Un serveur en noir avec un tablier blanc vint prendre la commande de Jim Burton père, qui commanda un pastis avec des olives vertes.

– Où en es-tu de ton affaire sur l'œuf ?

– Tu es au courant ?

– Je me suis renseigné.

– Tu veux juste savoir ce que j'en dis alors ?

– Il m'a semblé que tu avais abandonné.

– Officiellement, oui.

– Mais en réalité tu es en plein dans l'œuf.

– Exactement.

Il faisait doux et il était bon de sentir la douce fraîcheur du soir qui supplantait pas à pas la lourde chaleur estivale.

– Et tu y es avec moi, Jim.

– Est-ce que je suis...

– Est-ce que tu es mort ?

Il éclata d'un rire large et franc porté par une voix de stentor. Les personnes assises aux tables voisines se retournèrent toutes vers les deux personnages colorés.

« Des américains ! », murmurèrent les gens en pouffant de rire d'entendre un si gros rire, un rire de moustachu. Et en effet, Jim Burton, premier du nom, portait une grosse moustache.

– À partir de quel âge commence t'on à mourir, Jim ?

– Tu veux dire à la naissance ?

– Exactement. Tu es déjà un homme mort dès ta première journée sur le plancher des vaches.

– Et l'œuf, alors ? demanda Jim en regardant son père verser de l'eau dans son verre de pastis.

– L'œuf c'est nous Jim. C'est toi, c'est moi et les autres rigolos qui peuplent les hectares de terres habitables. Tu te souviens de la question existentielle : qui a précédé, de l'œuf ou de la poule ?

– Je peux goûter de ton verre ?

Le père de Jim fit oui de la tête et continua de parler avec de grands gestes de la main.

– Tout le monde parle du début mais connais-tu la fin, Jim ?

– L'œuf ? fit Jim en se délectant du verre de son père.

– L'œuf.

Il regarda son fils siroter son verre et leva une grosse main pour en commander un autre.

– Je peux te contredire sans te vexer ? demanda Jim en suçant un glaçon.

– Puisque tu t'appropries mon verre, corrige aussi mes pensées, Jim, je t'en prie.

– Il me semble que l'œuf n'est qu'une étape intermédiaire, une gestation provisoire pour passer à un autre état d'existence.

Jim Burton Daynish senior observa son fils de son regard lourd, un regard qu'il avait hérité de son père qui était un fermier. Sa moustache sembla palpiter. Il venait de comprendre que son petit Jim qu'il assimilait encore à un petit garçon dans sa mémoire, était finalement devenu un homme.

– Sers toi aussi des olives, Jim, dit-il avec un large sourire.

La nuit tombait doucement en faisant palpiter les cœurs des gens qui dans cette terrasse du sud de la France n'avaient aucun projet, si ce n'est de se servir un peu d'eau de ces petites carafes si mignonnes qu'on ne trouve qu'en France.

Le détective avait également disparu de la pièce souterraine, et pour le bandit sicilien, il avait disparu avec les autres, engloutit dans l'œuf.

David Spilberg était très malheureux et le goût amer de sa tristesse lui vint à la gorge lorsqu'il regarda dans l'œuf. Est-ce qu'il était malheureux à cause de cet œuf qui lui échappait ? Il n'en était plus très sûr. Cet échec au sein même de sa réussite scientifique et sociale illustrait ce qu'était sa vie et l'errance intérieure qui caractérisait le fil de son existence. La vie d'un juif à la recherche de l'équilibre et de la maîtrise.

Il n'avait su trouvé cet équilibre dans les lois du judaïsme qui prétendaient à un tel contrôle au quotidien qu'il en devenait finalement fou. Car quoi qu'il fasse, il n'était pas pur, son esprit était épris des plaisirs de la matière. Il ne pouvait pas la quitter cette matière et son martèlement continu. Cette matière qui était le pain qu'il mangeait, le sang qui brûlait dans ses veines comme un feu ardent et passionné. Une matière folle qui le poursuivait jusque dans ses rêves.

Il aurait tant désiré pourtant être pur et sans mauvaises pensées, sans ces actions infâmes qui défont l'âme au quotidien, comme on dégrafe un vêtement. Car il ne pouvait se garder du désir des femmes et des plaisirs qui lui sont attachés, et cette attirance l'avait entraîné à quitter la Yéchiva et ses études juives pour se repaître de matière comme on se roule dans la boue.

Il avait repris ses études, passé son Bac et s'était jeté dans la science pour tout savoir sur la matière, pour comprendre pourquoi le corps avait ses propres lois qui semblaient incompat-

ibles avec les lois de l'âme juive qui est empreinte de pureté et ne désire que ce qui est saint et
raffiné...

David était sur une jetée de rochers, au
devant d'un océan furieux qui retournait le sable
d'une main pleine.
Il ressentit l'appel de l'océan qui pouvait le
purifier, le laver de tous les assauts de la graine-
matière qui lui rongeait le cœur depuis si longtemps. Il n'avait plus le courage de se battre et
faire semblant d'être heureux de la hargne qu'il
déployait pour affirmer ses idées et ses victoires.

Il se défit alors de ses vêtement malgré
le froid qui le faisait trembler et claquer des
dents, et se jeta comme on tombe, dans l'océan
amoureux dans lequel il lui sembla sombrer
jusqu'à la roche inflexible de son âme. C'est là
qu'il comprit distinctement, qu'il n'était jamais
parti et que l'essence de son âme jamais ne s'était
entachée par le viol brutal de la matière.

David disparut lui aussi de sa chaise pour
s'englober dans l'œuf avec les autres prisonniers,
devant le mafioso fou qui ne maîtrisait plus rien.

Lorsque vint le tour de James de pénétrer
dans l'œuf, ce fut d'une manière plus tranquille
et nonchalante ; comme quelqu'un d'un peu
ahuri qui se promène au hasard.
Il ne savait pas exactement où il se trouvait, peut-
être en Inde ou au Tibet. Quoi qu'il en soit, il y

avait des précipices, de petits arbres plantureux et des touristes israéliens à l'allure baba cool.
James était content d'entendre parler hébreu, il se remit même à penser qu'il s'appelait en réalité Yossi.

Une sorte de bonze, un homme chauve, habillé d'une tunique violette vint vers lui.

– Chalom, dit-il, en hébreu. Désirez vous mettre les téfilines au Centre 'Habad ?

– Vous êtes israélien ? S'étonna James.

– Oui, mais je m'étais depuis longtemps dirigé vers une autre spiritualité que la spiritualité de la Thora. J'ai vécu vingt ans dans des temples...

– Vingt ans ! Mais qu'est-ce que vous avez fait pendant vingt ans dans un temple ?

– Je recherchais la vérité.

– Et vous l'avez trouvé ?

– Je l'ai finalement découverte au Beth-'Habad.

– Et dans les temples, vous avez trouvé quoi ?

– Dans les temples je grandissais d'orgueil en pensant que j'étais le plus humble des êtres sur terre.

– Et l'émissaire du Rabbi, un Loubavitch vous a donné de le comprendre ?

– Oui, en un seul cours, et c'est un jeune homme de vingt sept ans, alors que j'en ai cinquante.

– C'était il y a longtemps ?

– C'était hier.

– Et aujourd'hui vous me proposez déjà les services du Centre 'Habad ?

– Oui. La vérité est intemporelle, elle s'accroche à vous instantanément. Je l'ai cherchée pendant vingt ans, je l'ai donc reconnue immédiatement.

– Vous avez encore l'allure d'un moine.

– Demain, j'aurais sans doute un chapeau et une barbe, aujourd'hui j'ai repris mon nom juif, c'est aussi un vêtement.

– Comment vous appelez vous ? demanda James.

– Je m'appelle Eli, et vous ?

James hésita un moment puis il exprima de tout son être : « Yossi. Je m'appelle Yossi »

James avait lui aussi rejoint l'intérieur de l'œuf.

Dans la cave, il ne restait plus que Jenny, bâillonnée et ligotée sur sa chaise. Les autres chaises étaient renversées à proximité de l'œuf. Don Luigi Matéo s'était enfui, terrorisé à l'idée que l'œuf allait bientôt l'avaler.

Jenny était donc seule et elle ne voyait rien dans l'œuf, aussi ne bougeait-elle pas de sa place.

Elle ne dormait pas, elle était éveillée depuis qu'on l'avait attaché sur cette chaise et avait entendu les chaises tomber et les cris du gros parrain affolé et le rappel de tous ses hommes. Allait-on l'abandonner dans cette cave dans les égouts de New-York ?

– Jamais je ne t'abandonnerais Ima, dit la voix d'un jeune garçon, tandis que ses mains défaisaient les liens et le tissu sur la bouche.
Il ne détacha toutefois pas le bandeau sur ses yeux et elle attendit avant de l'ôter elle même de ses mains ankylosées.

– Est-ce que c'est toi, Shmouel ? Demanda Jenny avec un calme dont elle ne se serait pas cru capable pour un instant qu'elle avait tellement attendu.

– C'est bien moi, Ima.

– Tu as donc grandi ?

– J'ai treize ans.

– C'est très grand, treize ans pour un bibou comme toi.

– J'ai l'âge de la mission que je dois accomplir.

– Est-ce que je te reconnaîtrais, mon bébé ?

– Je suis ton enfant qui a résidé dans ton ventre, tu me reconnaîtras toujours.

– Alors je peux enlever ce qui empêche encore mon bonheur. Elle ôta son bandeau et se trouva face au sourire d'un ange.

26

Ils marchaient tous les deux, la mère et son fils, tous deux rayonnant du bonheur d'être ensemble, se tenant la main dans les rues de New-York. Elle savait depuis les premiers instants de leur séparation qu'il allait revenir et si elle n'était pas avec les autres dans l'œuf c'est que jamais elle n'avait confondu le rêve et la réalité et que lorsque le rêve s'était fait réalité elle y avait cru de tout son être.

La réalité était là, et elle lui tenait la main. Lui, portait l'œuf dans son sac à dos, et dans cet œuf étaient les rêves, les rêves des hommes qui dans leur structure humaine ne perçoivent qu'une ombre de la réalité, parce qu'ils sont en route pour des rêves de lumière, alors que les femmes vivent le monde tel qu'il est et puisent le lait du bonheur à la source de la réalité. Vous savez : ces petits instants de vie que le monde connaît depuis la naissance des êtres et qui nous font dire que la vie vaut la peine d'être vécue.

– Répond moi, mon chéri, s'il te plaît : où sont ton père et les autres et quand reviendront-ils ?

Il lui sourit encore, avec toute la tendresse qu'il avait pour elle.

— Ils sont dans une autre dimension qui est là, tout près de nous, et qui vit avec nous. C'est une sorte d'endroit cousu d'une réalité personnelle et individuelle où nous projetons les solutions aux conflits de nos existences exiguës.

— Un endroit qui permet d'y voir clair, en quelques sorte ?

— Exactement, et ils seront bientôt de retour.

— Et qu'est-ce que moi j'y aurais découvert ?

— Tu y aurais vu ton réservoir d'idées où les écrivains puisent toutes leurs inspirations.

— Mais qu'est-ce qui fournit le matériau du réservoir ?

— La vie, naturellement, dit-il en riant... Appelons un taxi !

— Où m'amènes tu ?

— Il nous est impossible de rentrer à la maison, aussi nous allons chez des amis.

Il montèrent dans un taxi et demandèrent President Street, près d'Eastern Parkway. Tout à coup, alors que la voiture jaune prenaient de la vitesse, le jeune homme se raidit.

— Qu'est ce qu'il y a Shmouel ?

— Nous sommes suivis par trois voitures.

— Qui sont-ils ? dit-elle en regardant derrière elle.

— Des agents du gouvernement.

Il était tout à fait calme et réfléchissait à la réaction à avoir. Les sirènes se faisaient déjà entendre.

– Il leur faudra exactement six minutes cinquante secondes pour nous rejoindre, il faut composer en vitesse.

– Qu'est-ce qui se passe encore ? S'exclama le chauffeur en voyant par son rétroviseur les voitures noires demander le passage dans la longue file de l'avenue bondée.

– Prenez à droite, s'il vous plaît, demanda Shmouel.

– À droite ! Mais ça nous fait faire un détour ! S'écria le chauffeur.
Le volant braqua de lui même à droite et la voiture s'engagea dans une petite rue.

– Mais qu'est ce qu'il a ce volant ! Caramba Mamita!

Le volant pivota vers la gauche et alors que le chauffeur tentait de freiner, la pédale d'accélération fut poussée au maximum.

– Caramba Lolita ! Ma voiture est téléguidée !

– N'ayez pas peur, Rodriguo Ramez, vous retrouverez votre petite Lucie et votre femme sans aucun problème.

– Quoi ! On se connaît ?
La voiture faisait des demi tours, accélérait, ralentissait, passait aux abords des jardins puis finalement freina près d'un grand magasin de Brodway.

– Nous descendons ici ! annonça Shmouel, en tendant l'argent au chauffeur.

– Mais nous sommes très loin de Eastern Parkway !

Ils sortirent rapidement du taxi et se fondirent à la foule qui rentrait dans le grand magasin.

Moins de cinq minutes après, des hommes en noir fouillaient le magasin.

Shmouel avait entraîné sa mère vers les ascenseurs et ils montaient vers le dernier étage. Tout au long de leur course, Jenny remarqua que nul ne les avait abordés ni contrôlés.

Après le dernier étage ils empruntèrent un petit escalier et se retrouvèrent sur le toit.

– N'ai pas peur Ima, dit-il, en la serrant contre lui. Ils vont arriver, mais n'ai pas peur.

– J'ai confiance en toi, mon fils.

Un instant plus tard, six hommes en noir, pistolets au poing les entouraient. « Nous les tenons ! dit l'un d'entre eux dans un téléphone portable. » « Attention, vous autres, prévint celui qui devait être le chef d'une voix rauque, ne vous fiez pas à leur air angélique ; cet enfant a volé un bien de la N.A.S.A, il est peut-être lui même un extra terrestre. » « tu plaisantes ? demanda l'un des hommes. »

– Je suis le capitaine Wilson, et je vous ai pisté grâce à la trace électromagnétique que dégage l'œuf. Alors je vous conseille de ne pas faire les malins et de déposer ce sac sur le sol. Vous n'avez aucune issue et j'ai toutes les permissions pour tirer sur vous, bien que vous soyez femme et enfant. Me suis-je bien fait comprendre ?

– C'est très compréhensible, dit tranquillement Shmouel, comme s'il répondait à un simple renseignement qui lui était demandé dans la rue, vous êtes prêts à nous tuer de sang froid parce que vos supérieurs vous ont avertis que nous sommes des gens malhonnêtes et que nous avons fait des choses répréhensibles par la loi et que c'est pour corriger de tels agissements que votre sens inné de la justice à accepté un tel emploi.

– Exactement mon gars, et sache qu'au moindre geste suspect, je fais exploser ton beau petit chapeau de youpin et ce qui se trouve dessous.

– C'est à dire mon cerveau.

– Tu comprend tout.

– Dois-je en conclure, du fait que vous n'ayez pas de chapeau à faire exploser que vous n'avez pas non plus de cerveau ?

– Sale petit morveux ! Enlève immédiatement ton sac de tes épaules et dépose le devant tes pieds sans gestes brusques.

Il avait dit ces derniers mots en serrant les dents et en se retenant pour ne pas perdre totalement son calme. Ses hommes se regardaient entre eux, se disant tous que les réactions de leur chef étaient disproportionnées.

Quel danger véritable pouvait représenter après tout, cette petite jeune femme et cet adolescent ?
Shmouel fit ce qui lui avait été ordonné.

– Détache le cordon du sac et découvre l'œuf, que je le vois.

Shmouel se baissa de nouveau et découvrit l'œuf qui apparut dans toute sa nudité. Jenny ne put s'empêcher de ressentir que c'était son ventre que l'on dénudait devant ces hommes, alors que Shmouel reculait d'un pas.
Le tissu du sac tassé paraissait être un nid.

– C'est quoi cet œuf d'autruche ? demanda l'un des hommes à l'intention du capitaine Wilson.

– Un secret d'état, rétorqua-t-il froidement.

– Quel secret ? surenchérit un autre de ses hommes.

– Un truc volé à la N.A.S.A.

– On fait équipe, Wilson ! dit le troisième.

– Vous êtes sous mes ordres et si vous posez encore une question, je vous fais tous muter dans un service où vous pourrez répondre à toutes les questions que l'on vous posera au téléphone..

Aucun des hommes ne pouvait exactement deviner de quel service il parlait mais ils comprirent que Wilson avait du subir une pression sérieuse de ses supérieurs pour être dans un tel état.

Quoi qu'il en soit, l'œuf les intriguait au delà de tout ce qu'ils avaient rencontré dans le cadre des opérations de l'unité spéciale du gouvernement.

– Qui attendons-nous ? demanda Shmouel, comme s'il s'ennuyait.

– Nous attendons les scientifiques qui viennent récupérer leur bien, grogna Wilson, le pistolet fermement tenu au bout de ses deux bras tendus comme s'il était au stand de tir et s'apprêtait à faire carton.

– C'est un vrai ou c'est du plastique ? questionna de nouveau un des hommes en faisant un pas en avant.

Le capitaine Wilson fixa ses yeux sur le pied qui recula aussitôt. Lui aussi sans comprendre pourquoi et sans vouloir l'avouer à ses hommes se posait toutes sortes de questions et aurait bien voulu se rapprocher pour observer de plus près.

Un homme fit de nouveau un pas en avant, puis un autre et Wilson feignit de ne pas voir pour se rapprocher à son tour. Un vent léger se leva sur la scène étrange de ces agents spéciaux aux prises avec deux personnes apparemment des plus ordinaires qui soient et tous ressentirent que le vent venait de l'objet oblongue qu'il ne pouvaient plus s'empêcher de fixer. Car il y avait quelque chose là dedans, quelque chose qui était comme une conscience qui raisonnait d'une voix qui ne leur était pas inconnue.

Jenny se tourna vers son fils et lui demanda à voix basse s'ils pouvaient fuir peut-être, puisqu'on ne les regardait plus, et se rapprocha imperceptiblement de Shmouel.

Le capitaine Wilson était sur ses gardes et appuya aussitôt sur la gâchette de son arme à moins d'un mètre de Jenny qui reçut la balle en plein cœur. Elle fut soulevée du sol et s'écroula dans un flot de sang jailli de sa poitrine. Son dernier regard fut pour son fils et son visage d'ange où elle trouva toute la compassion dont elle avait besoin pour pénétrer dans le monde de la vérité. Shmouel hurla de douleur et se jeta sur Wilson qui fit feu une seconde fois sans aucune compassion. L'ange s'affaissa sur l'œuf qui se craquela tel un vulgaire œuf de poule et se déversa comme une omelette dans une poêle.

Les hommes s'écrièrent tous vers leur chef : « Pourquoi les avoir tués ? Ils n'étaient pas armés ! Tu n'es qu'un assassin Wilson ! Et en plus, ton œuf est brisé ! »

Le capitaine Wilson se retourna vers ses hommes et les regarda froidement sans prononcer un seul mot. Il sortit ensuite un mouchoir de la poche de son pantalon et se saisit d'un petit pistolet qu'il déposa dans la main droite de Shmouel et toujours avec le mouchoir appuya le doigt du garçon pour faire jaillir une balle qui s'enfonça dans la rambarde du toit.

– Wilson ! Tu n'es qu'un assassin et nous allons tous témoigner contre toi ! S'écria l'un des hommes scandalisé par l'attitude de son chef.

Wilson fronça des sourcils et dégaina rapidement un autre petit colt de sa ceinture et fit feu dans le crane chauve de son collègue de travail. Il nettoya ensuite ses empreintes avec son mouchoir et lova le colt dans la main de Jenny et plaçant son doigt sur la détente.

– Toi ! dit-il à l'un de ses hommes éberlué, met la tête de Phil en direction de la main de cette femme.

L'homme obtempéra avec crainte.

– Tu es maintenant complice de ce meurtre. Un mot qui ne correspond pas à ma version des faits et je te dénonce. Et vous aussi ! Nous sommes tous complices ! Je peux tous vous envoyer en prison jusqu'à la fin de vos jours!
Il regarda les yeux de ses hommes et tous affichaient un regard inquiet et soumis.

– Nous plaiderons la légitime défense, conclut Wilson en rengainant son arme dans son étui. Lorsque l'ascenseur parvint au rez de chaussée du grand magasin, Shmouel et Jenny se rabattirent sur leur droite pour laisser passer les savants encombrés de divers instruments sophistiqués qu'ils traînaient sur deux tables à roulettes.

– Dépêches toi, Spilberg ! s'écria l'un des savant avec impatience.

David Spilberg s'immobilisa devant Jenny et Shmouel qui portait toujours le gros œuf dans son sac à dos.

– J'ai oublié un instrument ! répondit David Spilberg, renvoyez moi l'ascenseur !
Les portes se refermèrent.

– Je suis heureux que vous ayez pu vous échapper, avoua David Spilberg en baissant les yeux devant ceux qu'il avait harcelé. Je voudrais que vous me pardonniez pour mon comportement irresponsable. Ce que j'ai vécu dans cet œuf à changé ma vie. J'ai en quelque sorte retrouvé mon judaïsme et le chemin qui mène à mon âme. Je ne vous remercierais jamais suffisamment.

Un ascenseur sonna et David s'avança.

– Je dois les rejoindre sur le toit ! Surtout ne rentrez pas chez vous, la maison est toujours sur surveillance...
La porte de l'ascenseur se referma et Shmouel et Jenny pressèrent leur pas vers la sortie.

– Je ne comprend plus rien, Shmouel ! Avoua Jenny. Que s'est-il passé la haut ? J'ai bien cru que ce Wilson allait nous tuer et puis ils ont disparu les uns après les autres !

– Ils ont intégré l'œuf où ils ont vécu ce qui découlait de leur comportement lorsqu'ils nous ont coincé sur ce toit.

– Et ce savant, David Spilberg ? Pourquoi est-il le seul à en être ressorti ?

– Ils en sont tous ressortit et nous attendent tous dans un endroit ou un autre.

– Mais cet objet tient-il lieu de conscience pour chacun d'entre nous ?

– L'œuf représente la gestation de l'âme qui se remet en question pour dévoiler la finalité de nos comportements.

– Est-ce que tous les hommes de la terre peuvent y rentrer ? voulut savoir Jenny en tremblant un peu de l'énormité de la question.

– Le lieu où se reflète la personne vient de l'esprit et de la mémoire de la personne, non de l'œuf lui même.

Lorsqu'ils furent dehors, Jim Burton Junior les attendait près de sa Chrysler.

– Puis-je vous déposer quelque part ? proposa-il.

Ils montèrent dans la voiture et s'éloignèrent rapidement de l'immeuble du grand magasin, alors que les savants sur le toit ne découvrirent aucune trace de l'œuf ni des agents du gouvernement. Seule, une balle dans la rambarde en métal leur laissa penser qu'il s'était peut-être produit un événement. Les agents qui les avaient contacté restaient quant à eux introuvables.

27

Yvette Cohen s'était installée Rue KKL, dans le quartier de Shaaré 'Hessed à Jérusalem. C'était sans nul doute l'un des plus beaux quartiers de la ville, à quelques minutes du centre ville, surplombant le jardin public, le Gan Saker.

De sa terrasse elle voyait la Knesset, le bâtiment du parlement Israélien, et depuis l'expulsion des habitants du Gouch Katif, elle imaginait chaque matin qu'elle envoyait un missile sur ce bâtiment mensonge qui usurpait et manipulait le rêve et l'espoir du peuple juif, en fomentant des complots contre la sécurité et le bien être des juifs enfin de retour sur leur terre, après tant de siècles d'exil sur les terres de tous les autres peuples du monde.

Yvette était une femme intelligente et le malheur qui avait frappé sa vie par la perte de son mari assassiné, lui donnait désormais un regard froid et limpide sur les événements de la réalité politique Israélienne. Née en Tunisie, elle avait vécue la plus grande partie de son adolescence à Paris et était montée en Israël dans les années soixante en tant que fervente volontaire pour prendre part à la construction du pays.

Belle et de constitution forte, à l'image de son modèle féminin, Golda Meir, elle s'était engagée dans le travail du Kibboutz, alternant la préparation des omelettes du petit déjeuner avec le travail dans les champs de tomates et de concombres. C'est dans un Kibboutz qu'elle avait rencontré Shmouel, son futur mari, qui était un Sabra, un juif né en Israël. Il était originaire de Yafo où ses parents vivaient encore dans une petite maison en bord de mer.

Ils partageaient un rêve identique, ils avaient tous deux l'âge des fruits gorgés de soleil et aimaient vivre comme on croque à pleines dents dans une pita remplie de falafel et de Houmous. Ils lisaient tous les livres qui avaient un bon titre et construisaient leurs opinions sur des citations de romans classiques aussi bien que d'ouvrages scientifiques sur la mécanique quantique. Il y avait des soirées ou Stendhal contredisait Freud qui était défendu par la relativité d'Einstein, lequel était fourvoyé par Jean Valjean qui capitulait devant Newton, jusqu'à ce que Tolstoï intervienne in extremis.

À ces périodes de lectures intenses, lorsque après leur mariage ils s'installèrent à Tel Aviv, vint la grande période du cinéma. Si Yvette aimait les intrigues policières alors que Shmouel préférait les Western, les films fantastiques les réconciliaient.

Ils travaillaient, mangeaient, buvaient, se baignaient dans la mer furieuse de ce coté de la méditerranée et se séchaient au soleil en lisant un bon livre et en regardant un nouveau film. Tout ça sur fond de guerre et de costume militaire au quotidien. Tous deux faisaient leurs « milouïm », tous les ans, comme un devoir régulier au pays et la moindre guerre les happait avec ce sentiment constant que la vie ne tient qu'à un un fil et qu'il faut être heureux du soleil et de la mer.

Au quotidien d'un israélien, un frère, un ami, un voisin peut ne pas revenir d'une garde de routine ou d'une visite de famille en Judée-Samarie, et la mort frappe dans le super marché comme sur le champs de bataille ennemi.

C'est dans cette atmosphère de la liesse des survivants que le petit Yossi vit grandir l'arbrisseau de sa vie quotidienne. Yvette et Shmouel n'étaient pas à proprement dit des religieux mais ils avaient trop d'ouverture d'esprit pour contredire l'héritage merveilleux des enfants du désert.

– Souviens toi, disait Shmouel à son fils alors qu'il avait tout juste un an, nous ne sommes pas des colons venus squatter en désespoir de cause sur une terre nouvelle ! Cette terre nous appartient parce que le propriétaire de tout l'univers créé nous l'a donnée pour y vivre selon ses lois et ses règles inscrites dans le livre des livres : la Thora !

– Ne fais pas peur à mon fils, veux tu, intervint Yvette en mettant la table, et explique lui, selon ces grands principes, pourquoi tu ne laisses pas pousser ta barbe et pourquoi tu ne portes pas un chapeau et...

– Et pourquoi ? Je ne m'appelle pas Strontovitch, que je sache ? Mais parce ce que mon petit chéri, ton abba vient d'une famille de juifs tunisiens installés à Bagdad, pas de Varsovie. Et si nous sommes des religieux à tendance moins classique nous tenons tout de même à la tradition ! Et cette terre est la nôtre depuis toujours tu entends Yossi ? Tu n'es pas un colon, coli cola...

– Cala, rajouta Yvette, et câlin aussi, et vient manger parce que ça va refroidir.

– On arrive ! disait Shmouel en prenant son fils sur ses épaules tout en continuant ses explications à un enfant qui n'était pas encore en âge de comprendre. Tout ça, avec la conscience que le grand patron a choisi pour nous une toute petite terre alors qu'Il aurait pu nous donner un continent entier et qu'Il leur a laissé les continents ! Mais tu vois, Yossi, que le monde entier est jaloux de ce don que tout le monde nous conteste ! Alors qu'ils ont "des Europes" et des pays arabes et des contrées d'Amérique et de

Russie ou tous les hommes du monde pourraient s'asseoir sur une balançoire, mais eux veulent l'unique terre d'Israël, la terre de Shmouel, Yvette et Yossi ! Vas-y comprendre quelque chose, mon fils !

Souvent Yvette revoyait ces moments du passé dans son cinéma intérieur. Ils avaient été si heureux, et lorsque les malheurs frappaient des proches, ils pleuraient avec les autres et se serraient entre eux encore plus fort en subjuguant toujours plus le goût du bonheur. Jusqu'à ce qu'ils soient finalement, eux aussi, ceux avec qui on pleure.

Yvette essuya une larme et s'encouragea en se décidant d'appeler une nouvelle fois son fils. Les sonneries se succédèrent jusqu'à ce que le répondeur s'enclenche de nouveau, avec la voix de James, répondant en anglais qu'ils étaient en vacances.

– C'est encore moi, dit-elle, je commence à être inquiète, alors si il est arrivé quelque chose, prévenez moi !

Elle appuya sur le bouton du combiné et en se disant qu'il était peut être temps de voyager voir ce qui se passait, en espérant qu'il n'était rien arrivé à son petit fils.

Tous les cartons n'avaient pas été déballés, elle avait encore bien trop d'affaires, elle les avait mis dans l'entrée, entre la porte et une armoire murale peinte de manière très commune en gris.

En dehors de ça, l'appartement était mignon.

C'était un tout petit deux pièces dans un immeuble à la surface en pierres de taille avec une entrée à l'allure italienne, crée par des escaliers d'étages en terrasses intérieures remplies de pots de fleurs. Il semblait d'ailleurs que le propriétaire qui habitait l'appartement du dessous, avait une véritable passion pour les plantes et qu'il aurait été beaucoup mieux dans un Yichouv de la Galilée.

N'ayant pas encore véritablement visité le quartier, Yvette descendit voir un peu où elle habitait, plutôt que de tempêter sur son fils et sa belle fille.
C'était la fille d'une amie qui habitait précédemment l'appartement de la rue KKL, et c'est ainsi, au moment où cette dernière quittait les lieux pour se marier que Yvette pu réaliser son désir d'habiter Jérusalem.

Ce déménagement n'était pas uniquement d'ordre géographique, il concrétisait un besoin profond chez Yvette de considérer une vie autre que cette existence construite sur les vestiges d'un bonheur passé. Si Tel-Aviv se voulait être la capitale du monde matériel israélien, Jérusalem était sans conteste la capitale spirituelle d'Israël.

Au niveau où elle habitait, la rue était en pente. En face de l'immeuble était un café en terrasse (ce qu'elle avait tout de même vu depuis son arrivée) mais elle découvrit en se rapprochant que c'était un salon de thé français. La gouaille parisienne s'y exprimait avec un mélange de mots en hébreu. Yvette se dit qu'elle serait bien entrée un moment pour déguster un mille feuilles ou éclair qu'elle voyait en vitrine, mais puisque ce café était en face de chez elle, elle n'aurait aucun effort à faire pour y venir dès qu'elle le voudrait.

Elle descendit la rue qui était charmante et les immeubles qui la jalonnait de part et d'autres étaient tous de petites constructions à la surface en pierres de taille, et tous étaient fleuris et de petits arbres de Judée au couleurs vives et en grappes de feuilles côtoyaient d'immenses eucalyptus à la mélancolie joyeuse de ceux qui surplombent les pierres.

Au bas de la rue à droite était une ruelle où s'étaient blotties des maisons de prières et même un Mikvé, ou bain rituel pour les hommes. Au tout début de cette rue, comme pour satisfaire ses besoins matériels, il y avait un marchand de légumes et une épicerie de luxe.

En fait, Yvette n'allait pas tarder à découvrir que tout le quartier était un lieu résidentiel de luxe qui calculait en dollars et non pas en Chekel israélien. Yvette pénétra dans l'épicerie qui était un microcosme des quartiers juifs américains. La première langue était l'anglais et elle se dit aussitôt que sa belle fille ne serait pas dépaysée en venant ici. Et l'inquiétude la reprit, pourquoi son fils ne la contactait pas pour lui donner des nouvelles ?

C'est alors qu'elle se demanda si l'un de ces américains qui rentraient et sortaient de l'épicerie ne connaissait pas la rue où habitait son fils et pourraient peut être, par personnes interposées, se renseigner pour savoir s'il y avait quelqu'un à la maison.

– Excusez-moi, monsieur, demanda t-elle, de son meilleur anglais, bien qu'avec sa belle fille elle faisait peu d'effort pour soigner son langage. Connaissez vous la rue Montgomery à New-York?

L'homme à qui elle s'était adressé était peut-être le patron ou un employé responsable, quoi qu'il en soit, il la regarda froidement tout en continuant le fil de ses comptes sur un papier qu'il tenait en main en même temps que quelques chèques et quelques billets (elle aperçut alors un écriteau qui indiquait que l'épicerie était aussi un change) et lui répondit en hébreu, ce qui était une manière de reconnaître que son anglais (à elle était de mauvaise qualité).

– Ce n'est pas loin de chez les 'hassidim 'habad, demandez leur votre renseignement; il y a une maison de prière 'habad dans la rue juste en face, au numéro 6.

Elle failli s'adresser à lui à nouveau en anglais, afin de lui montrer que son hébreu, à lui, était de mauvaise qualité mais remercia et sortit immédiatement pour trouver la synagogue Loubavitch.

Elle traversa et pénétra dans la rue Iven Chaprout, avança une dizaine de mètres et découvrit une jolie maison à un étage, dont le rez-de-chaussée avait été aménagé, de manière fort agréable en maison de prière. Dans la petite cour de l'entrée, près d'un arbre à framboises, derrière un petit muret étaient deux hommes avec des barbes, l'un en chemise blanche et sans chapeau, et l'autre avec des gestes démesurés et une forte voix, portant un par-dessus lui arrivant aux genoux malgré la chaleur de l'été, et tous deux, indépendamment parlaient au téléphone.

Yvette se dit qu'elle pouvait bien patienter un peu pour parler à l'un des deux hommes, lorsque un troisième personnage sortit de la maison de prière avec les mains dans les poches. Ce dernier qui avait une allure européenne lui fit immédiatement l'effet d'un Arsène Lupin ou d'un Javert, enfin quelques-uns de ces personnages des romans français qu'elle avait lu dans sa jeunesse.

Il avait des yeux extrêmement malins sous des lunettes de vue ovales et un visage à la mâchoire carrée. Un nez un peu crochu et délicat et le tout était complété par une petite barbichette au poil danse et noir. Il portait un pantalon gris et une chemise à carreau. Il la regarda immédiatement en comprenant qu'elle attendait un renseignement.

– Je peux vous aider madame ? lui dit-il en français.

– J'ai tellement l'air française ? demanda-t-elle un peu agacée, parce qu'elle se sentait profondément israélienne.

– Ne vous vexez pas Madame, dit-il avec un sourire, mais vous ressemblez à ma tante Paulette et je suis certain que vous êtes une bonne tunisienne !

Elle se détendit et passé la surprise lui rendit son sourire.

– Qu'est-ce qui vous amène, chère madame, chez des intégristes ultra orthodoxes extrêmement dangereux ?

Il avait dit cette phrase précipitamment en saisissant sa barbe plusieurs fois dans sa main et en pouffant de rire.

– J'aurais besoin de quelqu'un qui pourrait aller voir ce qui se passe chez mon fils, en Amérique...

– Il a fait une fugue ?

– Il vient d'avoir un bébé...

– Oh ! Mazal Tov ! Vous devez être très heureuse !

– Oui, merci. Le problème c'est qu'il ne répond plus au téléphone et ne m'appelle pas non plus.

– Ne vous inquiétez pas, madame, il est sûrement débordé. C'est votre premier petit enfant ?

– Oui, et je l'attend depuis plus de dix ans.

– Oh ! C'est merveilleux, quel bonheur ! dit-il en sachant s'y prendre avec les veilles dames.

Il s'adressa finalement aux deux personnes qui avaient enfin fini de téléphoner et leur expliqua le besoin de la dame et ils passèrent, tous deux, trois appels successifs jusqu'à ce qu'ils découvrent par personnes interposées un cousin de l'un des américains qui fréquentaient la synagogue et qui acceptait d'aller voir sur place si la famille se trouvait à la maison.

Ce cousin était Mohel et s'appelait Amram Rabinovitch.

28

Le président des états unis venait de se réveiller en sursaut. Le cauchemar qu'il venait de faire lui avait semblé si réel qu'il regarda un bon moment autour de lui pour s'assurer que la réalité était autre.

Il alluma la lampe, le magazine sur sa table de nuit était bien celui qu'il avait lu la veille avant de s'endormir épuisé. Il repoussa les draps de satin, et inspecta même son pyjama et celui-ci était bien celui qu'il portait hier au couché.

Il se leva, se dirigea dans la salle de bain et en ressortit brusquement avec un regard ahuri. «c'était plus qu'un rêve ! » pensa-t-il. Il revint vers la table de nuit et appuya sur un petit bouton jaune. Aussitôt, un homme rentra presque en courant. Son costume était impeccable et sa moustache noire avait le même geste déterminé que sa mèche sur le coté.

– Monsieur le président ? demanda l'homme et toute son attitude voulait dire : « à votre service ! »

– Ralph, dit le président d'une voix pât-

euse, comment s'appelle le responsable de la
N.A.S.A ?

 – Danvers, monsieur.

 – C'est un leurre ! hurla le président. Trouvez moi le véritable responsable et faite le venir
dans une heure dans le salon rouge de l'hôtel.

Ralph ne laissa rien paraître mais il venait de
prendre un coup de fouet ; jamais le président ne
hurlait comme ça au réveil. Il se retira et s'emp-
ressa de remuer toutes les ficelles qu'il avait dans
la main.

 La N.A.S.A convoqua une réunion extraordinaire et sous l'autorité du secrétaire à la défense, une décision fut prise.

 Le président buvait son café dans le salon
rouge et la pièce était remplie de gardiens à l'air
patibulaire.

La porte s'ouvrit et un homme s'avança vers le
président. Il était nerveux et tremblait visible-
ment, mais son regard était déterminé.

 – Asseyez-vous, dit le président sans lever
les yeux vers lui.

L'homme s'installa dans le fauteuil qui faisait
face à celui du président. Sa nervosité augmenta
encore lorsque les yeux du président se posèrent
sur lui.

 – Ralph, dit le président d'une voix calme
mais déterminée, sortez votre arme et pointez la
sur la tempe de cet imposteur !

Le dénommé Ralph eut une seconde d'hésitation puis pointa son revolver ainsi que le président le lui avait ordonné.

– Vous avez trois minutes, monsieur, dit le président d'un ton sec, pour avouer que vous n'êtes pas celui que j'ai fait demandé. Si vous niez, Ralph, qui est mon homme de confiance et garde du corps dévoué appuiera sur la détente, et comme vous n'existez dans aucun document officiel de la maison blanche, votre mort n'aura jamais eu lieu. Si ce n'est de par votre sang sur le tapis persan sous vos pieds qu'il faudra jeter.

– Je...Je ne suis pas le..., murmura l'homme.

– Qu'il vienne immédiatement ! Et prévenez-les que je saurais le reconnaître.

L'homme repartit perplexe. Dix minutes plus tard, un homme d'une soixantaine d'années, un gilet marron et des chaussures en peau de crocodile se présenta, essoufflé.

– C'est moi, dit-il simplement.

– En effet, dit le président avec un sourire narquois.

L'homme fut invité à s'asseoir.

–Est-ce que la N.A.S.A complote contre l'état des États-Unis ? Et je suis cet état !

Il avait hurlé et l'homme sursauta un instant mais c'était un homme de responsabilité et le président le ressentit immédiatement.

– Je m'appelle Grangers, monsieur le président et je suis bien celui que vous attendiez. Il y a des mesures de sécurité qui ne relèvent pas de ma seule autorité mais de celle d'un système intérieur rigoureux...

– Voulez vous savoir d'où je vous connais Grangers?

– Oui monsieur, et j'avoue que tous les responsables de l'unité de direction de la N.A.S.A se posent actuellement cette question.

– Je vous ai vu en rêve Grangers, et pas plus tard que cette nuit.

Grangers haussa les sourcils avec surprise et le président d'un geste de la main demanda un autre café.

– Dans mon rêve vous portiez un objet. Un œuf, pour être précis, et vous affirmiez que je ne devais jamais connaître son existence pour des raisons de sécurité.

Grangers pâlit.

–Amenez moi cet œuf dans l'après midi ! Et surtout n'essayez pas de me tromper encore une fois; je connais cet œuf pour l'avoir vu clairement dans mon rêve.

Le président se leva et Grangers en fit de même.

– Auparavant, faites moi venir un dossier complet sur cet objet, et pas de mensonge ! Tout le dossier.

Lorsque une heure plus tard, le président terminait d'étudier attentivement le dossier qu'il avait demandé, il fit signe à Ralph de se pencher pour entendre ce que chuchotait le chef des États-Unis d'Amérique.

– Sommes nous un pays libre Ralph, lorsque les scientifiques de l'état nous cachent les découvertes les plus extraordinaires qui soit ?

– Je ne sais pas Monsieur.

– J'ai fait un rêve terrifiant, cette nuit, Ralph. Les scientifiques prenaient possession du monde et faisaient une guerre sanglante contre la foi.

L'homme de confiance du président ne put s'empêcher de lever les sourcils, en se demandant si le président n'avait pas bu en cachette, hier soir. Quoi qu'il en soit, il avait déjoué les pièges tendus par la N.AS.A avec une lucidité incroyable.

– Nous allons donc continuer notre investigation Ralph, et même si les scientifiques nous prennent pour de sombres abrutis, nous allons leur prouver notre détermination ! Quelle soit politique, identitaire ou philosophique, l'Amérique doit être le symbole d'une terre où la foi est contemporaine du progrès. Amenez-moi ce Spilberg qui a fournit les documents sur ce soit disant extra-terrestre !

– Excusez-moi, monsieur, vous voulez parler du réalisateur de film ?

– Ah, non, Ralph ! Surtout pas de cinéma ! Il s'agit de David Spilberg de la N.A.S.A, qu'il me rejoigne demain après-midi, en plein air quelque part près de la mer. Organisez tout ça, voulez vous...

29

La voiture de Jim Burton s'arrêta rue President. Shmouel sortit le premier. Il fit le tour pour
ouvrir à sa mère et lui tendit la main pour l'aider
à sortir.

Jenny était à la fois inquiète de par la situation où ils se trouvaient et tranquillisée par la
présence rassurante de son fils. Il faisait preuve
pour elle d'une affection débordante. Elle savait
que dans le moindre de ses gestes, il tentait de
combler les manques que sa mère avait éprouvée
pendant si longtemps.

Elle lui en était reconnaissante et ne réfléchissait presque pas aux tourments de la situation extraordinaire où ils se trouvaient, des
autorités qui étaient à leur poursuite et les tra-
queraient peut être jusqu'à la fin de leur vie.
Pourtant, elle en était sûre, tout valait mieux que
la séparation d'avec son enfant chéri, et toutes
les épreuves n'étaient rien pour elle comparées
au déchirement qu'avait occasionné son départ.
Ceci, même si elle avait été certaine de son retour.

– Vous pensez que vous serez en sécurité

ici ? demanda Jim en sortant lui aussi de l'auto.

– Pendant quelques jours, oui, répondit Shmouel.

– Et ensuite ?

– Nous aviserons selon la suite des événements.

– C'est donc qu'il y a une suite, fit remarquer Jim.

– Il y a toujours une suite, monsieur Burton.

– Oui, acquiesça Jim, vous en êtes la preuve. Voici une carte avec le numéro de mon téléphone portable. Vous pouvez me contacter jour et nuit, je me libérerais toujours pour vous.

– Merci beaucoup, remercia Shmouel en lui serrant la main.

– Merci, dit également Jenny avec un sourire où elle mit toute sa gratitude.

Jim avait du mal à les quitter, mais il savait qu'il devait les laisser à leur vie. Il remonta dans sa voiture et partit en s'obligeant de ne pas les regarder. Il s'était attaché de tout son cœur à cet enfant, cet ange. Cette rencontre était la chose la plus extraordinaire qui lui soit arrivé et il savait désormais que son père était fier de lui.

– Enchanté de rencontrer la mère de Shmouel !
Dov Ber avait saisit le jeune homme par les épaules.

– Je dois dire que je n'ai jamais vu un garçon pareil ! Mais rentrez, je vous en prie ! Ma femme est la haut, elle s'occupe de notre fille qui a de la fièvre depuis quelques jours.

– J'espère que ce n'est pas grave ! dit Jenny, peut-être n'est-ce pas la meilleure période pour recevoir ?

– Au contraire, vous portez certainement votre part de bénédiction pour notre maison, et puis il y a un âge ou une jeune fille grandit trop vite et nous fait...

– Une maladie d'amour, dit Shmouel.

– Quoi ? Firent ensemble Dov Ber et Jenny, en pensant tous deux qu'ils avaient mal compris.

À cet instant, Judith qui avait entendu les voix descendait en s'écriant, « Jenny ! Ma Chérie ! »
Les deux femmes s'embrassèrent et Judith pressa ses invités vers la salle à manger.

– Venez ! Vous devez avoir faim ! J'ai justement fait des Latkess !

– Des Latkess ? répéta Jenny, en se disant qu'elle avait bien entendu ce nom mais ne savait plus très bien à quoi il correspondait.

– Des beignets de pommes de terre fris ! James les à trouvé très bon !

– James ! James est ici ?

– Je dois dire que pour des beignets d'origine ashkénaze, ils sont exceptionnels ! fit James en venant à leur rencontre comme s'il était sorti de l'immense réfrigérateur encastré.

Jenny voulut lui sauter au bras mais Shmouel la retenait avec douceur et fermeté. Elle regarda son fils interloqué et à son sourire navré, elle comprit que ce n'était peut-être pas le comportement que les religieux adoptaient devant les autres personnes. James, lui aussi, semblait avoir fait un faux départ et quelques épis de ses cheveux avait gardé le mouvement et fuyaient sa kippa que Jenny fixait comme si son mari avait eu un ballon de football au lieu d'une calotte sur la tête.

– Eh bien ! Installez vous, intervinrent Dov Ber et Judith en riant. Il n'étaient pas gênés le moins du monde et étaient sans doute habitués à ce genre de situation.

Ils prirent tous place autour de la table qui en un instant fut remplie de toutes sortes de victuailles et de boissons.

– Ne vous dérangez pas ! Disait vainement Jenny, c'est bien trop !

– Ce n'est rien ça ! C'est un petit en-cas pour le mérite de nos invités, souligna Judith.

– Un petit en-cas ! s'étonna Jenny, mais, je n'ai jamais vu autant de...

– De tampons rabbiniques, conclut James.

Ils éclatèrent tous de rire et Jenny qui se rendait subitement compte de la situation où se trouvait son mari, dans cette maison orthodoxe, avec une kippa sur la tête, ne put refréner un fou rire pendant plus de dix minutes.

– Excusez-moi, dit-elle enfin à l'intention de ses hôtes, lorsqu'elle réussit enfin à se reprendre, mais avec mon mari, nous avons eu tellement de discussions sur le mode de vie religieux que de le voir ici, je n'en crois pas mes yeux..

James, avec une grimace à Jenny, fit tourner sa kippa en tissu en se demandant tout à coup qui était ce garçon qu'il ne connaissait pas.

– Et ce jeune homme est sans doute votre fils ? demanda-t-il en se tournant vers le couple orthodoxe.

– Quoi ? Firent en cœur, Judith et Dov Ber, en ne comprenant pas.

Jenny qui buvait un verre de jus d'orange s'étrangla de surprise et se mit à tousser en s'éclaboussant. Judith lui frappa doucement dans le dos et lui tendit une serviette en papier.

La tête de Jenny fonctionnait à cent à l'heure, sans savoir comment elle devait réagir, James revenait de son voyage dans l'œuf, et avait été, elle ne savait où, puis se retrouvait de but en blanc devant leur bibou dondon métamorphosé en jeune étudiant orthodoxe et tout ça devant des étrangers qui devaient, sans le savoir, les cacher des autorités qui étaient à leur poursuite. « L'œuf ! » pensa subitement Jenny. Où était passé l'œuf ?

Elle fouilla la pièce du regard et découvrit le sac sur un fauteuil. Elle souffla de soulagement et reporta son attention sur son mari. Elle esquissa un geste vers lui, ne sachant ce qu'elle allait lui dire, mais ce fut Shmouel qui parla à sa place.

– C'est moi, Abba, c'est Shmouel.

– Shmouel ! répéta James, complètement ahuri, mon Shmouel ? Mon petit bébé ?

– Oui. C'est moi, j'ai un peu grandi.

James se mit alors à pleurer en le regardant. Une émotion immense le saisissait sans qu'il puisse la refréner un instant.

Ce n'était pas simplement le miracle de voir son bébé transformé, ni le bonheur infini de le retrouver, en se rendant compte combien cet enfant de quelques jours de vie passés ensemble lui avait manqué. Non ; c'était bien plus que tout ça.

Ce n'était pas simplement le bébé à qui il avait donné le nom de son père qui était là devant lui, c'était sa propre enfance matérialisée, c'était lui même, c'était le petit Yossi épanoui dans la religion juive, tel qu'il aurait dû être, si seulement son père était encore de ce monde.

Shmouel se dirigea vers James qui le prit dans ses bras en pleurant sans pouvoir se calmer. Il était bouleversé et toute la structure de protection qu'il avait passé sur lui pendant des années fut pulvérisée par cette vision. C'était bien plus puissant que le jour où il avait choisi Jenny pour femme, il pleurait aujourd'hui sur son enfance ressuscitée dans cet enfant du ciel.

Judith entraîna Dov Ber et ils montèrent à l'étage pour laisser la famille à leur émotion. Jenny, en larme, elle aussi, voulu trouver un mot d'excuse, mais Judith lui dit « ce n'est rien, tu me raconteras plus tard, prenez tout le temps qu'il vous faut. »

Jenny ne se retint pas longtemps et enlaça les deux hommes de sa vie pour pleurer avec eux. Et ils pleuraient si intensément, qu'il leur parut qu'ils pleuraient des heures. Pleuraient sur le mal et le meurtre, sur le manque de l'être aimé, sur la misère humaine, sur l'exil de l'âme dans la matière et sur l'amour, l'amour profond et intense qui lave toutes les peines dans un torrent de larmes.

30

Autour de la table, Shmouel s'était fait le porte parole de la famille devant les Némirov et leur dépeignait les grandes lignes de leur aventure romanesque familiale. James était silencieux, il avait toujours les yeux rougis et ne savait plus trop comment il tenait encore debout après tant d'émotions.

– Tout ce que je vais vous dire est assez difficile à croire, mais vous êtes des êtres intelligents et ouverts d'esprit, aussi vous pourrez ne serait-ce qu'envisager la véracité des faits que je m'apprête à vous dire.

La pureté du visage de Shmouel jouait en sa faveur et une aura de sainteté se dégageait de lui. Il était impossible de ne pas être fasciné par un tel garçon.

– Enlevé par des scientifiques dans mon enfance, pour un certain don paranormal, j'ai grandi loin de mes parents.

Il regardait droit dans les yeux lorsqu'il parlait et Dov Ber et Judith eurent même l'impression qu'il voyait des choses cachées dans leur inconscient. Peut-être, se dirent-ils, c'était là le don particulier de cet enfant.

    – Je me suis enfui depuis quelques jours et il m'a semblé que votre maison était un lieu sûr et chaleureux pour retrouver ma famille qui vous connaissait tous les deux indépendamment. Aussi, sans vous raconter tous les faits, je suis venu vous trouver. Je ne vous ai menti en rien, sachez-le quant à mes intentions qui restent les mêmes. Ensuite, ayant obtenu votre accord, j'ai envoyé un message à ma mère et nous nous sommes rencontrés. Mon père revenait d'un voyage aux Indes où un émissaire du Rabbi lui à enjoint de retrouver ma mère chez vous. Et nous voilà tous ensembles ici.

    Les Némirov restèrent sans voix. Ils étaient des gens pragmatiques et ils comprenaient bien que quelque chose ne collait pas dans toute cette histoire.

    – Ce sont les grandes lignes, intervint alors James.

    – Oui, rajouta Jenny. Le raconter autrement que d'une manière aussi dépouillée serait beaucoup trop compliqué.

    – Comment, dit Dov Ber, en se renversant un peu en arrière sur sa chaise, alors qu'il s'était tenu en avant pour écouter, comment expliquer que Shmouel possède l'allure d'un jeune homme religieux dans ce cas ?

    – C'est tout récent pour moi, ce costume, avoua Shmouel.

— C'est plus qu'un costume, Shmouel, tu n'a pas l'air déguisé du tout. Et si tu étais prisonnier chez des savants, je doute que tu ai étudié la Thora.

— Il y a de nombreux juif scientifiques et certains étudient la Thora...

— Excusez moi, intervint Judith, mais pourquoi des savants enlèveraient-ils un enfant à sa mère ?

— C'est malheureusement ce qui s'est passé, expliqua Jenny.

— C'est complètement fou ! S'écria Judith. Jenny ma chérie, tu vas me dire que tu as subi une telle épreuve ?

– Oui, fit Jenny.
Judith l'entraîna contre elle et l'embrassa.

— Oh ! Ma pauvre chérie ! Mais c'est inhumain de faire une chose pareille à une mère ! s'emporta-t-elle.

— Écoutez ! dit Dov Ber. Je vois bien qu'il s'est évidement passé une chose grave et je conçois que vous vous retrouvez avec beaucoup d'émotion, et mon cœur me dit que l'on ne peut pas feindre de tels sentiments. Toutefois, excusez-moi, mais je ne crois pas à votre histoire. L'étude et l'enseignement de la 'Hassidout forge le cœur et l'esprit à la vérité.
Dov Ber s'interrompit et les regarda gravement.

— D'ailleurs vous n'avez pas besoin de vous justifier de quoi que ce soit. Vous êtes les bienvenus ici et vous pouvez y rester tout le temps que vous estimerez nécessaire.

– Tu ne les crois vraiment pas ? Demanda Judith.

– Il manque à ce récit une révélation qui relit tous ces événements entre eux et leur donneraient une logique implacable qu'il ne possède pas pour l'instant.

– Et le don ? dit subitement Judith, en fixant Shmouel d'un regard empressé. Ce don paranormal pour lequel vous avez été enlevé ?
Shmouel l'observa de ses yeux graves et Judith eut de nouveau cette impression qu'il voyait plus que des yeux humains peuvent voir.

– Si tu en a parlé, Shmouel, tu devais te douter que l'on te demanderais de quoi il s'agit, rajouta Dov Ber avec un sourire.

À cet instant, tous réfléchirent à ce que pourrait faire le jeune homme pour démontrer une faculté hors du commun. Certes, James et Jenny n'avaient, pour leur compte, plus besoin d'aucune preuve. Pourtant, James s'inquiétait et se demandait pourquoi le jeune homme s'était aujourd'hui mis dans un tel embarras. C'était comme si ce couple orthodoxe avait une force qui l'empêchait subitement de manœuvrer les événements à sa guise.

Le jeune garçon sourit à son tour.

– Je n'ai qu'un seul et unique don dans ce monde de la matière et je l'ai hérité de mon père. Ma mère, elle, m'a transmis la nécessité de synthétiser ce don.

– De moi ! Fit James, véritablement effaré, en se demandant comment un enfant d'une telle perfection aurait pu hériter quoi que ce soit de lui ?

– Mon père possède la faculté de découvrir ce qu'un objet peut fournir lorsque son utilité est poussée au maximum. Il peut de ce fait relancer dans le monde commercial un objet apparemment parvenu au terme de l'exploitation de ses possibilités. Ma mère, elle, dans ses recherches culturelles sur l'inspiration des grands écrivains est parvenue à la conclusion qu'il y a, quelque part, un grand réservoir de l'imagination dans lequel puisent tous les écrivains. Une pensée originelle qui est la source du développement de toutes les pensées créatrices.

Shmouel découvrit en cet instant que ces parents étaient bien plus étonnés que le couple qu'il devait convaincre.

– Ce don particulier que mon père m'a transmis, c'est la faculté de pousser les êtres au bout de ce qu'ils sont afin de les amener à prendre conscience de ce qui découle de chacun de leur choix. Ceci pour qu'ils parviennent à se découvrir et comprennent parfaitement qui ils sont et les choix qui peuvent les construire au meilleur de leur possibilités humaines.

Pour Dov Ber qui manipulait constamment les enseignements les plus profonds de la 'Hassidout et de la Kabbala, ces paroles de Shmouel démontraient un discernement hors du commun pour un enfant de cet âge.

— Ma mère m'a transmis la nécessité de synthétiser ce don dans un objet unique qui serait à même d'engendrer toutes les prises de conscience humaine. Un réservoir de toutes les consciences en gestation. Cet objet est là dans ce sac à dos, et tous les savants du monde, tueraient pour l'obtenir.

Les regards se portèrent naturellement sur le sac qui était vulgairement posé sur un fauteuil. Toutefois, Dov Ber décida de ne pas aller plus loin.

— Je te remercie, Shmouel. J'ai obtenu mon miracle et tu m'a démontré que tu avais un don hors du commun, et ceci, quelque soit l'objet qui se trouve dans ce sac.

— Je désire voir ! dit Judith.

— Pour un 'Hassid 'Habad, continua Dov Ber, l'esprit constitue le plus grand des dons. Et lorsqu'un être est capable d'organiser sa pensée pour qu'elle lui construise un monde clair et limpide, alors, il n'y a pas plus grand miracle. Tu me dirais désormais que tu viens d'une autre dimension que je n'opposerais aucune résistance à cette idée. En conclusion, je suis extrêmement heureux de te connaître et de pouvoir te recevoir, toi et tes chers parents dans ma maison.

Shmouel sourit mais se dirigea tout de

même vers le sac qu'il transporta délicatement pour le déposer au centre de la table, au milieu de la nourriture et des boissons.

– Attendez ! Je vais débarrasser ! Dit Judith avec empressement

Jenny et James lui prêtèrent main forte pour ôter toute la nourriture jusqu'à ce que le sac seul trône sur la grande table.

Shmouel défit le cordon, mais James retint un instant sa main.

– Que va-t-il se passer, mon fils ? Ils vont rentrer à l'intérieur comme moi ?

– Non ; ce ne sera pas nécessaire, certifia Shmouel. Puis il défit complètement les cordons et fit glisser la toile du sac.

L'œuf apparut alors dans toute la splendeur de sa simplicité. Plus blanc et plus grand que jamais.

– Mais c'est un œuf ! S'étonna Judith.

Elle se rapprocha en le frôlant de sa main sans oser véritablement le toucher.

– C'est extraordinaire, il a une forme parfaite ! dit-elle avec admiration.

– Vous pouvez le toucher sans crainte, expliqua Shmouel de sa voix douce et Judith ne se fit pas prier.

Elle le caressa doucement avec une sorte de passion retenue.

– Il est si doux ! dit-elle.

Dov Ber regardait maintenant l'œuf avec une grande tranquillité.

– C'est toi ou cet œuf que les scientifiques

gardaient prisonnier ?

Shmouel s'amusa de la finesse d'esprit dont faisait preuve Dov Ber.

– Nous ne faisons qu'un, tous les deux. Il est l'intériorité de ma conscience et je suis son extériorité.

– Est-il aussi fragile qu'il en a l'air ? Demanda encore Dov Ber.

– Il est plus fragile qu'un œuf de pigeon mais une bombe nucléaire ne lui causerait pas une égratignure.

Judith semblait prise d'une véritable passion et posa même son nez dessus.

– Il sent le bébé ! dit-elle émerveillée.

– Le bébé ! S'étonna Jenny en collant à son tour son nez sur l'œuf pour vérifier.

Elle fut un instant désarçonnée par cette découverte et ses yeux se remplirent de larmes.

– Il a l'odeur du bibou dondon ! fit-elle à l'intention de James.

Judith aussi se mis à pleurer et James en conclut qu'elle devait sans doute avoir eu un problème à la naissance de sa fille, ce qui expliquait qu'ils n'avaient qu'un seul enfant, contrairement aux autres familles de religieux.

– Mais ! s'interrompit soudainement Judith. Ton bébé pour lequel tu venais acheter du lait, le jour où je t'ai rencontré ?

– Il n'y a pas à s'inquiéter pour lui, répondit Jenny, il est en sécurité.

– Tu ne veux pas que l'on aille le chercher ?
Insista Judith.

– Non, non, fit Jenny en appuyant ses dires
par des mouvements de tête. Il vaut mieux qu'il
soit en sécurité tant que tout ne sera pas éclairci.
James se rapprocha de Shmouel et lui passa un
bras autour des épaules. Ils se regardèrent avec
un air complice. L'œuf faisait son travail de catalyseur.

Cette nuit là, une atmosphère plus paisible
encore que d'habitude régnait dans la maison des
Nemirov, rue Président, à deux pas de la maison
du Rabbi de Loubavitch.
James et Dov Ber avaient été logés dans le *basement*, aménagé en dortoir pour les nombreux invités qui venaient du monde entier tout au long
de l'année chez le Rabbi.
Jenny était dans la chambre d'amis, à l'étage. Au
grand étonnement des Cawen, le couple avait été
naturellement séparé puisque Shmouel, qui ne
l'avait pas encore annoncé, avait organisé le prochain mariage de ses parents avec la complicité
de Dov Ber, et qu'il est évidement de coutume
de séparer les futur époux avant le mariage. Au
bout du compte, tous s'arrangèrent de cette séparation momentanée. James était heureux de
passer un moment entre homme avec Shmouel,
et Jenny avait un grand besoin de faire le point
avec elle même, dans la liberté de sa féminité.

La chambre attenante à la chambre d'amie

était celle de 'Haya Moushka Némirov.

'Haya Moushka était une jeune fille vive, pleine de fraîcheur et de vitalité. La fièvre qui la gardait au lit depuis plus d'une semaine semblait agir tout à fait contre nature puisqu'elle la vidait de toute son énergie, comme lorsque une grande et belle fleur s'affaisse subitement lors de sa course vers le ciel. Les médecins avaient pratiqués toutes les analyses : les membres du corps de 'Haya Moushka semblaient en parfaite santé. C'était sans doute ce que l'on appelle une fièvre de croissance. Aussi, avait-on laisser le choix au parents de l'interner ou de la garder en surveillance à la maison.

'Haya Moushka avait dormi pendant toute l'après midi et était assoiffée. Il y avait bien de l'eau dans sa chambre mais elle voulait de l'eau fraîche. Elle se lava les mains et quitta son lit en passant des chaussettes. Elle se dirigea vers la salle de bain et se rinça le visage et la bouche. Elle referma la porte et alluma la lumière pour voir son visage dans la glace. Elle se trouva une mine affreuse.

Elle semblait avoir des yeux au beurre noir, ses lèvres étaient toutes gercées et ses cheveux emmêlés de sueur. Un poète aurait sûrement jugé qu'elle avait l'allure même de la jeune fille romantique des romans anglais. Peut-être allait-elle mourir ? pensa-t-elle. Si jeune et n'ayant pas encore vécue ! Mais c'était sans doute son destin. Sa mère n'avait eu qu'une fille unique et elle n'aurait pas d'enfant du tout.

Elle n'aurait pas même un beau mariage 'Hassidique avec un jeune homme aussi beau que ce Shmouel Cawen. Non, elle repartirait en jeune fille et ne serait jamais une femme. Elle était triste mais n'avait pas peur de mourir. L'âme de toute façon est immortelle et elle n'était pas matérialiste. Elle regretterait juste le fait de n'avoir rien accomplit pour le bien du monde. Les êtres souffraient sur toute la planète et sa contribution pour soulager cette souffrance était nulle. Si elle partait maintenant, elle n'assisterait pas à la délivrance de la matière. Le minéral, le végétal, l'animal et l'homme quitteraient l'exil de leur renfermement et elle ne serait pas là pour vivre cet instant ? Peut-être y participerait-elle par la matière désagrégée de son corps dans la tombe ? Elle frissonna de terreur et se dit qu'elle était folle de penser à ça ! Le corps était plus élevé que l'âme et il reviendrait dans la résurrection des morts. Le Rabbi avait enseigné que cette résurrection était imminente !

En vérité, il y avait quelque chose de blasé en elle. Le monde moderne n'arrivait plus à la satisfaire. Si au moins ils habitaient à la campagne, ils auraient eu le privilège de l'enchantement de l'éveil quotidien de la nature. Mais dans la ville, il n'y avait plus rien de neuf à découvrir et plus rien ne parvenait à l'émerveiller. Personne d'entre ses proches n'imaginait que la jeune fille souffrait d'un tel état d'esprit car elle cachait soigneusement son amertume et son désœuvrement sous une intense joie de vivre. C'était son palliatif, ce qui empêchait son effondrement. Elle avait bien trop de pudeur et d'amour dans l'âme, pour faire payer à un autre la douleur de vivre qui étreignait son âme.

'Haya Moushka éteignit la lumière, sortit de la salle de bain et descendit les marches dans la pénombre. La maison était uniquement éclairée par les lumières de la rue silencieuse.

Elle parvint à tâtons au frigidaire et en sortie une bouteille d'eau fraîche. Elle se saisit d'un verre, se dirigea vers la table, se servit à boire, dit la bénédiction sur l'eau et but goulûment. « Ah ! Pensa-t-elle, qu'y-a-t-il de meilleur que l'eau lorsque l'on est assoiffé ! » Elle reposa le verre sur la table, se versa un second verre et c'est alors qu'elle découvrit un gros objet sur la table; c'était un sac à dos. « voilà qui est étrange, pensa-t-elle, mes parents n'aiment pas que l'on encombre les tables avec des sacs ! Sans doute est-ce les invités qui ne connaissent pas les usages de la maison. » Elle décida de déposer le sac sur un fauteuil, en pensant qu'elle agissait comme lorsqu'elle était une petite fille capricieuse et qu'elle défendait aux nombreux invités de déranger quoi que ce soit dans la maison de ses parents. « Un chien de garde familial, pensa-t-elle. »

Elle posa ses mains sur le sac pour le soulever mais son poids était phénoménal et elle ne parvint pas même à le bouger d'un pouce.

– Mais ! Qu'est-ce qu'il y a dans ce sac ? se dit-elle tout bas.

Elle fit une autre tentative de toute la force de ses muscles, elle ne put pas même le faire glisser sur la table. Elle n'avait jamais vu ça ! Est-ce qu'il y avait une pierre à l'intérieur et ils l'avaient déposée ici avec une grue ?

Elle décida alors de regarder. « Après tout, si il était au beau milieu de la table, ce devait sûrement être un cadeau pour la famille. » elle défit les cordons de ses longs doigts fins, et tira délicatement sur la toile vers le bas.
L'œuf apparut dans l'ombre. Il était lumineux et rayonnait d'une lumière légère et douce.

'Haya Moushka resta bouche bée. Elle n'avait jamais vu une chose pareille. C'était si étrange qu'elle se demanda un instant si elle ne rêvait pas. C'était peut-être la fièvre qui lui donnait des hallucinations. Elle tendit ses mains sur la toile du sac et la fit glisser au maximum pour révéler l'œuf tout entier. Dans ce geste elle avait frôlée la matière translucide qu'elle avait pensée dure comme du verre mais elle avait ressentit au contraire une douceur inconnue comme une sorte de duvet moelleux, mais un duvet chaud d'une matière vivante, un peu comme le toucher d'un bébé ou peut-être un animal soyeux d'une grande douceur. Quelque chose d'organique en tout cas.

Elle avança de nouveau sa main et elle fut encore plus surprise de sentir le bout de ses doigts forcer la matière qui paraissait se déchirer sans ouvrir aucune déchirure, juste l'espace du doigt qui s'introduit.

Elle s'interrompit aussitôt, prise de frisson dans tout son corps, elle retira sa main. Faisait-elle une chose interdite ? Elle ne savait pas et personne n'était là pour la conseiller. Elle recula d'un pas en arrière mais pensa que ce qui se passait ce soir ne reviendrait peut-être jamais dans sa vie. L'objet serait déplacé et le mystère ramené dans un endroit qu'elle n'atteindrait plus.

Elle resta un moment immobile, en lutte avec elle même. Manquait-elle de courage ? N'était-elle finalement qu'une petite bourgeoise religieuse élevée dans un univers capitonné ?

– Non ! dit-elle. Mon grand père a été exilé en Sibérie parce qu'il diffusait le judaïsme au péril de sa vie, et mon père transmet les enseignements d'une pensée libre et créatrice. Elle était une Némirov et devait affronter son destin.

Elle se demanda pourquoi elle pensait ici au destin ? Il ne s'agissait après tout que de toucher un objet mystérieux qui possédait une matière mystérieuse.

Elle revint, tremblante, avec une excitation incroyable vers l'objet de lumière et elle sut, cette fois, qu'elle irait jusqu'au bout et que rien ne l'arrêterait dans sa découverte. « Il valait mieux mourir vivante que de vivre morte ! » Elle était sincère et invraisemblable.

Et la chose fut bien plus extraordinaire que tout ce qu'elle aurait pu imaginer. La matière cédait de nouveau sous ses doigts avec de petits bruits étouffés, comme des froufrou de tissus écartés. Après que le bout de ses doigts eut de nouveau franchi la première barrière de cette étrange matière, la main entière pénétra sans rencontrer aucune résistance, pour se retrouver ensuite au creux d'un espace vide. C'était tout au moins ce qu'elle éprouvait. Il n'y avait donc rien à l'intérieur ? Elle agitait la main et tendit même un peu son bras. Elle s'avança jusqu'au coude et se dit qu'elle allait bientôt atteindre l'autre coté de l'objet et voir sa main ressortir. Elle voulut tenter l'expérience mais soudain, une main se saisit de sa main.

– Qu'est-ce que c'est ? Lâchez moi !

Elle aurait dû normalement hurler mais elle ne le fit pas, sans savoir réellement pourquoi. Peut-être parce que tout ceci s'était passé de manière feutré et qu'elle ne parvenait pas à briser cette atmosphère d'intimité.
C'était une main qui s'harmonisait parfaitement

avec sa propre main; d'une taille identique, avec de longs doigts comme les siens.

– Calmez vous ! Entendit-elle, depuis l'intérieur de l'objet.

– Quoi ! Qu'est-ce que c'est ?

– Je vais vous tirer de là, n'ayez pas peur.

La voix était calme et amicale, c'était une voix qui ne lui était pas inconnue. 'Haya Moushka se calma.

– Voilà, il ne faut pas avoir peur, nous avons pratiquement les mêmes mains.

La main qui remplissait sa main droite était également une main droite, et une main gauche à la suite, s'était saisi de son avant bras et entreprenait de le tirer avec précaution.

– Sortez aussi votre main gauche ! dit la voix. Ce sera plus facile pour vous tirer de là.

– Pourquoi ? demanda 'Haya Moushka, en se disant que c'était sans doute la meilleur question qu'elle eut jamais posé de sa vie.

– Pour grandir, voilà pourquoi. Pour vivre et pour voir votre vie évoluer vers le bien. Qu'y a t-il de plus affreux que d'être emprisonné ? Donnez votre main gauche et je pourrais vous libérer complètement.

'Haya Moushka n'hésita qu'un instant et introduit sa main gauche également, en ressentant dans tout son corps la merveilleuse sensation de la libération de la matière.

– C'est très bien, n'ayez pas peur. C'est comme une naissance ; en fait c'en est une. Rapprocher maintenant votre visage en fermant les yeux.

La lumière de l'objet était de plus en plus intense et c'est avec un plaisir absolu que 'Haya Moushka introduisit son visage dans la sensation la plus merveilleuse qu'elle ait jamais ressenti. Elle savait qu'elle n'avait plus de cernes sous les yeux et que son visage venait d'être lavé dans de l'eau chaude, du lait ou de la lumière.

– C'est incroyable ! dit la voix.

– Qu'est ce qui est incroyable, demanda 'Haya Moushka?

– Je vais lâcher vos mains un instant, je pense que vous avez un équilibre suffisant. Ensuite vous ouvrirez les yeux et vous découvrirez ce qui est incroyable.

Très lentement, elle souleva ses paupières et ne vit d'abord rien, tant elle était éblouie par la lumière. Mais après avoir cligné des yeux plusieurs fois, un paysage en plein jour lui apparut.

– Oh ! fit-elle. Que c'est beau !

Elle dégagea aussi son cou et découvrit que sa tête et ses mains sortaient d'un œuf. Un œuf aussi grand que l'objet sur la table de la salle à manger. Autour d'elle était une nature verdoyante et heureuse. L'œuf était posé sur le sol, dans l'herbe. Elle porta la main à son front.

– Je n'ai plus de fièvre, dit-elle avec soulagement.

– Vous êtes prête à voir ce qui est incroyable ?

– Il y a plus incroyable que tout ça ? Où êtes vous ?

Il y eut un mouvement derrière l'œuf et quelqu'un en faisait le tour. Son cœur qui battait à tout rompre sembla se figer dans un instant de surprise lorsque une jeune fille apparut devant les yeux de 'Haya Moushka.

C'était sans doute la personne au monde qui lui ressemblait le plus. Bien plus que ses parents ou ses cousines. Elle semblait se voir elle même, et si la jeune fille qu'elle avait en face d'elle n'avait pas été debout au dessus d'elle et habillée et coiffée différemment, elle aurait pensée qu'il s'agissait d'un reflet.

– N'est ce pas incroyable dit la jeune fille ?

– Mais où sommes nous ? demanda 'Haya Moushka.

– Nous sommes exactement ici, vous ne voyez pas ?

Près d'un pommier, d'un citronnier, dans un champs de la plaine qui s'étend jusqu'à la mer de ce coté ci et épouse la montagne de cette autre direction.

– Quelle merveille ! s'exclama 'Haya Moushka. Je ne me rappelle pas d'avoir rencontré un endroit de nature plus expansif !

– Expansif ! Vous voulez dire, étendu, sans doute, car expansif se dit d'une personne, pas d'un champs.

– C'est bien plus qu'un simple carré de terre. Vous ne sentez pas s'exprimer les odeurs ? Cet endroit exhale la vie ! Il est comme un être avec un caractère passionné !

La jeune fille regarda un instant autour d'elle comme si elle s'attendait à voir ce que 'Haya Moushka lui décrivait.

– C'est certainement ce que l'on ressent en sortant de son œuf, mais ensuite, il n'y a jamais rien de nouveau ici.

Moi qui suis né dans cet endroit, je connais tous ses coins et recoins. Il n'y a nulle part autre chose que des arbres, des fleurs, des lacs, des rivières, des montagnes escarpées. Des animaux petits et grands et ces oiseaux qui nous cassent les oreilles à chanter tout le temps.

– Vous n'êtes pas heureuse alors ?

– Je m'ennuie que voulez vous ! J'ai le cœur fatigué.

– Je connais ça. Attendez, je viens !

'Haya Moushka rentra sa main gauche dans l'œuf, tout au moins pour la jeune fille du jardin, et la sortit pour elle même, afin de hisser ses jambes sur la table. Elle pénétra alors complètement, et de ce fait, jaillit finalement de l'œuf et se mis debout avec une grande vitalité.

– Ah! fit-elle, quelle sensation extraordinaire que la vie !

Elle regarda la jeune fille face à face, tandis que cette dernière en faisait de même.

– Est-ce que l'on m'aurait caché une sœur jumelle ? Comment vous appelez vous ?

– Je m'appelle Moushka, dit la fille.

– Mais c'est mon nom ! Je suis 'Haya Moushka ! Bien que tout le monde m'appelle juste 'Haya.

– Mon nom complet est également 'Haya Moushka dit la jeune fille, mais tous me nomment Moushka.

'Haya Moushka resta un instant la bouche ouverte, puis se repris.

– Enchanté Moushka !

– Ravie de vous connaître 'Haya.

Elles se serrèrent les mains d'une manière très civilisée pour apaiser un peu leur étonnement.

– Alors, vous êtes née ici, vous dites ?

– C'est ça.

– J'aimerais bien voir vos parents, pour contrôler s'ils ressemblent aux miens.

– Mes parents ! S'étonna Moushka. Mais je n'ai pas de parents ! Personne n'a de parents, ici.

– Mais où sont-ils ? Ils sont tous morts ?

– Non, non, il n'y a pas de mort, ici... On peut se tutoyer ? On se ressemble tellement ! Nous sommes tous nés dans un œuf, comme toi. Sauf que l'on était bébé en sortant de l'œuf alors que toi tu dois avoir douze ans comme moi. Tu es peut-être la seule grande à sortir de l'œuf. Et c'est bien étrange que tu me ressembles tellement. C'était comment dedans tout ce temps ?

– J'ai juste traversé, tu sais. Il y avait un sac sur la table avec un objet oblongue et je suis juste passé par l'objet pour venir ici.

Moushka se mis à descendre la pente de la colline où était l'œuf et 'Haya la suivit en respirant à plein poumons et en s'extasiant de tout ce qu'elle voyait.

– Ah ! Qu'il fait beau temps ! J'aimerais qu'il fasse toujours aussi beau !

– Le temps est identique tous les jours, ici ; beau temps avec un soleil brillant et un petit vent frais.

– Quelle chance !

– Ah bon ? Tu appelle ça de la chance ?

– Si tu voyais les jours gris, les jours de pluie, de neige et de verglas, de là où je viens, tu apprécierais un temps comme celui-ci à sa juste valeur.

– Oui mais voilà, ce temps identique me porte sur les nerfs.

– Pour te dire la vérité, je suis comme toi pour l'endroit d'où je viens. J'étouffe, je me sens mourir, au milieu des immeubles et des voitures, alors qu'ici je revis !

– Des immeubles ? C'est quoi exactement ? 'Haya explosa de joie.

– Alors c'est bien vrai ? Il n'y a pas d'immeuble ici ?

– Non. Je connais juste le mot, comme tant d'autres que je ne parviens pas à expliquer et qui sont dans mon esprit, comme voiture, train, avion, mais je ne sais pas ce que c'est.

– Alors c'est peut-être le jardin d'Eden ici ! Et et je suis sans doute morte !

– Je t'ai dit que personne ne mourait ici.

– Oui, mais pour venir ici, j'ai dû mourir sans m'en apercevoir.

– Tu n'a pas l'air très morte pour une morte ! Tu as bien plus de vitalité que moi.

– Je n'étais pas comme ça, là bas. J'étais malade avec de la fièvre et je passais mon temps à dormir.

– Tu dormais ?

– À cause de la fièvre.

– Ici, on ne dors jamais.

– On ne dors jamais ! s'exclama 'Haya.

– On se détend un peu tout au plus. Il parait que les bébé et les petits enfants dorment au début de leur arrivée ici, mais je ne me souviens plus de ça. Je suis d'ailleurs la seule à être fatiguée. Les autres me regardent étrangement à cause de ça.

Un groupe de biches surgit de derrière un bosquet. 'Haya les observa avec émotion.

– Comme elles sont belles !

Les biches en entendant ces paroles, vinrent se

faire caresser par 'Haya.

– Vous êtes si fines, si gracieuses ! disait
'Haya avec des larmes dans les yeux de tant de
bonheur simple et entier.

– Allez ouste ! On vous a assez vu ! Fit
Moushka. J'en ai marre de ces animaux qui viennent toute la journée nous demander des ca-
resses.

Les biches détalèrent aussitôt.

– Pourquoi as tu fais ça ? C'était si bon !

– Ne t'inquiètes pas, 'Haya, ici, même les
lions veulent être caressés.

'Haya la regarda étonnée, puis inspecta calmement les alentours, étendit les bras et respira
fort.

– Je reste ici, dit-elle finalement.

– Où voudrais tu aller d'autre ? Dit
Moushka avec lassitude. On est coincé ici.

– Tu ne me comprend pas ! Je pourrais retourner chez moi, à New-York, mais je reste !

Moushka en était ébahie. Elle venait finalement
de comprendre et porta ses yeux vers la colline
qu'elles avaient quitté.

– Tu veux dire que ton œuf mène quelque
part d'autre où tout n'est pas juste un grand jardin ?

– De l'autre coté c'est New-York, l'une des
plus grandes villes du monde ! Il y a Broadway
à Manhattan et ses magasins remplis de tout ce
que tu veux et des bus et le métro et la course
sans fin vers les occupations de la ville...

– Je pourrais voir autre chose que des arbres et des fleurs !

– On doit pouvoir choisir sa vie, Moushka. Un homme n'est jamais aussi grand que lorsqu'il choisit la vie. J'aime la vie, mais je n'aime pas ma vie. Ici, c'est un endroit pour vivre sainement et c'est ce que je veux. Ceux qui m'aiment ne peuvent que s'enchanter de me voir revivre, même si je suis très loin d'eux et même si ils vont me manquer.

– Je veux la diversité et l'invention des hommes ! J'irais chez toi, 'Haya.

– Chez moi ! s'étonna 'Haya, tu veux aller là bas ? Mais oui ! hurla-t-elle. Tu as raison, Moushka ! Tu iras chez moi et tu te feras passer pour moi ! Tu me ressembles tellement que personne ne verra la différence ! Comme ça, je n'aurais aucun remords à rester ici.

Elles se saisirent toutes les deux par les mains, toutes les deux ivres à l'idée d'une nouvelle vie à venir.

– Tu auras un père, Moushka, et une mère, et ils s'occuperont de toi. Tu aura ta chambre dans une maison !

– C'est merveilleux ! dit Moushka. Ma vie va enfin changer !

– Vite ! Retournons à l'œuf avant que quelqu'un ne l'enlève de la table de la salle à manger et que tu ne puisse plus passer. Tu dois dire au revoir à quelqu'un ?

– Il y a bien la grand mère qui était la seule à me comprendre.

Elle hésita un instant.

– Non ! ne manquons pas ma chance de partir, tu lui diras au revoir de ma part.

– Très bien, nous allons échanger nos habits. Je mettrais ta belle robe paysanne et toi ma chemise de nuit. Je vais essayer de te dire l'essentiel de ma vie et pour le reste, tu n'auras qu'à laisser croire que la fièvre t'a fait perdre la mémoire...

Lorsque quelques instants plus tard, 'Haya se retrouva seule devant l'œuf, elle se demanda si elle ne devait pas le briser pour refermer définitivement le passage.
Une voix de vielle dame la fit se retourner. Elle était assise en amazone sur un petit âne.

– Il était temps n'est-ce pas, Moushka ?

– Je ne suis pas Moushka, dit 'Haya.

– Oh ! bien sûr que tu es Moushka. Moushka, c'est le musc, le parfum de la nature et c'est exactement ce que tu es.
La jeune fille sourit et la vieille dame lui rendit son sourire.

– As-tu compris que vous êtes la même personne ?
'Haya Moushka fit non de la tête.

– Vous êtes deux niveaux différents de ton âme. Et il était temps de procéder au changement. Désormais tu vivras ici où la première

Moushka a grandi dans son enfance et tu y découvriras tout ce qui procure à la vie son sens profond et éternel. Et si veux savoir, au cas où il te venait une inquiétude, tu y seras extrêmement heureuse. Et lorsque l'autre 'Haya aura des enfants, ils naîtrons ici aussi sur une colline dans un œuf, et c'est toi qui leur donnera la vie en les sortant de l'œuf pour les faire grandir dans le jardin éternel de la vie... Le programme te convient-il, petite Moushka ?

    – S'il me convient ! S'écria 'Haya Moushka. J'en ai rêvé depuis que je suis une petite fille !

    – Viens caresser mon âne qui en meure d'envie, puis nous irons te présenter à tout le monde, parce que figure toi que l'autre Moushka s'était mise tout le jardin à dos.

    Il y eut tout à coup un rugissement à faire trembler tous les membres du corps. Le sang de la jeune fille se glaça. Devant elle, au haut d'une colline, apparut un magnifique lion immense comme un arbre. Près de lui, à sa gauche, était un bœuf noir et rouge aussi haut et puissant que le lion, avec encore plus de fureur, il grattait le sol du pied, en soufflant par les narines et pointait ses cornes en avant, prêt à charger. Il y eut aussi un bruissement d'ailes et un aigle majestueux vient se placer entre les deux animaux. Ses yeux étaient furieux et il sifflait des cris stridents.

    – Qu'est-ce que c'est grand mère ? dit Moushka en se serrant contre la petite vieille dame.

– Ce sont les rois des animaux. Le lion est le roi des animaux sauvages. Le bœuf de tous les animaux domestiques, et l'aigle, le roi de tous les oiseaux.

Les animaux firent de nouveau entendre leur colère et dans tout le jardin, aucun animal, qu'il soit un oiseau, un fauve ou une brebis ne laissa plus entendre un seul son.

– Que nous veulent-ils ? demanda Moushka, de plus en plus inquiète.

– Ils se plaigne de toi, enfin de l'autre Moushka, et annoncent qu'elle doit quitter immédiatement le jardin.

– Elle est partie ! Il suffit de leur dire.

– Le problème, c'est que vous êtes identiques toutes les deux, donc, ils pense que tu es cette Moushka qui brisait la quiétude du grand jardin.

– Expliquez leur la vérité, grand mère.

– Rois des animaux ! Je comprend votre colère. Mais sachez que cette jeune fille n'est pas la Moushka que vous connaissez. Cette seconde Moushka est comme sa sœur mais son âme est tout à fait différente et elle ne causera aucun trouble dans le merveilleux équilibre de notre jardin. Je me porte garante de son comportement.

Les animaux restèrent un instant immobiles, les yeux braqués sur la femme et la fille, puis, ils se parlèrent entre eux et le lion rugit de nouveau en s'adressant à la petite vieille qui se tourna alors vers Moushka.

– Ils ne demandent qu'a me croire mais désirent que tu leur prouves que tu es une autre.

Moushka déglutit. Elle eut un frisson de panique mais le soleil brilla sur son visage et elle en éprouva un bienfait qui lui rendit des forces. Elle se détacha de l'âne et s'avança un peu vers les animaux. Le vent vagabond souffla à cet instant dans un petit arbre, et une merveilleuse odeur de pêches vint l'enivrer de vie. Elle rejeta la tête en arrière et inspira l'odeur fraîche de la nature sucrée.

– Nobles rois des animaux ! Je suis si heureuse d'être ici que je n'ai pas de mots pour le dire. Lorsque vous avez vécu, comme moi, pendant des années loin de la nature, vous vous desséchez peu à peu et vous cherchez le moindre brin d'herbe et le plus petit des animaux pour qu'il vous insuffle un peu de cette farouche liberté que vous défendez avec raison. Alors, pensez qu'ici, entre la mer et la montagne, je suis dans le plus doux des rêves ! Toutefois, si vous ne me croyez pas, ne me chassez pas mais dévorez moi plutôt, car je ne supporterais pas de quitter votre paradis ! Et si vous le permettez, je vous demanderais un seul jour pour me promener dans tout le jardin et ensuite vous exercerez votre justice.

Un silence absolu fit suite à ces paroles.

– Ils sont perplexes mais pas encore convaincus.

– Quel dommage ! Je me sens gagnée par tant de désir de vivre !

– Alors exprime le ! Fais ce que t'inspire ce désir.

Moushka se dit que de toute façon, elle ne pouvait plus supporter que l'on freine ce bonheur dont elle avait tant rêvé. Elle suivit son odorat et se rapprocha du petit arbre où étaient les pêches. Elle en décrocha une, bien mûre, la frotta avec sa robe et la leva vers sa bouche.

– Faut-il l'ouvrir pour vérifier qu'il n'y a pas de vers ou d'insectes ?

– Tous les fruits de ce jardin sont propres.

– Tant mieux, dit Moushka.

Elle prononça la bénédiction sur le fruit et croqua à pleines dents.

Jamais elle n'avait mangée un fruit si savoureux, si gorgé de sucre et de plaisir. Elle en oublia complètement les animaux et s'assit sur le sol, les jambes en tailleur sous sa jupe pour déguster pleinement la pêche nacrée. C'était si bon et elle en éprouvait une telle jouissance qu'elle s'allongea en se détendant totalement et une profonde envie de dormir la prit. Elle se frotta les yeux avec son poing comme un bébé et sans y prendre garde s'endormit complètement.

Les animaux, n'en croyant pas leur yeux,

vinrent sentir son odeur. Elle avait l'odeur d'un bébé mais c'était une adolescente. Seuls les bébés mangeaient et dormaient dans ce jardin. Ensuite, en grandissant, ils se nourrissaient de l'humidité de l'air et de la lumière du soleil. Tout au plus buvaient-ils quelques fois aux rivières pour en sentir la fraîcheur vivifiante.

Cette Moushka était une autre, c'était une enfant et le jardin lui appartenait. Car ce jardin était le jardin de l'enfance. Que vous soyez un enfant d'un jour, de douze ans ou de quatre vingt ans comme la petite grand mère. Si vous étiez un enfant, il y faisait bon vivre.

L'aigle s'envola satisfait. Le bœuf tendit sa grosse tête à la grand mère et repartit voir son royaume. Le lion seul ne partit pas. Il se coucha près de Moushka, en attendant qu'elle se réveille pour qu'elle le caresse avec ses longs doigts de jeune fille. Il attendrait des heures pour qu'elle se réveille s'il le fallait. Il y avait tant d'attrait pour lui dans cette nouvelle enfance que son royaume pouvait bien attendre. Le roi unique est l'enfant et tout lui appartient. Un instant plus tard, le lion aussi s'était endormit, sans y prendre garde, une patte posée sur le ventre de Moushka.

31

L'autre Moushka s'était retrouvée sur la table. Elle était plongée dans l'obscurité et il lui fallut un instant pour commencer à distinguer des objets.

– Ça alors ! Se dit-elle. Il n'y a réellement pas d'arbre, ni d'herbe...C'est une maison !
Elle regarda l'objet sur lequel elle tenait.

– Une table ! C'est merveilleux !
Elle descendit lentement et s'aperçut qu'elle ne se sentait pas très bien. Elle porta une main à son front.

– Je suis chaude ! C'est la fièvre dont parlait 'Haya. J'ai la gorge sèche ! Il faut rejoindre le lit pour m'allonger. 'Haya a dit de monter les escaliers et qu'il y avait une porte sur la droite. Le problème est de découvrir comment monter sur des escaliers et savoir ce que c'est qu'une porte.

La jeune fille était intriguée par des tas d'objets singuliers. Elle aurait préféré une pleine lumière pour profiter de toutes ces nouvelles choses à voir, mais la maison n'était éclairée que par une lueur diffuse venue de l'extérieur.

Elle ressentit des crampes d'estomac.

– J'ai mal au ventre, aussi. Je ne me souviens pas d'avoir jamais eu mal au ventre !

La douleur augmenta et elle du se tenir à la table pour ne pas s'écrouler par terre.

– Qu'est ce qui m'arrive ?

Elle essaya de marcher un peu mais la douleur devenait insupportable. Elle tendit une main en avant pour se tenir de nouveau et saisit la poignée du réfrigérateur qui s'ouvrit sans qu'elle comprit comment. La lumière la surprit. L'objet était rempli de toutes sortes de boites et de bouteilles et malgré sa douleur, elle ne put s'empêcher de s'émerveiller. Elle comprit qu'il s'agissait de nourriture.

– C'est un garde-mangé ! Il y fait frais comme dans une rivière !

Elle tendait une main à l'intérieur du réfrigérateur pour se saisir d'un objet dans un panier lorsque une nouvelle crampe à l'estomac lui secoua le corps tout entier en entraînant le panier qui lui échappa des mains et rejoignit le sol avec un bruit sec, en répandent son contenu généreusement autour de lui : moutarde, ketchup, sauce soja...

Une porte s'ouvrit à l'étage et une voix murmura son nom.

Il y eut des pas dans l'escalier et une lumière fut finalement allumée dans le coin cuisine. La mère de 'Haya venait d'apparaître dans la lumière, affichant un visage inquiet.

– 'Haya ? Qu'est ce qui se passe ? Ça ne va pas ?

Moushka ouvrit de grands yeux et son cœur battit très fort. C'était sa mère, enfin, la mère de 'Haya. Quoi qu'il en soit, elle avait une mère.

La douleur lui arracha cette fois un cri.

– 'Haya, ma chérie !

Sa mère s'était précipité vers elle pour la soutenir.

– Qu'est ce qui se passe, 'Haya ? Où as tu mal ?

– Au ventre, dit Moushka, les yeux remplis de larmes, sans vraiment savoir si c'était de douleur ou d'émotion.

– Ma chérie ! Ma chérie ! répétait sa mère, folle d'inquiétude, en l'embrassant fébrilement. Assied toi, ici.

Sa mère l'avait faite asseoir sur une chaise, et Moushka s'y agrippa avec inquiétude, elle n'était pas sûre que ce petit morceau de bois allait supporter son poids.

– Tu m'inquiètes beaucoup ! Je vais appeler un médecin et peut-être allons nous retourner à l'hôpital, ça vaudra peut-être mieux ! Est-ce que tu as faim ou soif ?

Moushka se posa la question. Peut-être devait-elle manger et boire dans ce monde, comme un bébé dans le sien ? C'était peut-être la faim qui donnait de telles crampes à l'estomac ?

– J'ai très faim ! dit alors Moushka.

– Je vais te préparer un petit quelque chose ! C'est bon signe que tu ais faim ! Tu n'a presque rien mangé depuis des jours.

Sa mère découvrit la bouteille et le verre sur la table et servit un autre verre à 'Haya qui le but goulûment. Elle avait donc soif ! Les règles de ce monde étaient différentes du sien.

Sa mère mis de l'ordre dans le panier, referma les bouchons et remis le tout dans le réfrigérateur qu'elle referma, ensuite elle nettoya le sol avec une éponge et posa une poêle sur le feu d'une grande cuisinière.

– Une omelette, ça te dit ?

'Haya ne savait pas très bien ce qu'était une omelette mais fit oui de la tête. Les moindres gestes de cette femme lui semblaient un miracle. L'aisance qu'elle avait à manipuler toute ces objets était tout bonnement fantastique. Elle avait sans doute dû s'y habituer pendant des années.

Lorsque la femme sortie les œufs du réfrigérateur, 'Haya ne put s'empêcher de s'exclamer : « Oh ! Des œufs de poule ! ». Ce qui occasionna que sa mère lui porta le regard le plus étrange qu'on lui ait jamais porté. Ce regard fut automatiquement suivi d'une main sur le front.

– La fièvre a baissé heureusement !

Un instant plus tard, Moushka mangeait la première omelette de sa vie de jeune fille. Lorsque elle eut finit en plus une part d'un gâteau délicieux, son estomac allait beaucoup mieux. Finalement, la planche sur laquelle elle était assise était très solide. Sa mère l'avait obligée à se servir d'une fourchette et elle était ravie.

– Tu vas retourner au lit maintenant, 'Haya.

– Au lit ! s'affola 'Haya, mais pour monter les escaliers et trouver la porte ?

Sa mère fronça les sourcils.

– Dis tes bénédictions, 'Haya, et je monte avec toi, et ne fais pas l'imbécile, il faut te reposer. Tu m'entends ?

– J'entends très bien, répondit Moushka, j'ai toujours eu une bonne ouïe.

– J'en suis ravie ! Dépêche toi dans ce cas !

Le problème, c'est que Moushka ne connaissait pas les bénédictions. Elle se souvint que 'Haya lui avait conseillé de laisser croire qu'elle avait perdue la mémoire.

– J'ai oublié les bénédictions.

Sa mère lui tendit un texte en hébreu, mais Moushka n'avait pas apprit à lire dans le jardin.

Sa mère fronça encore les sourcils, mangea une part de gâteau et dit la bénédiction pour acquitter sa fille puis la conduisit dans sa chambre, l'installa dans son lit, la borda et l'embrassa sur le front.

– Dors bien ma 'Haya. Il faut que tu guérisses vite !

Moushka la serra dans ses bras avec reconnaissance. Elles avaient grimpé les escaliers et ouvert la porte et elle était maintenant couchée sur un lit entouré de tissus très doux.

   – C'est bon d'avoir une mère !
Sa mère l'embrassa encore, éteignit la lumière et sortit, laissant Moushka à ses impressions.
C'était merveilleux d'avoir à découvrir tant de choses nouvelles ! Sa vie devenait passionnante !

   – Tu as raison 'Haya ! On doit pouvoir choisir sa vie. Un homme n'est jamais aussi grand que lorsqu'il choisit la vie...
Elle ne sut pas si c'était la nourriture qui remplissait son estomac ou l'atmosphère feutrée de la chambre de jeune fille mais Moushka s'endormit comme un petit bébé jusqu'au petit matin.

   Ce même matin, David Spilberg avait été enlevé à son domicile alors qu'il embrassait son bébé dans les babillages du réveil. Des hommes sobres et efficaces lui avaient fait comprendre qu'il était immédiatement attendu par le président des États Unis.
Si l'affaire était organisée depuis la veille, le principal intéressé n'avait pas été prévenu. Ralph n'avait pas reçu l'ordonnance de garder le secret sur ce rendez-vous mais le comportement de la N.A.S.A ne lui disait plus rien qui vaille, depuis que le président devait ruser pour rencontrer son responsable clandestin.

   Le président prenait un petit déjeuner face à la mer après un footing et une partie de golf. Saumon fumé, caviar, jus d'orange, petits pains et raisin. Il accueillit presque jovialement David Spilberg en lui proposant de goûter quelque chose avec lui.

– Qui êtes vous David ? demanda-t-il soudainement.

– Excusez moi ? murmura David, indécis.

– Je veux dire, où en êtes vous ?

Le président se beurra un petit pain et coucha une tranche de saumon fumé qu'il arrosa de citron avant de se retourner vers David.

– Vous êtes à la base des déductions sur cet œuf tombé du ciel, Professeur Spilberg. Quelles sont vos conclusions aujourd'hui ? S'agit-il toujours à vos yeux d'un élément extra terrestre ?

Les pensées de David se bousculaient. Que savait exactement le président ? Qu'elles informations attendait-il de lui ?

– Que sont devenus les agents qui ont appréhendé le garçon et la jeune femme sur le toit du grand magasin de Manhattan ?

– Je ne sais pas, monsieur, répondit David, la gorge sèche.

Il avait l'impression de se trouver près d'un volcan éteint qui pouvait à tout moment se rallumer et exploser brutalement.

Le président ne fit qu'une bouchée du petit pain et se lécha les doigts d'un air pensif.

– J'ai fait le rêve étrange que cet objet avait enfanté un ange et que cet ange et l'objet, se trouvaient tous deux à Brooklyn dans une rue

portant mon nom.

– Votre nom ?

– Président street.

– Qu'attendez vous de moi, monsieur le président ? demanda brutalement David (plus brutalement qu'il l'aurait voulu).

– Menez-moi à cet objet de manière clandestine. Nul autre que Ralph, mon garde du corps personnel, ne sera au courant.

David resta un instant interloqué. Sa gorge était sèche mais il ne pouvait se taire.

– Pourquoi Monsieur ?

Le président fixa son regard sur les vagues de la mer sur la plage, puis sur l'étendue de l'immense masse bleu.

– Je n'en sais rien du tout, monsieur le scientifique. Mais j'ai un rendez vous avec cet œuf.

Jim Burton était lui aussi un lève-tôt. Il était préoccupé par ce qui devenait une idée fixe : comment rendre service à l'ange et à sa mère ? Il avait examiné la situation, la veille avant de dormir et avait abouti à la conclusion que Jenny devait avoir besoin de ses effets personnels de femme, qu'elle avait abandonnés dans leur maison qu'ils ne pouvaient plus approcher.

Mais lui saurait certainement s'introduire par une fenêtre de l'arrière de la maison et remplir un sac pour Jenny sans se laisser attraper par les agents de surveillance. Dans le pire des cas, puisqu'il n'avait pas été officiellement retiré de l'enquête qui était encore ouverte, il pouvait tout à fait prétexter du bien fondé de sa présence dans l'appartement. Enfin, il espérait qu'il n'aurait pas de trop graves ennuis.

À sept heures du matin, il était en place. Il avait repéré les deux hommes en fonction et n'avait eu aucune peine à se glisser derrière la maison à leur insu.

La fenêtre ne lui résista pas longtemps et c'est comme le meilleur des voleurs qu'il évoluait déjà, à sept heures cinq dans la maison encore endormie.

Un seul point, lui avait échappé : Un homme l'avait remarqué. Cet homme ne faisait pas partie de la police ni de la N.A.S.A, il était plus grand et fort que la moyenne et arborait une immense barbe rousse qui finissait de le rendre effrayant, bien qu'il fut, soit dit en passant, un père merveilleux et un bon mari.

Son cousin lui avait demandé de passer voir si le couple Cawen était encore dans la maison et s'il n'avaient pas des problèmes qui occasionnaient qu'ils ne donnaient plus de signes de vie. Le nom du colosse était Amram Rabinovitch et il avait avertit Jim Burton, qu'il prenait pour un missionnaire, que si il le retrouvait encore à roder aux alentour de la maison, il lui casserait l'autre nez.
Et voilà qu'il le surprenait à s'introduire dans la

maison.

Amram Rabinovitch réfléchit un instant. Pourquoi un missionnaire devait-il se glisser dans une maison, si ce n'était pour y introduire des objets et des écrits subversifs propres à détourner les familles juives de la foi de leur père ?

Comme c'était un homme de décision tout en fougue et en feu, il calcula qu'il devait préparer le terrain pour empêcher le missionnaire de fuir. Il avait visualisé sa voiture, une Chrysler grise, et ne mit pas longtemps à la découvrir, garée dans le sens de la fuite. Il s'apprêtait à casser la vitre et arracher le volant lorsque deux hommes armés de pistolet se ruèrent vers lui.

– Les mains en l'air !

– Plus un geste !

Amram Rabinovitch les regarda comme s'ils étaient deux moustiques qui projetaient de le piquer et qu'il s'apprêtait à écraser du plat de sa main.

– Les mains sur le coffre ! hurla le plus grand des hommes qui arrivait tout juste à hauteur de la poitrine du colosse.

– Les mains sur le plafond de la voiture ! hurla le plus petit des deux hommes qui n'arrivait qu'à la taille du rouquin. Il avait revu la situation à la hausse.

– Qu'est-ce que vous me voulez ? Demanda Amram Rabinovitch de sa voix de ténor.

Il sortirent tous deux, leurs cartes de policier.

– Police privée de l'état de New York ! Nous avons des questions à te poser !

– Pourquoi un état public a-t-il une police privée ?

Il s'était retourné vers eux et les regardait sauvagement. Malgré leurs armes, ils se sentaient plus menacés que lui.

– Pour quelle raison tournes-tu autour de cette maison ?

Il pensa qu'il avait lui même posé la même question au missionnaire qui risquait d'ailleurs de lui filer dans les pattes à cause de ces deux empêcheurs de tourner en rond.

– On m'a demandé de venir voir si le couple qui habite cette maison n'avait pas des ennuis.

– Qui t'a demandé ?

– Un cousin d'Israël. la mère de l'homme qui vit ici s'inquiète pour son fils et sa belle fille.

– Les israéliens s'intéressent au sujet ! s'exclama le plus petit policier.

Le second policier ouvrit de grands yeux en supposant qu'ils avaient peut être attrapé un agent du Mossad israélien.

– Tes papiers et les papiers de ta voiture ! Hurla t-il.

– Ce n'est pas ma voiture, dit simplement Amram Rabinovitch.

La patience n'était pas sa plus grande qualité et il

commençait à bouillir.

– À qui est cette voiture alors ?

–Au missionnaire qui s'est introduit dans l'appartement et qui va s'enfuir grâce à vous !

– Un complice dans l'appartement ! Ton compte est bon !

Le second sortit un talkie walkie et hurla en se léchant les babines. Leurs longues journées d'attente devant cette maison n'étaient finalement pas vaines, ils tenait deux espions israéliens. Ils iraient rejoindre Jonhathan Polard !

– Appel à toutes les unités en fonction près du secteur neuf ! Envoyez vos équipes sur place, de toute urgence !

Amram Rabinovitch hurla et bondit sur les deux policiers qui n'eurent pas le reflex de réagir assez vite. Il les plaqua au sol et frappa leur mains sur le goudron suffisamment fort pour qu'ils perdent leurs armes. Ils les souleva ensuite tous les deux ensemble comme s'ils étaient deux poupées et les projeta de l'autre coté de la voiture. Il s'apprêtait à fuir en courant lorsqu'il se trouva encerclé par une dizaine de policier qui pointaient tous vers lui le canon de leurs armes.

Sa première pensée fut de foncer dans le tas, quitte à mourir en vendant chèrement sa peau. Cette pensée était une lointaine pensée, une image d'un moment qu'il avait déjà vécu dans une autre vie. Il le savait désormais, c'était comme ça qu'il avait fini dans une existence passée où il était un guerrier. L'ennemi l'encerclait et il en avait tué une bonne dizaine avant qu'ils ne réussissent à le terrasser de la pointe de leurs lances et de leur épées.

Pourtant, ces hommes d'aujourd'hui n'étaient pas des soldats de l'armée des philistins. Ils étaient juste des employés de la loi qui cherchait à établir la paix dans les rues de la ville.
Il baissa les bras et se laissa capturer vivant.
Jim Burton fut cueilli alors qu'il franchissait la fenêtre, son sac rempli de vêtements de femme et de produits de beauté. Comme on les supposaient complices, on les jeta tous les deux dans la même cellule.

David Spilberg arpentait la rue Président depuis deux heures déjà, sans avoir la moindre idée dans laquelle de ces maisons se trouvait l'œuf et le garçon. C'est à neuf heures du matin qu'il aperçut finalement James Cawen qui sortait avec Dov Ber et Shmouel pour se rendre à la prière du 770 Eastern Parkway.

Il sut alors où était la maison et se décida d'aller tout d'abord parler à Jenny qui était plus compréhensible que son mari, d'autant qu'il n'avait pas oublié le coup de poing que ce dernier lui avait donné.
Jenny l'écouta jusqu'au bout et lui certifia qu'elle le contacterait au téléphone dans la journée pour lui donner sa réponse après avoir discuté avec

son mari et son fils.

Lorsque les hommes revinrent pour le déjeuner, ils se réunirent tous les trois dans le *basement* sous la maison et là, toutes les probabilités furent explorées par les époux Cawen alors que Shmouel restait dans son coin sans intervenir.

– Le président en personne, ce n'est pas rien, Jenny !

– Si notre Shmouel court le risque d'être de nouveau saisi par les scientifiques, visite privée du président ou pas, nous cherchons un autre refuge !

– Mais où aller lorsque le président lui même vous poursuit ?

– Partons au Mexique ! Au Canada !

– Et notre vie ? Mon métier ? Ton livre ?

– Tu peux te refaire n'importe où dans le monde, James ! Quant à mon livre, il n'est pas encore terminé, rien ne m'oblige à l'écrire ou l'éditer aux États Unis !

– Il s'agit d'une vie construite par des années de labeur, Jenny ! Tu penses que l'on peut tout jeter comme ça et partir ?

– Est-ce que nous avons le choix, James ? Cet enfant vient du ciel et le monde de la matière lui a déclaré la guerre, tu ne comprends pas ?

– C'est quoi ces sornettes de carnaval Jenny ? Non mais tu t'entends ? Le monde de la matière lui a déclaré la guerre !

– Nous avons été pris en chasse par des

agents armés qui avaient pour mission de nous capturer avec permission de nous tirer dessus si on résistait ! Ce n'est pas la guerre, ça ?

– Mais ! Vous ne m'avez rien dit de tout ça !

– Et toi, tu nous as raconté où tu étais passé lorsque tu es rentrée dans l'œuf ?

– Je n'ai pas eu le temps, figure toi. On ne s'était pas revu seul à seul depuis nos retrouvailles. On fait chambre à part, je te signale.

– Et bien, ce n'est pas si mal. Ces gens sont charmants et j'ai plaisir à les respecter.

– Je n'ai rien à dire ! Des gens bien !

Ils étaient tous les trois assis sur un lit différent et sans y prendre garde, ils croisaient tous les trois les bras. Jenny et James ne trouvaient plus rien à dire. Pourtant leur esprit échafaudait toutes les possibles et imaginables issues.

– Et si c'était un moyen de réhabiliter notre situation ? dit subitement James.

– Comment ça ?

– Et oui ! Le président lui même vient, il est aspiré dans l'œuf et on négocie notre liberté ! On ne peut pas être éternellement des hors la loi !

– Une prise d'otage ! On devient des bandits ?

Shmouel était assis sur son lit. Il décida qu'il était temps pour lui d'intervenir.

– Il faut que le président rentre dans l'œuf.

– Quoi ! Firent-ils tous les deux.

– Je ne parle pas d'une prise d'otage, précisa Shmouel. Mais son destin est de savoir ce
vers quoi il tend. Ce sera l'avant dernière mission
de l'œuf.

– Et ensuite ? Demanda Jenny les larmes
aux yeux. Ensuite, tu t'en iras, c'est ça ?

– N'ai pas peur Ima. Ensuite, l'œuf dis-
paraîtra.

– Et toi ?

– Je reste avec vous pour toujours.

– Tu le promets Shmouel ? Demanda
Jenny, les larmes aux yeux.

– Mon âme est attachée à vous pour l'éternité.

James regarda Shmouel et ses paroles ne lui dirent rien qui vaillent. Pour un garçon qui gran-
dissait à la vitesse d'un avion supersonique, que
voulait dire « je reste avec vous pour toujours » ?
Sous qu'elle forme et de quelle façon ? Son père
aussi était avec lui pour toujours. Mais il était certain que Jenny parlait de présence physique.

C'est curieux, parce que lorsque l'on aime
vraiment quelqu'un, c'est un attachement profond de deux âmes. Pourtant, lorsque cette personne vous quitte, c'est son corps plus encore qui
vous manque, et ce, même si vous percevez que
son âme est encore avec vous... Je crois bien que
c'est là une des preuves de la suprématie du corps
sur l'âme.

Ils finirent par annoncer à Dov Ber et Judith que le président des États Unis venait incognito pour voir l'œuf. Naturellement, toute la maison s'affola et Judith se mit à faire briller murs et parquets. 'Haya Moushka qui n'avait plus de fièvre dû passer sa plus belle robe.

Le président ne put se libérer qu'en fin d'après midi, et c'est à dix neuf heures qu'il pénétra dans la maison des Nemirov. Il avait un chapeau et un pardessus. Il les ôta, les tendis à Ralph qui le suivait comme son ombre et serra la main des hommes, alors que les femmes se tenaient en retrait. Ils les salua d'un signe de tête.

– Merci de me recevoir. Nous sommes tout près de la maison du Rabbi de Loubavitch, aussi, c'est un honneur de me trouver ici.

Personne ne sut trop quoi répondre et la plupart acquiescèrent de la tête.

– Voulez vous boire ou manger quelque chose, monsieur le président ? Demanda la maîtresse de maison.

– Je m'excuse mais je suis impatient de voir...

– L'œuf ? Demanda James.

– Oui, en effet, admit le président.

– Est-ce que je peux vous demander pourquoi ? rajouta James.

– Je comprend votre curiosité. J'ai étudié tout le dossier mais...

– Est ce que vous venez nous dire que l'œuf est une propriété de la N.A.S.A ? surenchéri

James.

– Je dirais qu'il est une propriété de l'humanité.

– Vous voulez dire un joujou des scientifiques ?

Le président regarda James en serrant un instant la mâchoire. Toutefois, en bon diplomate, il lui fit son plus beau sourire et se tourna vers la maîtresse de maison.

– Effectivement, s'il nous faut discuter, il serait sans doute préférable de le faire autour d'une bonne tasse de thé.

Un instant plus tard, ils étaient assis autour d'une table basse remplie de thé et de gâteaux.

– Que voulez-vous savoir monsieur Cawen ?

– Quand lèverez-vous le mandat d'arrêt contre ma famille et nous permettrez de rentrer chez nous pour reprendre une vie normale ?

– Parce que vous appelez une vie normale, les événements que vous avez vécu ?

– Très bien ! C'était bien en dehors des normes, mais c'était tout de même une vie de famille.

– Est ce que vous pouvez affirmer que le bébé vous appartenait ?

– Il était dans mon ventre, monsieur le président, dit Jenny en rougissant. C'est donc mon bébé.

– Mais il a muté et il n'est plus là, vous en conviendrez, madame. Du moins sous sa forme de bébé. Cet objet qui a été dérobé à la N.A.S.A, n'était plus votre bébé !

– C'est ce que pensaient les scientifiques, expliqua Jenny.

– Mais vous pensiez qu'il était en mutation et allait sans doute retrouver sa forme de bébé ?

– Oui.

– Pourtant, un bébé changeant de forme n'est plus appelé un bébé mais un mutant.

– Il me semble que selon la loi juive, un enfant d'une femme est toujours son enfant, qu'elle que soit sa forme, comme le petit d'une vache est considéré comme un veau même s'il ressemble à un poulain.

Le président regarda Dov Ber qui venait de délivrer une vérité qu'il lui semblait difficile de réfuter sans faire preuve d'un manque d'humanité.

– Je vais donner des ordres pour que toutes les poursuites contre vous soient levées...

– Et que l'on interrompe les surveillances devant notre maison, s'il vous plaît, rajouta James.

– Allez à la voiture vous occuper de ça, Ralph, je vous appellerait au moment de repartir.

Ralph hésita mais le président certifia ce qu'il disait par un signe de tête et celui ci sortit.

– Merci, dit Jenny.

– Pourrais je voir ce pourquoi je suis venu

ici en secret, sans police ni scientifiques ?

– C'est pour l'emporter que vous êtes là ?

Le président n'était pas habitué que l'on s'adresse à lui d'une manière aussi sèche, aussi fronça-t-il les sourcils avant de sourire de nouveau.

– Je suis ici, personnellement, parce que j'ai rêvé de votre œuf, que l'on m'avait caché et dont je ne savait rien jusqu'à mon rêve.

Il se passa la main sur le visage comme s'il prenait connaissance de la douceur de sa peau, humecta un peu les lèvres avec sa langue et reprit le fil de ses paroles.

– N'allez pas imaginer que la N.A.S.A me raconte tout et que tout passe absolument par moi. Une maison de New York City est actuellement classé secteur neuf, ou secteur extra terrestre, et cette maison est la votre.
Pourtant, j'ai fait le rêve étrange que l'enfant venu au monde dans le complexe hôtelier où vous avez passé une seule nuit, était un ange.

Instinctivement, les regard de James et Jenny se tournèrent vers Shmouel. Le président suivit ce regard et observa ce beau garçon au visage si pur. Il resta pensif un instant, puis demanda:

– Êtes vous le jeune homme appréhendé sur le toit de l'immeuble du magasin ?

– Oui.

– Que sont devenus les agents ?

– Ils sont partis pour quelques temps, mais ils reviendront sains et saufs.

– Quel lien de parenté avez vous avec la famille Cawen ?

Shmouel ne répondit pas. James et Jenny savaient que d'avouer qu'il était leur fils, équivalait à dire qu'il était la mutation du bébé.

Bien sûr, Dov Ber et Judith n'y comprenaient plus rien et faisaient de grands yeux interrogateurs, jusqu'à ce que la personne la plus improbable prenne la parole.

– C'est mon fiancé, monsieur le président, annonça 'Haya Moushka.

– Vous êtes bien jeunes pourtant, dit le président avec scepticisme.

– Bien sûr, nous n'allons pas nous marier tout de suite, mais dans quelques années. Dans le langage commun, on dit que nous sommes des âmes sœurs, destinées l'une à l'autre.
Le président se tourna vers Dov Ber.

– Vous attestez les dires de cette jeune fille ?

– Il s'agit bien de ma fille, tout d'abord, ensuite, je vous dirais que le sujet des couples en général et des couples juifs en particulier, est l'un des sujets les plus extraordinaires qui soient. Pour terminer, ma fille dit toujours la vérité.

– Alors ce sera le mariage de deux anges ! Souligna le président en fixant en particulier, Shmouel... Comme vous dites chez vous : Mazal

Tov ! Tous tous mes vœux de bonheur.
Il se leva sur ces mots et tous se levèrent avec lui.

– Puis-je voir l'œuf maintenant ?

– Je vais vous y conduire, dit Shmouel,
quoi qu'il put sembler étrange que le fiancé soit
celui qui dirige dans la maison.

– Je viens avec vous, rajouta 'Haya
Moushka, l'œuf à été placé dans le bureau de mon
père à l'étage.

Shmouel montra le chemin, le président le
suivait de près, et 'Haya Moushka fermait la
marche. Ils arrivèrent devant la porte et s'immo-
bilisèrent.

– Dans mon rêve, je rentrais seul, murmura le président.

Il ouvrit la porte et la pièce était inondée
de lumière. Il frémit un instant et murmura encore plus bas : « exactement comme dans mon
rêve» puis il referma la porte derrière lui.

Shmouel et 'Haya Moushka se retrouvèrent seuls
sur le palier.

– Comment allez-vous mademoiselle
'Haya Moushka ?

– Je vais mieux, je vous remercie, monsieur Shmouel.

– Vous êtes transformée depuis ce jour où
je vous avait aperçu comme une ombre dans la
maison.

– Je me suis réveillée différente ce matin.
Mon âme était différente.

– L'âme du jardin et l'âme de New York vivent désormais en harmonie.

– Vous connaissez le jardin ?

– Le jardin c'est l'expression.

– Avec l'intrusion de ma nouvelle âme, j'ai compris que vous étiez mon zivoug, mon âme sœur.

– Oui, et c'est désormais un fait connu jusqu'à la maison blanche.

Elle rit de bon cœur et il rit avec elle.

– Que va t-il se passer là dedans pour le président ?

Il la regarda de ses grands yeux remplis d'amour et elle se dit qu'il n'y avait aucun jeune homme plus beau sur la terre.

– Cet œuf permet à chacun de découvrir ce qui découle de chacun de ses actes, de chacune de ses actions.   Mais il démontre surtout le poids de la responsabilité que l'on porte et le devenir de notre personnalité qui s'affirme en se confrontant à la vérité de nos choix.

32

Il semblait que ce fut seulement un univers de sable. Un endroit fébrile où la chaleur expirait de tout son flot d'aventures internes ; comme le sang bouillonnant des êtres de vie qui gronde sous la chair. C'était la rencontre du désert et de la plage, et si la lumière avait la force d'un canon qui crache, la mer était un embruns de satin.

Pouvait-on vivre sous un soleil si ardent ? Il y avait là quelque chose qui disait oui, quelque chose qui tournait le dos au soleil ou bien plus puissant, qui l'apprivoisait.

Il marchait depuis plus d'une heure.

Certes, des touffes de buissons d'un vert pâle parsemaient ici et là le déchirement des perles innombrables du sable roi, mais il ne cédait jamais le terrain et nulle trace de pas ne semblait l'avoir jamais foulé.

Il savait bien en rentrant dans cette chambre que quelque chose comme ça allait se produire, mais il ne savait pas qu'il voyagerait si loin. Où était il ? Où donc était-il ?

Il avait ôté sa veste et la tenait par le bras, mais le tissu se collait à sa peau et il pensait obstinément qu'il allait jeter cette veste inutile, mais ne la jetait pas.

On ne rejette pas facilement les habitudes de notre existence, même si elles se confrontent à une situation nouvelle comme celle ci.

Sa gorge était sèche et il avait si soif... Il s'immobilisa.

Il venait d'entendre une voix. Dans sa brusque position, il sentit son propre poids en équilibre sur le sable.

La voix reprit et d'autres lui répondirent. De jeunes voix. Mais elles ne parlaient pas l'anglais. Il n'entendait pas distinctement mais c'était une langue gutturale. Des jeunes gens parlaient très fort, hurlaient presque et semblaient se disputer.

Il s'avança vers eux et déjà dans son esprit, il leur demandait où il se trouvait, s'il pouvaient lui donner à boire. Il avait des dollars sur lui et il paierait s'il le fallait, pour un peu d'eau.

Il se précipitait maintenant, de peur qu'ils ne partent et l'abandonnent à sa solitude.

Au sommet d'une dune, il les vit. Ils étaient sur une route de sable battu, juchés sur une sorte de charrette tirée par un vieux cheval rabougri. Seuls les pneus étaient un signe de notre époque, et pour le reste, ils pouvaient aussi bien être du moyen âge. Il hurla vers eux : « attendez moi ! S'ils vous plaît ! »

Au devant de la charrette était un vieil homme au visage buriné et près de lui, une femme cachée dans des tissus qui recouvraient son corps de la tête aux pieds. Derrière, au milieu d'un bric-à-brac ahurissant étaient trois jeunes garçons à moitié nus.

Dès qu'ils l'aperçurent, les enfants, comme une meute de chiens fous sautèrent de la charrette pour se précipiter vers lui. Le vieil homme hurla et comme s'ils avaient été saisi par le claquement d'un fouet, il interrompirent leur course et revinrent vers le véhicule.

Le président pensait déjà que si les jeunes garçons avaient des pensées excessives, le vieil homme les avaient heureusement ramenés à la raison. Lorsqu'il vit que le vieil homme recevait des mains de la femme, qui les sortait des replis de ses tissus, trois immenses couteaux qui, même de loin, paraissaient ouvragés et torsadés.

Le président n'eut plus aucun doute sur leurs intentions, lorsque le vieil homme mima le geste d'égorger avec un grand doigt sec.

Alors il courut dans le sable, à une vitesse qu'il n'avait jamais pensé pouvoir atteindre, les jours de grandes formes. Le sable volait sous ses pas furieux et les dunes semblaient monter et descendre à sa rencontre. Mais les loups affamés étaient plus rapides et les muscles secs de leurs jeunes jambes qui ressemblaient un peu à du bois, étaient souples comme du cuir retourné.

Soudain, à la brusque rencontre d'une terre plus dure, le président s'étala de tout son long en gémissant sur son compte : il était perdu, il était mort !
Ainsi donc, ce rêve qui l'avait entraîné vers cet œuf, l'avait précipité vers son lit de mort !

Les enfant hurlèrent et se jetèrent sur son dos pour le plaquer sur le sol avec leurs genoux. Un premier coup de couteau lui transperça l'épaule si profondément qu'il lui sembla qu'il l'avait transpercé de part en part. Le second coup le surpris à la cuisse. Il hurlait mais eux étaient si frénétiques, si volubiles qu'ils couvraient presque totalement ses cris de douleur.
Ils ne semblaient toutefois pas satisfaits de taillader son dos et entreprirent de le retourner. Le président comprenait bien qu'il visaient sa gorge pour exécuter la demande du vieil arabe sadique. Aussi, il rassembla toute ses forces et les renversa en se relevant pour fuir, mais sa jambe blessée ne tint pas sous le choc et il s'effondra de nouveau.

Dès qu'ils comprirent qu'il était déjà tout à fait à leur merci, ils dansèrent de joie en tournant autour de lui, et en crachant sur lui, le frappant de coups de pieds brusques et en montant sur le dos de cet homme qu'ils ne savaient pas être le président des États-Unis.

Le président pleura alors de honte, de

dégoût et de peur. En quoi les hommes étaient ils différents des bêtes féroces ?

Les enfants réussirent finalement à le retourner et deux d'entre eux lui écrasaient les bras de toutes leur force, alors que le troisième s'était placé à genou, derrière sa tête. Il était en place pour saigner la bête, pour l'égorger, lorsqu'une rafale de fusil mitraillette retentit.

Les enfants réagirent aussitôt et comme des ressorts prirent la fuite vers leurs parents, laissant un homme brisé, secoué de sanglots.

D'autres silhouettes l'entouraient déjà mais ce qu'elles dégageaient n'était qu'assurance et réconfort.
Et c'est assez étrange, en vérité, que l'atmosphère se transforme autour des êtres, passant de la cruauté à la générosité en un seul instant, comme si le lieu autour de l'homme était l'homme lui même.

Il y avait un jeune homme aux cheveux rasés, qui devait avoir tout au plus dix huit ans. Il était en jeans et ranger, une chemise à carreaux bleus et portait son arme en bandoulière. Près de lui était une jeune fille en sandales et à la jupe en jeans, avec un tee shirt orange vif.

La jeune fille était horrifiée, alors que le garçon affichait un calme parfait.
– Ils allaient l'égorger ! Tu te rends compte ! dit la jeune fille en hébreu.

– C'est comme ça, qu'on les éduque, répondit-il simplement, alors qu'il examinait les blessures. Rapporte moi la trousse d'urgence, dans la jeep.

La jeune fille s'élança sans perdre un instant.

– Comment allez-vous ? Demanda le jeune homme.

Comme le président ne répondait pas, il s'exprima en anglais.

– On va s'occuper de vous, monsieur, n'ayez pas peur, vous êtes en sécurité.

– Merci, dit simplement le président.

Dès que la jeune fille revint, le jeune homme appliqua les premiers pansements.

– Où sommes nous ? demanda le président.

– Vous ne savez plus où vous êtes ? S'étonna la jeune fille. Nous sommes dans le Gouch Katif...

Aussitôt après, des scènes se succédèrent les unes après les autres à une très grande vitesse, laissant à chaque fois une   impression lourde et fugitive dans le cœur du président.

Il vivait dans le Gouch où il soignait ses blessures, il avait été accueillit par la famille du jeune homme... Le soir, des bombes tombaient comme tombe la pluie... Les habitants du Gouch étaient forts et honnêtes. Il continuaient à vivre, malgré les bombes et le danger constant... Le démantèlement du Gouch était annoncé. Il voyait les réactions in-

crédules des habitants... La plupart avaient foi en un revirement qui viendrait, ce n'était pas possible qu'une chose aussi terrible arrive, après tant de travail, d'effort et d'abnégation !... Mais l'armée venait les sortir un par un de leur maison... Le sort était impitoyable...

...La dernière image que le président emporta avec lui fut l'image d'un bulldozer qui détruisait un bâtiment. C'était la maison où il avait vécu heureux des mois entiers.
Les habitants du Gouch Katif avaient transformé un désert en paradis. L'armée de leur propre pays avait détruit ce paradis pour le donner à des coupeurs de gorge...

Mais aussitôt, les lieux, les paysages, les hommes défilèrent et le président se retrouva en 1967, les yeux embués de larmes à la vision du mur extérieur de l'ancien temple de Jérusalem reconquise par le miracle d'un don de soi inouïe. Il semblait que tout le peuple juif secouait la crinière du vieux lion de Yéhouda. Pourtant, l'amertume le saisit lorsqu'il vit un Moché Dayan en uniforme rendre les clés du mont du temple et du caveau de Ma'hpéla, la tombe des patriarches, à un Mufti ébahi. Pourquoi donc, les vainqueurs d'une guerre défensive feraient-ils des concessions territoriales ? Il voulu leur crier que jamais les États-Unis ne se seraient comportés de cette manière ! Les arabes vous reconnaissent comme les véritables habitants de cette terre de feu donnée à vos pères par le Créateur, propriétaire absolu de la terre des hommes.

Mais sa voix se taisait malgré lui ; il n'était plus que des yeux pour voir des images qui défilaient tout autour de lui...

Pourquoi donc l'œuf avait-il choisit de lui montrer les guerres d'Israël précisément ? Il n'en savait fichtre rien, mais il les voyaient défiler sans ordre et sans logique.

Des hommes décousus, déchirés, décharnés par les camps recevaient un fusil et donnait leur dernier souffle de vie pour une frontière invisible de terre retournée où on les enterrera aussi.

Et de guerre en guerre, de combat en combat, il se vit sous les remparts de Yéri'ho qui s'enfonçait dans le sol au tumulte des trompettes, qui clamaient déjà la charge de la victoire, à chaque nouveau tour que faisait Yéochouha et ses hommes. Il compris que cette guerre là était une guerre gagnée d'en haut, une guerre de lumière vive, dont l'éclat brillerait jusqu'au dernier des jours de l'homme sur cette terre sacrée...

Et alors, sans prévenir, sans aucun signe avant coureur, il assistait à la charge de la cavalerie américaine sur le sol de sa patrie. Il courrait mais tombait lui aussi, sur les corps des indiens tombés sous les balles des fusils enragés.

Allait-il mourir ici ou n'était-il qu'un spectateur de nouveau ? Il n'était plus sûr de rien et courrait en costume trois pièces au milieu des femmes et des enfants presque nus. Mais qu'avait-il à voir avec toutes ces guerres ? Les balles le frôlaient de peu, les chevaux hennissaient, les indiens s'écriaient de terreur. Il était brisé, épuisé, et ses pieds le portèrent d'eux même vers un sous bois à l'ombre silencieuse. Il s'adossa à un arbre un instant puis s'enfonça plus profondément entre les arbres pour y boire le silence de la nature vierge... Il trouva une rivière et se lava d'un dégoût qui flottait malgré tout dans l'ombre de ces bois.

C'était donc ainsi qu'ils avaient conquis leur terre de liberté ? Il fit une prière au ciel de l'épargner d'un autre massacre au nom de la liberté de vivre sur une terre d'emprunt... Il n'y a pas une barrière de séparation entre le juste et l'injuste, la sauvegarde courageuse d'un peuple et la charge impitoyable des jaloux qui convoite le bien de l'autre, non ; il n'y a qu'un fil de soie d'une toile d'araignée que le vent dégrafe d'un soupir, au souffle de la vie et de la besogne recommencée. La vaste vie et ses grandes enjambées, face au petit labeur dans ses petits souliers, aux petits pas des jours recommencés...

Dans la maison de Président Street, il ne s'était pas passé une demi heure lorsque le président ressortit de la pièce où était l'œuf... C'était un homme changé. Un homme chargé de ses visions subites qui vieillissent le regard plus que ne le fait une vie entière.

Dans l'humanité, quoi que l'on demande de force à un être, rien ne vaut un homme égratigné. Un homme que la vie a marqué d'une cicatrice d'indulgence et de compréhension. C'est la justice des heures de vie intense, la justice du bonheur et du malheur conjugué. Des années de réflexion sans doute, mais des coups accusés, des brûlures là où la vie était un monstre d'expérience.

Tout ceci construit un homme et même le sot ne peut passer très loin d'un peu de sagesse. Nous sommes ici sur un immense terrain d'expériences humaines. Un champ d'honneur où sonne le clairon pour la charge héroïque. Et dans nos générations, nous sommes peut-être les derniers à vivre ce que nous vivons. Tout va si vite que rien n'existe bien longtemps.

Un homme qui ne porte pas sur son cœur l'égratignure des héros du quotidien, ceux qui ont pleuré, souffert, marqués au fer rouge, un tel homme ne sait ce qu'est l'humanité. Il peut ordonner au hasard et tuer l'âme et le corps sans y prendre garde, juste parce qu'il érige en principe des slogans inhumains où le fer frappe la chair comme on arrache un arbre pour consommer un seul fruit.

Cette histoire folle est peut-être l'histoire de la vie regardée depuis un promontoire d'amour embrouillé.

Cet œuf est une conscience et la conscience est une âme et l'âme est la vie. Et la vie, toute vie, toutes les vies commencent par un œuf. Qu'il soit l'endroit où tous les mondes spirituels ont été créés ou qu'il soit le ventre d'une mère ou le ventre de la terre..

33

Après bien des préparations, le jour du mariage de James et Jenny était enfin arrivé. Il avait été impensable de ne pas inviter Mami Yvette, qui selon les dire de James, en bonne grand mère juive tunisienne, aurait pu leur en vouloir jusqu'à sa mort et elle ne leur aurait pas pardonné même si ils s'étaient rendus sur sa tombe pour la supplier à genoux.

Il avait donc fallu inventer une histoire abracadabrante pour expliquer l'absence du bébé.
Bien sûr, James s'était embrouillé devant l'incrédulité de sa mère, avait manqué de patience et Jenny avait finalement reprit la suite, avec calme et suffisamment de tristesse pour que Yvette accepte d'y croire.

En fait, l'explication de Jenny reflétait exactement la situation qu'ils vivaient, tout en la ramenant à des proportions humaines. Le bébé était très malade, porteur d'une maladie qui nécessitait une quarantaine absolue dans un centre spécialisé. Mais, elle en était sûre, il reviendrait très bientôt à la maison...

Le dais nuptial fut dressé dans la nuit, face aux fenêtres closes du 770. Les hommes chantaient la mélodie aux quatre mesures du fondateur de la dynastie Loubavitch, alors que le 'Hatan, le fiancé, prenait place en attendant sa fiancée, la Cala, le rejoignant déjà, menée par Mamy Yvette et Judith Némirov, qui semblaient éclairer le chemin à la lueur de deux chandelles, lesquelles, entre autres secrets, préfigurent les deux premiers niveaux des âmes des enfants à venir.

Jenny marchait lentement, éblouissante dans sa robe blanche, elle semblait avoir vingt ans, lorsque la pureté de son visage fut recouvert par un voile de tissu blanc épais qui avait appartenu à la Rabbanite, l'épouse du Rabbi de Loubavitch. C'est en recouvrant le visage de Jenny avec ce voile que James avait pris possession, selon la plus pure tradition 'hassidique, de la beauté extérieure de Jenny, car la beauté secrète de l'âme doit aboutir à la beauté de l'être qui est en harmonie avec l'expression de son âme.

James oscillait entre le froid sourire d'un séducteur (pour la galerie) et le doux regard d'un être touché, renversé, désintégré puis reconstitué ; reconstruit mais encore tellement fragile. Les invités, en dehors de parfais inconnus, venus compléter l'assemblée des dix hommes juifs étaient ceux là même qui étaient intervenus dans cette histoire. Jusqu'au président des États-Unis qui avait fait un saut pour serrer solennellement les mains devant les photographes.

Le Mohel, Amram Rabinovitch était accompagné de son nouvel ami, le détective Jim Burton Daynish junior (n'étant, soit dit en passant, absolument pas un missionnaire) ; ils étaient restés trois mois ensemble dans une cellule où ils avaient parlé du monde de la vie future et des vies passées, du destin des juifs et de celui des non juifs, des sept lois de Noé qui ouvraient le monde de la délivrance pour toute l'humanité... Enfin, deux amis liés par le destin qui frappe à la porte et au nez de deux êtres que tout sépare, pour les réunir avec la largesse d'esprit que procure trois mois de vie passés à réfléchir.

David Spilberg était là aussi, émerveillé de tant de judaïsme exprimé avec franchise et simplicité, ainsi qu'un jeune spécialiste des communication de la N.A.S.A, (trop curieux pour ne pas assister à un tel événement), du nom de Elvis Denver, lequel était comme nous l'avons déjà dit, un jeune blond maigrelet au nez pointu. Nez sur lequel étaient posées des lunettes d'un verre plus épais qu'un hamburger (Casher ou non). Il avait échangé sa blouse blanche contre une chemise verte à carreaux rouges qui accentuait (plus encore que la blouse blanche) les taches de rousseur ponctuant son visage triangulaire terminé par un menton qui semblait avoir été troué par une balle tirée à bout portant. Et nous ne parleront pas cette fois, pour ne pas avoir l'air de critiquer, de ses dents plus longues que la fermeture de ses lèvres de un centimètre virgule cinq.

L'écrivain à succès, Eddy Johns Cooper avait quitté sa réserve et sa remise en question littéraire pour l'occasion. Il était accompagné d'une femme avec qui il voulait faire sa vie. Elle était d'origine sicilienne et amoureuse de peinture et d'œuvres d'art de toutes sortes. Ils envisageaient de se marier bientôt, et le mariage de James et Jenny, leur paraissait une préparation à leur propre joie.

Dans une voiture toute proche de celle où se cachait le véritable directeur de la N.A.S.A, l'ancien parrain de la pègre Neworkaise, Don Luigi Matéo observait en se demandant où était passé l'œuf et qui était exactement ce jeune homme. Fallait-il réellement croire qu'il était un ange ? Il avait du mal à s'avouer qu'il avait eu très peur d'être aspiré dans l'œuf pour toujours, et de brûler, peut-être, dans le feu de l'enfer où brûlent ceux qui ont tués des hommes aussi facilement que l'on tue des cafards...

Seul, Giuseppe, il Gatto Nero, manquait à l'appel des vivants, mais se trouvait tout de même au mariage, caché derrière un voile de nuées, heureux et repus de vie, fier de lui, peut-être, dans un costume blanc, il était venu, juste un instant pour remercier et souhaiter tous les vœux de son regard éteint par une mauvaise vie qui n'enlevait rien à la pureté de son cœur.

Le père de James lui aussi était là, tout près des chandelles qui brillaient dans l'obscurité, même si les hommes ne le voyaient pas, il était venu du monde des âmes pour assister au mariage de son fils, et il brillait de tout l'éclat des martyres. Ce mariage était une renaissance ; son fils revenait enfin à la vie spirituelle, cette vie secrète où son père vivait. Enfin, les deux dimensions séparées jusqu'alors par un mur d'incrédulité bornée, d'obstination désespérée, enfin, le mur se brisait et les deux dimensions s'appuyaient l'une sur l'autre, uniquement délimitées par un infime rideau de foi et d'intégrité.

Lorsque Dov Ber annonça à l'assemblée des convives que les parents et les grands-parents défunts venaient également assister au mariage, Shmouel avait soufflé à l'oreille de James que ce n'était pas juste une formule traditionnelle et que effectivement, son père était bien là...
James chercha alors tellement à le voir, lui aussi, il désirait tant en cet instant ouvrir les yeux et voir ce que lui, Shmouel voyait naturellement. « Tout est possible, je peux également voir mon père si j'ai vu des anges dans la chambre du bébé ! » Alors qu'avait fait Shmouel, qu'avait-

il fait de si terrible ? Lorsqu'il avait, juste un instant, étendu simplement sa conscience sur James dont les yeux larmoyants avaient pu contempler un visage d'éternité ; le visage de son père.

Avait-il eut tort de lui permettre d'accéder à cette demande secrète de son âme éperdue ?

De l'avis du tribunal des anges, il venait d'outrepasser ses droits, et les anges s'étaient immédiatement manifestés pour le lui faire savoir et lui donner un avertissement :

– Il t'est interdit d'ouvrir les voiles de séparations !

– Ce n'était qu'un instant !

– Pas même un instant ! Nous devons nous en tenir uniquement à notre mission !

– Vous vous êtes vous même dévoilés dans la chambre lorsque j'avais la forme d'un bébé !

– C'était notre mission !

– Il n'y a pas que la mission qui prime !

– Qu'y a-t-il d'autre ?

– Il y a l'amour et la miséricorde.

– Laisse ces sentiments aux hommes et accomplit uniquement ta mission.

Shmouel avait ravalé sa révolte et s'était excusé. Ils lui avaient enjoint de ne plus jamais recommencer une pareille erreur, sous peine d'arrêter là sa mission de sauvetage...

34

C'était peu de temps après le mariage, la maison était tellement joyeuse que cette joie avait presque l'insistance de la lumière qui pénètre tous les recoins du bonheur. La chambre du bébé était devenue la chambre d'un jeune homme ; un jeune homme heureux.

N'allez pas croire qu'il y avait encore des événements extraordinaires, surnaturels, non, rien de tout ça. Juste une humaine présence de trois être s'aimant d'un même amour naturel. C'était plus qu'ils n'en avaient espéré tous les trois.

— Shmouel, tu descends manger ? clama Jenny vers la cage d'escalier, en essuyant ses mains mouillées sur son tablier jaune.

— Est-ce que tu crois vraiment qu'il mange ? demanda James en se rapprochant de la table.

— J'arrive ! annonça Shmouel en descendant les escaliers.

— Pourquoi ne mangerait-il pas ?

— Vois tu, il ne grossit pas avec tous les plats à base de produits tamponnés que tu lui concoctes tous les jours. En fait, ma question, c'est : les anges mangent-ils ?

– Je ne sais pas si les anges mangent mais mon ange à moi, mon Shmouel adore le gratin de pomme de terre au fromage. Il soupira, découragé d'avance, se disant que si la discussion avec une femme relevait déjà des périls de l'humanité, la discussion avec une mère, *lorsqu'il s'agissait de son enfant chéri*, relevait tout bonnement des missions impossibles pour lesquelles aucun homme n'avait reçu de formation spéciale.

– Shmouel ! Fiston ! Fit-il en tendant le premier les bras à son fils (non moins chéri du côté paternel).

– Bonsoir Abba ! fit Shmouel avec son plus beau sourire.

Il s'étreignirent et restèrent un long moment serrés l'un contre l'autre. James était toujours un peu gauche pour manifester de l'amour à son fils, mais avait toujours beaucoup de mal à le lâcher ensuite ; cette étreinte quotidienne était désormais l'une des choses qu'il préférait le plus au monde. Mieux qu'un bon bourbon ou qu'un bon film au cinéma, serrer Shmouel dans ses bras était un acte physique qui exaltait son âme, la brûlait, la réconfortait, la subjuguait. Peut-être tout simplement qu'en ce seul instant, il perdait enfin le fil de l'existence; de son existence. Ne plus exister un seul instant était devenu pour lui l'apogée du bonheur.

James ne s'expliquait pas cette sensation

et ne voulait d'ailleurs pas la comprendre. Saisir l'insaisissable le fait trop souvent fuir. Il ne voulait plus perdre ce qui lui procurait un si grand bonheur.

Shmouel se tourna ensuite vers Jenny et la souleva en la faisant tournoyer dans ses bras.

Jenny riait et serrait très fort son miracle dans ses bras , elle l'avait si longtemps espéré.

C'était là les retrouvailles du soir, lorsque chacun d'entre eux revenait pour le dîner, alors que indépendamment, ils occupaient leur journée de la semaine en trois endroits différents.

Shmouel était à la maison d'étude, à la Yéshiva, Jenny bûchait à la bibliothèque pour son livre, et James alternait son temps, entre le bureau et les entreprises qu'il visitait.

– Je t'ai fait du gratin de pommes de terres au fromage ! annonça Jenny.

– Oh ! Quelle surprise ! feignit James.

– Magnifique fit Shmouel !

– Ce n'est que la troisième fois cette semaine ! annonça James.

– Il est en pleine croissance ! expliqua Jenny.

– Je comprend bien que ce jeune garçon qui n'a pas cent cinquante jours d'existence et qui parait quinze ans de vie, ait un besoin urgent de manger des pomme de terre. Mais, moi, par contre, à mon âge, je dois surveiller ma ligne !

– C'est vrai que le grand souci de notre ex-istence se résume au tour de taille de Yossi James le cow-boy solitaire!

– Pense à mon pauvre cheval ! Pitié pour lui.

– Tu peux brouter uniquement la salade, si tu veux !...

Avez vous remarqué que lorsque les gens s'aiment, ils veulent se dirent des mots plus pour frotter leur paroles pour en faire jaillir de petites étincelles de vie que pour véritablement expri-mer quelque chose ? Je ne viens pas faire remar-quer qu'ils n'ont plus rien à se dire, mais que vou-lez vous dire de grandiloquent au quotidien sans avoir l'air ridicule ?

Je crois bien que l'amour passionné ne rentre pas dans des mots aux repas du soir ou au petit déjeuner du matin et que les poèmes font meilleur effet dans les livres que dans la vie.

Jenny aimait ses deux hommes comme une mère qui s'est confrontée à toutes les lois de la rigueur et de l'amour. James était un être nou-vellement raccommodé avec son passé et sa foi, et Shmouel vivait suspendu aux besoins affectifs de ses parents. Il mettait toute son énergie à les contenter par sa joie d'être avec eux et sa confi-ance dans cet amour humain si fragile et si doux. Un amour de coton, se disait-il, ou un amour ennuagé pour un ange contaminé par les gènes de la race humaine.

Il semblait somme toute que le président des États Unis avait tenu sa promesse et que la maison avait finalement perdue de son intérêt pour la nation.

C'était en effet ce qu'il semblait, mais c'était surtout une manœuvre destinée à apaiser l'intérêt du chef de la nation pour la famille Cawen et son œuf extra terrestre.

Car en vérité, si la surveillance s'était faite plus discrète, elle n'en était que plus intensive. Et ce n'est que lorsque le président quitta les États-Unis pour un voyage officiel à l'étranger que les agents de la N.A.S.A se remirent en action.

Sans doute avez vous vu un de ces films obscurs, ne serait-ce qu'une fois dans votre vie, ne serait-ce qu'un extrait, tant bien même étiez vous un juif orthodoxe, d'un coup d'œil, un instant dans un avion, vous n'avez pu vous empêcher de surprendre l'enchaînement des images : Ils arrivent la nuit, pénètrent à pas de loup en glissant sur des filins d'acier, vêtus de combinaisons noires, s'infiltrent dans la pièce où se trouve l'objet qu'ils sont venus chercher, s'en saisissent en silence et repartent comme ils sont venus.

Ce sont des professionnels, le tout n'a pas pris dix minutes, et quoi que ces situations peuvent apparaître comme de pures attractions cinématographiques, elle ont pourtant une existence effective dans le monde plus sobre du réel.

Shmouel à tout entendu, ils ont récupéré l'œuf. Il est resté assis sur son lit, écoutant leurs moindres faits et gestes...

Voilà, c'était fait, l'objet mystérieux quittait ses premiers gardiens pour retomber dans les mains de l'humanité. L'ange Shmouel avait terminé sa mission, l'œuf désormais n'avait plus besoin de lui, il exécuterait sa dernière mission, le moment venu.

Shmouel regarda une dernière fois sa chambre de jeune homme. Avait-il joué la comédie ? La comédie de l'amour pour raccommoder des cœurs brisés... Non, il avait aimé ce père et cette mère, il les avait aimé du plus profond de lui.

Il partait et ne reviendrait plus. Des larmes humaines lui picotaient les yeux. Était-ce également écrit ? Il regarda le lit de nouveau, en souriant, il n'y avait jamais dormi. Les anges ne dorment pas car ils ne se séparent pas de leur source de vitalité.

Il sortit de la maison pour rejoindre les hauts palais du ciel où seuls les âmes consomment la vie spirituelle...

C'est alors que la voix de Jenny murmura dans l'obscurité.

– Alors ça y est, tu pars ?

Shmouel sursauta. Lui qui percevait les

sons les plus infimes ne l'avait pas entendu sortir de la maison avant lui. C'était sans doute le chagrin ou alors, une mère savait se faire plus silencieuse qu'un ange ou qu'un chat noir.

Elle l'attendait là depuis le départ du commando, assise, le visage enfermé par la cage de ses mains douces, sur les escaliers, qui glissaient vers la rue indifférente.

– Ils ont pris l'œuf alors, plus rien ne te retient ici ?
Il ne savait pas quoi dire, quoi répondre. Il ne trouva pas même un geste pour lui venir en aide, et se contenta de baisser la tête.

– Lorsque tu as dit que nous étions réunis pour toujours, c'était uniquement... spirituel ?... Tu as pourtant promis qu'on ne se quitterait jamais... Mais en définitive, tu t'en vas...rien ne t'arrête, pas même l'amour d'une mère... d'un père.

Il ne répondait toujours pas, se sentant plus vil qu'un impie. Plus lâche aussi.

– Est-ce que je suis oui ou non ta mère ?
– Bien sûr que oui.
– Dans ce cas tu dois rester avec moi. C'est ma logique de petite femme simple qui a cru au miracle et qui l'a emporté sur les lois du sort. Tu le sais bien, mon chéri.

– Ce n'est pas si simple. Pas aussi simple que ta foi.

– Tu as des forces surnaturelles, utilise les

pour rester avec ceux qui t'aiment. Nous sommes ta famille !

Elle avait enfin relevé son visage vers lui et il vit qu'elle pleurait d'une petite pluie de larmes amères qui faisaient fi de la candeur de son beau visage de mère déchirée.

Il s'assit près d'elle, une marche plus bas, et la prit dans ses bras.

– Je voudrais tellement rester, Ima.

– Qu'est-ce qui t'en empêche ? Reste, un point c'est tout.

Elle s'appuyait sur lui, se laissait aller de tout son poids pour qu'il ressente qu'elle avait une présence solide à lui proposer, qu'il ne trouverait plus jamais le poids d'une telle présence dans sa vie, si ce n'était celui de sa femme, peut-être.

– Tu dois savoir, Ima, que je ne suis pas plus qu'une mission, une effluve de vie éphémère qui doit disparaître dès que la mission se termine.

– Qu'est-ce que tu me racontes Shmouel ? Tu n'es pas une machine ! (elle aurait voulu le secouer pour qu'il se réveille)

– Tu as raison, une machine ne se tourmente pas.

– Je ne peux plus vivre sans toi, mon fils. Il faut que tu le saches. Je ne te survivrai pas longtemps.

– Je te demande pardon, mais je n'ai pas de solution.

Elle s'agrippa à lui de toute ses forces.

– Je dois partir Ima. Mon histoire est déjà écrite…et …c'est la fin…

Elle relâcha son étreinte et se replia sur elle même. Il se releva et descendit impitoyablement les escaliers. Lorsqu'il atteignait déjà la fin du trottoir, elle hurla son nom.

– Shmouel !

Il se retourna, elle courrait à sa rencontre.

– J'ai une solution !

Elle était excitée, volubile, sûre d'elle et de son pouvoir ; le pouvoir d'un amour invincible.

– Une solution ?

– Rentrons dans l'œuf ! Là seulement nous pourrons être heureux pour toute la vie…toi, James et moi, rentrons dans l'œuf pour y vivre cette vie que nous désirons tous les trois.

– Dans l'œuf !

– Oui, réfléchis ! C'est sans doute l'unique solution qui s'offre à nous…

Il s'étonna qu'elle ait pensé à une telle idée. Rentrer dans une autre dimension pour y vivre l'impossible, c'était réécrire son destin. Cette petite femme pouvait donc ré écrire son propre destin ! Il la regarda avec admiration. Elle était plus sage en cet instant que les plus grands parmi les sages. Il la serra dans ses bras et elle sût qu'il accédait à sa demande.

35

Jenny répondit au téléphone et tranquillisa enfin sa belle-mère inquiète. Le bibou dondon était lové dans ses bras. Il était si tranquille, et elle était si sereine qu'elle ressentait presque que la vie pouvait s'arrêter là, suspendant son fil sacré sur un bonheur infini. Cette petite femme et son bébé d'amour demandaient au ciel de les laisser être heureux, même si c'était vrai que pour ce bonheur, un ange avait un peu forcé la main au ciel.

Que veux-tu du haut de la création, si ce n'est le bonheur d'une mère heureuse ? Car rien n'est plus bonheur que ce bonheur de mère heureuse, elle en était sûre.

Et si quelque envoyé d'en haut venait lui dire qu'elle n'était pas dans le monde du réel mais dans un monde imaginaire, elle répondrait qu'elle ne croyait plus à la réalité de l'autre monde, et que le monde n'existe que par la perception des sens. Cette vie, fut-elle une vie présumée, illusoire, imaginaire dans un œuf organique catalyseur de désir humain , valait mille fois mieux que l'autre vie sans son Shmouel. « Laissez moi être heureuse avec ceux que j'aime. Que ce soit dans cette réalité-ci ou dans une toute autre réalité.. » Yvette annonçait qu'elle voyageait dans une semaine pour voir son premier petit-fils. Même le père de Jenny avait daigné envoyer un télégramme pour faire savoir qu'il était au bout de son voyage et que s'il en revenait c'était avec des clichés qui le rendraient célèbre.

Drôle de bonhomme en vérité, à la recherche d'une vérité de légende. Mais après tout, n'est-ce pas ces légendes qui donnent encore un intérêt aux vieilles pierres ?

Il y a une tradition orale à Jérusalem que les anciens racontent aujourd'hui encore dans les quartiers de Beth Israël. Cette tradition parle des dix tribus perdues qui seraient de l'autre coté du fleuve Sambathion. Là, dans les brumes éternelles, dans la neige éternelle des chaînes de l'Himalaya seraient même les enfants du plus grand des prophètes juifs. Là, ils attendent le moment prochain du retour des exilés des collines de Sion.

Jenny, nous n'en avons pas parlé, n'avait jamais connu sa mère. Elle aurait bien aimé que son père, ce père original qui l'avait élevée dans un monde de science et de mystère, rencontre enfin son boubi-baby, son mystère à elle, vivant et authentique. Était-ce une chose possible, dans ce monde ou un autre ? Tout peut arriver, elle en était désormais sûre. Ne vivaient-ils pas désormais dans le monde de leur désir ? Shmouel les avait introduit dans l'œuf comme elle le lui avait demandé, et la N.A.S.A veillait désormais sur eux. Elle allait peut-être finalement faire la connaissance de sa mère...

C'est vrai que les anges s'étaient saisis de Shmouel, l'adolescent. Mais le bébé, son bébé était de retour à la maison. Il grandirait un jour prochain, alors elle retrouverait l'autre Shmouel aussi.

En conclusion, elle se demandait dans quelle réalité les anges avaient entraînés son fils ? L'ancienne réalité ou celle ci ? À moins que ce ne fut une autre réalité, dans un autre œuf.

Il fallait peut-être écrire un livre sur cette histoire d'amour qui défiait les renfermements et les lois immuables de la réalité humaine. L'être peut transformer le cours de sa vie, lorsqu'il choisit la vie et l'amour. Il fallait pour cela aimer d'un amour vainqueur...

36

Ses pieds nus étaient dans la neige, mais il n'éprouvait pas le froid puisque sa chair était faite d'un élément plus spirituel que la notre. Il était recouvert d'un large vêtement de tissu blanc, très ample dans la lumière vive et qui ondulait dans le vent. Les autres aussi. S'ils étaient plus grands et sans doute plus forts que lui, ils n'en éprouvaient pas d'orgueil. Ils n'étaient après tout que des anges, et les marées humaines ne décoiffaient jamais le geste heureux de leurs cheveux soyeux et libres. Ils étaient tous si beaux qu'ils semblaient des frères, quoi qu'ils ne vivaient pas notre notion de la famille. Ils n'étaient là que pour une mission : surveiller Shmouel et l'empêcher de tenter d'autres erreurs, d'autres dégâts dans les lois d'isolement entre le ciel et la terre.

Nous étions sur le toit du monde, dans les montagnes de l'Himalya. La neige était ici comme la terre ailleurs.

De temps en temps, un ange jouait à déployer des ailes surgies de nulle part pour tournoyer un peu sous le rire enfantin des autres.

Ils étaient six gardiens consciencieux qui existaient pour cette mission unique de garder Shmouel dans cet endroit isolé des hommes ou dans un autre endroit, en attendant qu'un nouvel ordre vienne du tribunal céleste et les délivre de cette mission ou redéfinisse les normes de leur surveillance.

Ce n'était pas la première fois qu'ils surveillaient Shmouel, en fait, ils n'avaient jamais arrêté de le surveiller. Ils lui avaient rendu visite lorsqu'il avait encore son corps de bébé. Aujourd'hui, il était leur prisonnier en bonne et dû forme.

Il savait qu'il ne pourrait jamais leur échapper et il ne le tenterait pas. S'il avait outrepassé ses droits, il n'en gardait pas moins sa soumission de messager divin.
Il voyait dans le regard de ses aînés une consternation à son encontre : comment avait-il pu désobéir ?

Il y avait lui même beaucoup réfléchi. Il avait donc un libre arbitre alors que ses coreligionnaires n'en avaient aucun ? Depuis trois semaines qu'il était dans la neige, près du fleuve Sambathion, pendant ces trois semaines, il avait tiré une conclusion, une conclusion seine, simple et logique et pour son esprit pur, une conclusion tout-à fait réaliste : le passage dans le ventre d'une femme lui avait donné la force du libre arbitre que ne possèdent pas les anges.

Les anges n'avaient pas la notion du temps et peu leur importaient de rester mille ans ou une heure dans cet endroit. Mais lui, était-il encore une lumière abstraite ou sentait-il que le corps de matière qu'il avait épousé bredouillait son impatience comme le corps jeune et vif d'un jeune homme ?

Il s'assit dans la neige et se dit qu'il allait peut-être jeter une boule de neige en plein dans la face superbe de l'un de ses gardiens.

Qu'avait-il fait de si terrible après tout ? Dévoiler à l'homme, la vie spirituelle qu'il côtoie comme un aveugle sans presque jamais l'apercevoir ni la deviner...Mais ne faut-il pas finalement lui ouvrir les yeux ? N'est-ce pas là l'une des paroles du Rabbi de Loubavitch ? Ouvrir les yeux de l'homme aveugle. Acte merveilleux et terrible.

Une larme glissa sur sa joue. Pourquoi pleurait-il ? Il avait pensé à ces gens qu'il aimait. Sa mère Jenny et son père James. James ou Yossi ? Peut-être fallait-il l'appeler Yossi-James, le cow-boy solitaire.
Aujourd'hui par ses efforts, grâce à l'aide de Dov Ber, ils étaient mariés.

Et lui même, se marierait-il un jour avec 'Haya Moushka comme elle l'avait affirmé ?

Cette logique tumultueuse des femmes et des jeunes filles dépasse-t-elle les lois fixées par le destin ?

Une femme amoureuse peut-elle affirmer son amour comme une mère le fait en brisant le joug des tourments infidèles ?

Le destin secret des âmes-sœurs remonte-t-il la terre comme les eaux des abîmes pour jaillir de la joie d'une rivière heureuse ? Il n'était plus sûr de rien car la neige refroidissait l'élan de ses espoirs les plus intègres.
Reverrait-il un jour ce doux visage d'une amie de cœur ? Était-il un ange déchu pour l'amour de l'humanité, l'amour d'une belle pour une vie ? Pouvait-il se permettre d'aimer celle qu'il aimait déjà avant même qu'elle ne vienne au monde ? Il ne savait plus où était son droit et ses possibilités. Il aurait voulu être cet ange irréprochable et incorruptible...

Mais il n'avait pas pu s'empêcher de faire plus que sa seule mission et c'était pour sa désobéissance qu'il était aujourd'hui dans la neige sans nouvelles de Jenny, de James et de 'Haya Moushka.

Cette jeune fille des hommes avait eu une perspicacité extraordinaire. Elle savait qu'ils étaient prédestinés, mais plus encore, elle avait compris qu'il était un ange. Et là encore, au lieu de démentir ou de laisser les choses dans leur aura de mystère que l'esprit dément toujours à un moment ou un autre, il avait avoué et s'était confié à elle, et au contraire, une de ses paroles l'avait plongé dans le doute, lui, lui qui était si sûr de tout et qui connaissait chaque élément de vie par son instinct de messager spirituel.

C'était le soir même du mariage, elle l'avait rejoint un instant sans qu'ils s'éloignent de la vue des autres et lui avait demandé :

– Comment un ange peut-il être l'âme sœur d'une humaine ?

Il ne sut que répondre. Il ne s'était jamais véritablement inquiété de savoir ce qu'il était réellement.

– Donc, soit, tu n'es pas réellement un ange comme nous le croyons, soit, tu es la fusion d'un ange et d'un homme, soit tu n'est ni un homme, ni un ange.

– Mais qu'est-ce que je serais dans ce cas ?

– Peut-être que tu n'existes pas vraiment ou que tu n'existes que dans notre conscience...

Exister ! Les anges n'étaient pas astreins au joug de l'existence ni ne se confrontaient au sentiment d'exister. Leur vie ne tenait qu'à leur mission, et sitôt la mission terminée leur existence retournait au néant qui précède la mission. Bien sûr, le néant n'est néant que par rapport à l'existence consommée. Pour un ange, le néant n'est que l'état merveilleux où l'être s'englobe dans la présence absolue du Créateur.

Mais est-ce que les hommes se contentent de telles paroles et de telles pensées ? Non ; les hommes marchent et parlent et construisent et brisent la lumière du néant par une matière absurde qui mange l'éternité. Les hommes fous du quotidien qui ne croient qu'au joug de la poussière. Avait-il eu tort de leur ouvrir les yeux ?...

Les anges gardiens semblaient flâner autour du jeune ange rebelle, cet ange qui avait changé le cours du destin des hommes. Son habit était comme cette neige, d'une pureté implacable et tout autour, légers comme le vent étaient les anges magnifiques.

– Pourquoi ne pourrais-je les rejoindre dans l'œuf ? demanda Shmouel au plus grand d'entre les anges.

– Tu t'y trouves déjà en tant que bébé, c'est déjà assez d'entorse aux lois de la nature.

– Mais tel que je suis maintenant.

– En plus ! s'étonnèrent les anges.

– Rien n'est impossible au Créateur, annonça Shmouel sans se laisser impressionner.

– C'est un ange dément ! conclut l'un des compagnons.

– Au moins je ne subis pas le joug de cette limite qui vous écrase.

De nouveau, il pensa les bombarder de boules de neige pour leur faire goûter la morsure de la matière.

– Un ange ne possède pas de libre arbitre, Shmouel. Tu ne dois plus interférer dans l'existence des hommes.

– Je ne vais tout de même pas rester ici pour l'éternité !

– Un prisonnier ne se délivre jamais seul de son enfermement. Chacune des paroles des anges n'était que des axiomes de vérité inébranlable. Rien ne pouvait remettre en question les fondements de l'univers.

– Un prisonnier ne se délivre pas tout seul, répéta Shmouel en se retenant de ne pas prendre un ton insolent, alors dans ce cas, délivrez moi !

– Nous sommes des anges gardiens et non des anges de délivrance : nous ne pouvons rien pour toi !

– Je voudrais tenter quelque chose d'impossible pour rejoindre ceux que j'aime...
Il s'était mis à pleurer et leur cœur pur tressaillit.

– Il y a une seule possibilité, dit finalement l'un d'entre eux, alors que les autres, pris de remords, détournaient faiblement leur visage pour ne pas savoir ce qui se disait.

– Laquelle ?

– Que l'un d'entre eux, quelqu'un de cette famille pour laquelle le miracle a été permis, vienne te délivrer et te ramène avec lui.

– Et vous ne l'empêcherez pas de me prendre ?

– Nous n'en avons pas le pouvoir et tu le

sais bien.

— Alors souriez mes amis !

Le déclic d'un appareil photo résonna, et les anges surpris aperçurent la silhouette encapuchonnée d'un homme accroupi dans la neige, face à eux, et arborant l'expression d'extase que produit la récompense d'une vie de labeur.

Il pensait ramener le visage terrible des tribus sauvages. Le visage d'un frère perdu. Il venait de photographier le sourire de son petit fils qu'il n'avait jamais vu : **le sourire d'un ange**.

37

Cinq années avaient glissé au répertoire des journées heureuses. On a beau chercher très loin le bonheur, mais un peu d'équilibre lui suffit ; une bonne santé, de beaux enfants insouciants et bien sûr, que toutes les dépenses du quotidien soient payées en temps et en heure.

Le livre de Jenny était enfin édité et avait obtenu un succès d'estime chez les intellectuels et chez les écrivains.

Eddy Johns Cooper, lui, s'était totalement renouvelé, et ses romans étaient devenus plus humains, plus travaillés dans les idées et la psychologie, tout en gardant l'attrait qu'ils avaient pour le grand public. Il s'était aperçut que des idées profondes pouvaient passer par le biais d'une écriture légère qui enthousiasmaient les foules. Il avait trouvé cette manière de s'exprimer, la juste mesure entre la passion et la réflexion.

Au décompte des heures, Shmouel avait fait ses dix huit ans et il allait épouser 'Haya Moushka.

Nous étions à l'extérieur de l'œuf (du moins, je le crois) et le petit frère de 'Haya Moushka avait déjà quatre ans et demi. Sa mère, Judith Némirov était pratiquement certaine qu'elle avait bénéficié d'un miracle par l'intermédiaire de l'œuf, ce jour où elle l'avait caressé, sur la table de son salon.

Il était si doux et il avait la merveilleuse odeur d'un petit bébé, cette odeur grasse et doucement parfumée à la fois.   C'était comme si elle respirait déjà l'odeur de son propre bébé...
Elle savait que Shmouel était lui même un enfant du miracle et elle était très heureuse de faire de lui son gendre...

Pardonnez moi d'interrompre subitement ces propos, qui viennent nous donner des nouvelles des personnes que vous avez rencontré au hasard des pages de ce livre, mais je ne m'attarderais pas à décrire le bien être dans ce microcosme du bonheur par pudeur pour la situation du monde qui allait bien mal. En effet, la fin de siècle était marquée de catastrophes naturelles, les vents s'étaient fait bourrasques et cyclones, et les eaux de la mer dégurgitaient une fureur ancienne en avalant les terres des îles lointaines, et menaçant d'écumer le monde entier.

Certains dirons qu'à force de jacasser sur le réchauffement de la planète, on a bien fini par avoir gain de cause en appuyant le sombre éclat du mauvais œil. Les bonnes pensées des optimistes étaient décidément démodées, le monde s'était chauffé pour la fin des temps et il était près pour le grand cataclysme.

Je tremble d'écrire ces lignes et comme chaque être de la planète en quête d'un bonheur désespéré, je m'évertue à trouver une solution tardive, du genre : ne peut-on verser des tonnes d'eau réfrigérées dans les mers déjà tièdes ou un truc comme ça?

« Oh là là ! Quel novice ! » s'écrient déjà les spécialistes des intempéries, tandis que les spécialistes du beau temps sont déjà depuis longtemps au chômage.

Quoi qu'il en soit, alors que les derniers jours du monde étaient annoncés au journal de huit heures, dans les entrepôts ultra secret de la N.A.S.A, il se passait quelque chose d'étrange et de déroutant.

En effet, vous vous souvenez certainement de cet objet oblongue qui est en quelque sorte le premier héros de cette histoire, son commencement et son épilogue.
Hé bien, cet œuf déroutant enflait de minute en minute depuis les dernières vingt quatre heures et curieusement, il aspirait ou mangeait tout ce qui était autour de lui.

Au début du phénomène, les murs avaient

étés brisés et le matériel scientifique déplacé, mais bientôt, alors que sa superficie était déjà de plusieurs centaines de mètres en hauteur et en largeur, l'état d'alerte fut déclaré. Évidement, comme il était déjà déclaré à l'extérieur de ces bâtiments, puisque le monde était en passe d'être rayé de la carte des soucis d'ordre matériel, cette annonce fit l'effet d'une goutte d'eau dans l'océan déchaîné.

Pour que vous compreniez exactement ce dont je vous parle, je vous apprendrait que ces bâtiments de la N.A.S.A étaient dans le désert de l'Arizona et qu'en trois heures, ils avaient été complètement avalés, avec tous ses savants impuissants par l'œuf affamé qui était déjà aussi grand qu'une ville.

Le monde pris entre deux feux se décida à intervenir et l'armée américaine, ses chars, ses avions, ses missiles, tout s'employa à enrayer l'avancée de l'œuf mystérieux qui filait à la vitesse du vent, avalant routes et montagnes, puis missiles, chars, soldats avions, civiles en fuite et leurs autos.

Le pays était en folie, les ouragans, les cyclones renversait tout, la grêle, puis la neige et bientôt les tremblements de terre, ce n'était que cris du vent et cris humains, puissance de la nature et détresse humaine, animaux terrifiés courants au hasard d'un instinct rendu fou.

La vieille planète fatiguée réglait son compte aux parasites qui avaient sucé son sang depuis trop longtemps; l'énorme bête s'ébrouait et rabrouait quiconque osait lui résister, alors que l'œuf gigantesque, titanesque était en train d'avaler ce monde en passe de destruction.

En deux jours, les États-Unis furent dévorés, puis vint le Mexique, l'Amérique du sud, le Pérou, le Tibet, le Canada, tout était englouti dans le ventre de cette baleine mangeuse de continents, de mers, se jouant des cyclones et des tremblement de terre...

En une semaine, l'œuf avait avalé le monde entier et il étendait déjà son empire sur le cosmos ébahi.
Le soleil et la lune et les étoiles du ciel et jusqu'aux galaxies les plus lointaines...

C'était fait : il n'y avait plus rien en dehors de l'œuf !

38

Le temps était merveilleux. Le printemps sans doute. La terre était de nouveau aimante et pacifique.

Il n'y avait plus ces bâtiments affreux qui enlaidissaient les contrées, mais de petites maisons individuelles uniquement dont on ne payait nul loyer car elles étaient attribuées aux hommes selon les racines de son âme et son rayonnement sur la planète terre. Car les hommes étaient libres et enfin il n'y avait sur terre aucun souci, si ce n'est de grandir dans la connaissance du Créateur. Voyez vous, après tant de siècles où le Créateur du monde s'était caché sous un voile de réalité, les hommes comme des enfants avaient accumulé les erreurs et les subterfuges.

Mais il était désormais là, à portée de chacun et quoi que sa présence ne fut pas celle d'un homme mais la présence d'une essence de vie qui était la matière elle même, une matière exaltée, magnifiée. Chacun sans exception ressentait sa présence infinie, le monde n'était plus un monde orphelin, le père du monde était de retour chez lui.

Le croirez vous, les savants étaient aussi heureux que les hommes simples et découvraient les mystères du temps et de l'espace. Le corps n'était plus une prison pour l'âme et nul n'était en dehors du bonheur collectif.

Les animaux n'étaient plus un danger pour personne et les enfants jouaient avec des ours qui n'étaient pas en peluche, avec de vrais lions.

On voyageait sur des nuages et on se rendait à Jérusalem reconstruite...

Bien sûr, si vous vous demandez où se trouve cette autre réalité, (pour le cas où vous auriez résisté aux cataclysmes naturels) je vous répondrais que c'est la réalité douce et heureuse qui est à l'intérieur de l'œuf; cet œuf qui avait pour mission de sauver le monde des hommes.

N'avions nous pas dit que si cette histoire ressemblait uniquement à ces histoires sans histoires, nous n'aurions pas fait les frais d'en dire un mot ?

Il est certain, quoi qu'il en soit, que le sourire d'un ange brille dans le cœur des hommes, comme une probabilité de bonheur venu d'en haut. Et le bonheur, le vrai bonheur inébranlable ne peut être que le fruit d'un effort surhumain ; un effort qui tend à prouver que l'impossible n'est impossible que pour celui qui meurt étouffé de trop d'étreinte de la matière impitoyable.

La rencontre des héros de cette histoire avec cet œuf mystérieux qui conjugue la science et la foi confronte les consciences et l'essence, le religieux, l'honnête et la faculté de recommencement ou de renoncement qui est dans chacun de nous.

Même si le président des États Unis rêve d'une lutte engagée par la science contre la foi, il est clair que ce n'est plus une situation actuelle et que la science ne fait plus que renforcer ce que la foi savait depuis le premier souffle de la nuit des temps où le monde fut créé d'un geste large et passionné.

Il y a une question qui est tout de même restée sans réponse: lorsque James et Jenny sont rentrés dans l'œuf, ont-il disparu du monde naturel ?

Et nous même, chacun d'entre nous, où nous trouvons nous ? Dans la réalité, sa projection sensorielle, sa reproduction parallèle ou sa définition effective ? Dans quel globe, dans quel capsule vivons nous ?

...dans quel œuf ?